Arena-Taschenbuch
Band 1995

Sonja Hartl,
geboren 1963 in München, studierte Germanistik und Romanistik in Bamberg und Padua.
Sie arbeitet als Herausgeberin und Übersetzerin und ist als freie Mitarbeiterin und Autorin für verschiedene Verlage tätig.

Sonja Hartl (Hrsg.)

Im Reich des Unheimlichen

Phantastische Geschichten

Arena

In neuer Rechtschreibung

1. Auflage dieser Anthologie 1998 als Originalausgabe
im Arena-Taschenbuchprogramm

Quellennachweis: siehe Seite 242
Umschlagillustration und Vignetten: Frank Rosenzweig
Gesamtherstellung: Westermann Druck Zwickau GmbH
ISSN 0518-4002
ISBN 3-401-01995-3

Inhalt

Bram Stoker

Draculas Gast

Als wir zu unserer Fahrt aufbrachen, schien die Sonne hell über München und der Frühsommer lag in der Luft. Bevor wir abfuhren, kam Herr Delbrück (der Maître d'hôtel des *Vier Jahreszeiten,* in dem ich abgestiegen war) barhäuptig an die Kutsche und sagte, nachdem er mir eine angenehme Ausfahrt gewünscht hatte, zu meinem Kutscher, indem er weiter den Türgriff festhielt:

»Denk daran, dass ihr bei Einbruch der Dunkelheit zurück sein müsst. Der Himmel ist noch klar, aber der frische Nordwind kann einen plötzlichen Sturm bringen.« Dann fügte er lächelnd hinzu: »Aber ich bin davon überzeugt, dass du dich nicht verspäten wirst, denn du weißt, welche Nacht wir heute haben.«

Johann antwortete nachdrücklich: »Ja, Herr«, berührte seinen Hut und fuhr rasch an.

Als die Stadt hinter uns lag, fragte ich ihn, nachdem ich hatte halten lassen: »Johann, welche Nacht ist heute?«

Er bekreuzigte sich, während er lakonisch erwiderte: »Walpurgisnacht.« Dann zog er seine Uhr, eine große, altmodische silberne Zwiebel, und warf einen Blick darauf, wobei er die Augenbrauen zusammenzog und leicht mit den Schultern zuckte.

Ich erkannte, dass er auf diese Weise respektvoll gegen die unnötige Verzögerung protestieren wollte, und ließ mich in die Polster zurücksinken, nachdem ich das Zeichen zur Weiterfahrt gegeben hatte. Er fuhr schnell, als müsse er verlorene Zeit einholen. Die Pferde schienen hin und wieder ihre Köpfe aufzuwerfen und misstrauisch die Luft einzusaugen. Bei diesen Gelegenheiten sah ich mich oft besorgt um. Die Straße war ziemlich eintönig, denn wir überquerten eine Art Hochebene, über die der Wind hinwegpfiff.

Als wir so fuhren, sah ich eine offenbar wenig benützte Straße, die sich durch ein kleines Tal schlängelte. Sie wirkte so einladend, dass ich Johann halten ließ, obwohl ich ihn vielleicht dadurch beleidigte – und als wir standen, erklärte ich ihm, er solle jener Straße folgen.

Er gebrauchte alle möglichen Ausflüchte und bekreuzigte sich dabei mehrmals. Dies erregte meine Neugier und ich stellte ihm einige Fragen. Er antwortete ausweichend und sah wiederholt protestierend auf seine Uhr. Schließlich sagte ich:

»Nun gut, Johann, ich möchte dieser Straße folgen. Du brauchst mich nicht zu begleiten, wenn du keine Lust hast; ich möchte aber wissen, weshalb du nicht mitkommen willst – mehr verlange ich nicht.«

Anstatt zu antworten, schien er sich vom Bock zu werfen, so schnell erreichte er den Boden. Dann streckte er die Hände flehend nach mir aus und bat mich eindringlich, nicht zu gehen. Sein Deutsch enthielt gerade genügend englische Brocken, sodass ich ungefähr verstand, was er sagen wollte.

Er schien im Begriff zu sein mir irgendetwas zu erklären, das ihn offenbar erschreckte; dann brachte er es jedoch nicht heraus, sondern bekreuzigte sich stattdessen und sagte: »Walpurgisnacht!«
Ich versuchte mit ihm zu diskutieren, aber es ist schwer, einen Menschen zu überreden, dessen Sprache man nicht beherrscht. Der Vorteil war entschieden auf seiner Seite, denn obwohl er unbeholfen und gebrochen Englisch sprach, verfiel er wieder in seine Muttersprache, wenn er aufgeregt war – und dabei sah er jedes Mal wieder auf seine Uhr.
Dann wurden die Pferde unruhig und begannen zu schnauben. Johann war plötzlich kreidebleich, sah sich ängstlich um, lief dann nach vorn, ergriff die Zügel und führte die Pferde fünf oder sechs Meter weiter. Ich folgte ihm und erkundigte mich, warum er das getan habe. Er bekreuzigte sich, wies auf die Stelle, an der die Kutsche eben noch gestanden hatte, zeigte auf ein Kreuz am Weg und sagte zuerst auf Deutsch, dann auf Englisch: »Ihn begraben – was sich selbst getötet haben.«
Ich erinnerte mich an den alten Brauch, Selbstmörder an Wegkreuzungen einzuscharren. »Ah! Jetzt verstehe ich – ein Selbstmörder! Wie interessant!« Aber ich konnte nicht begreifen, weshalb die Pferde so erschrocken waren.
Während wir sprachen, hörten wir einen Laut, der wie eine Mischung zwischen einem Jaulen und einem Bellen klang. Er kam aus weiter Ferne; aber die Pferde wurden sehr unruhig und Johann hatte große Mühe sie wieder zu beruhigen. Er war blass und sagte: »Das klingt wie ein Wolf – aber trotzdem gibt es jetzt keine Wölfe hier.«
»Nein?«, fragte ich. »Ist es nicht lange her, dass es in der Nähe der Stadt Wölfe gegeben hat?«
»Im Frühling und Sommer gibt es schon sehr lange keine

mehr«, antwortete Johann, »aber mit dem Schnee sind sie noch vor wenigen Jahren gekommen.«

Während er die Pferde auf den Hals klopfte und sie zu beruhigen versuchte, zogen dunkle Wolken am Himmel auf. Der helle Sonnenschein verschwand plötzlich und wir erzitterten unter einem kalten Windstoß. Das war jedoch nur eine Art Warnung gewesen, denn die Sonne trat wieder hinter den Wolken hervor.

Johann legte eine Hand über die Augen, beobachtete den Horizont und sagte in seinem Englisch: »Der Sturm von Schnee, er kommt bald.« Dann sah er wieder auf seine Uhr, hielt aber weiter die Zügel fest – die Pferde scharrten und schnaubten noch immer – und kletterte auf den Bock, als sei jetzt die Zeit gekommen unsere Fahrt fortzusetzen.

Ich blieb hartnäckig und stieg nicht sofort ein. »Sag mir, was du von diesem Ort weißt«, verlangte ich und deutete die Straße entlang ins Tal.

Er bekreuzigte sich wieder und murmelte ein kurzes Gebet, bevor er antwortete: »Dort ist etwas verwunschen.«

»Was ist verwunschen?«, fragte ich.

»Das Dorf.«

»Dort liegt ein Dorf?«

»Nein, nein. Seit Hunderten von Jahren lebt dort keiner mehr.«

Meine Neugier wurde stärker. »Aber du hast von einem Dorf gesprochen . . .«

»Es hat eines gegeben.«

»Was ist daraus geworden?«

Johann erzählte eine lange Geschichte in einer Mischung aus Deutsch und Englisch; ich verstand nicht alles, begriff aber, dass dort vor langer Zeit – vor einigen Jahrhunderten – Menschen gestorben und ins Grab gelegt worden waren; später hatte man Geräusche unter der Erde wahrgenommen, und als

die Gräber geöffnet wurden, lagen Männer und Frauen mit rosiger Haut und blutigen Mündern darin.
Um ihr Leben zu retten (und auch ihre Seelen) – hier bekreuzigte Johann sich –, flohen die Überlebenden zu anderen Orten, wo die Lebenden lebendig und die Toten tot anstatt ... anstatt etwas anderes waren. Johann fürchtete sich offenbar davor, deutlicher zu werden. Seine Erregung nahm zu, während er diese Geschichte erzählte, und seine Phantasie schien mit ihm durchzugehen; jedenfalls war er schließlich kreidebleich, hatte Schweißperlen auf der Stirn, zitterte am ganzen Leib und sah sich ängstlich um, als erwarte er irgendeine schreckliche Erscheinung hier in der Sonne auf dem weiten Plateau. Endlich rief er ganz verzweifelt:
»Walpurgisnacht!«, und deutete auf die Kutsche, in die ich offenbar steigen sollte.
Das brachte mein englisches Blut in Wallung; ich trat zurück und sagte: »Du hast Angst, Johann – du hast Angst. Fahr nach Hause; ich gehe allein zurück; der Spaziergang tut mir bestimmt gut.« Die Tür stand offen; ich nahm meinen Spazierstock aus Eichenholz, den ich bei Ausflügen stets mitnehme, vom Sitz, schloss die Tür, wies mit dem Stock in Richtung München und sagte: »Fahr nach Hause, Johann – die Walpurgisnacht betrifft einen Engländer nicht.«
Die Pferde waren nun unruhiger als je zuvor und Johann konnte sie nur mühsam bändigen, während er mich aufgeregt bat nichts Unüberlegtes zu tun.
Eigentlich tat mir der arme Kerl Leid, weil er es so ernst meinte; ich musste jedoch trotzdem lachen, denn seine Englischkenntnisse schienen verflogen zu sein. In seiner Angst hatte er vergessen, dass er meine Sprache sprechen musste, um sich verständlich zu machen, und plapperte auf Deutsch weiter. Das wurde nach einiger Zeit langweilig.

Ich wiederholte den Befehl »Nach Hause!« und wandte mich ab, um ins Tal hinabzugehen.
Johann fuhr mit einer bedauernden Geste in Richtung München davon. Ich lehnte mich auf meinen Spazierstock und sah ihm nach. Er ließ die Pferde einige Zeit im Schritt gehen; dann erschien ein großer und hagerer Mann über dem Hügel. Mehr konnte ich aus der Ferne nicht unterscheiden. Als der Fremde sich den Pferden näherte, scheuten sie plötzlich wiehernd; Johann konnte sie nicht zurückhalten, als sie die Straße entlangrasten. Ich sah ihnen nach, bis sie außer Sicht waren, und hielt dann nach dem Unbekannten Ausschau, der jedoch ebenfalls verschwunden war.
Ich schritt leichten Herzens die Nebenstraße in das hübsche Tal hinab, das Johann nicht hatte betreten wollen. Ein Grund für diese Abneigung war nicht zu erkennen und ich marschierte einige Stunden lang, ohne an die Zeit und die Entfernung zu denken, und sah dabei weder Menschen noch Häuser. In dieser Beziehung war das ganze Tal offenbar die Verlassenheit selbst. Dies kam mir jedoch erst zu Bewusstsein, als ich nach einer Biegung auf ein lichtes Gehölz stieß; hier fiel mir erstmals auf, wie verlassen meine Umgebung wirkte.
Ich setzte mich zu einer kurzen Rast und sah mich um. Dann merkte ich, dass es inzwischen erheblich kälter geworden war – und um mich herum wurde von Zeit zu Zeit ein gedehntes Seufzen laut, dem hoch über mir eine Art gedämpfter Donner folgte. Ich hob den Kopf und stellte fest, dass dunkle Wolken in großer Höhe von Norden nach Süden trieben; sie zeigten offensichtlich das Nahen eines Sturmes an. Mir war kalt, und da ich glaubte, dass Bewegung mich am besten erwärmen würde, setzte ich meine Wanderung fort.
Die Gegend wurde nun immer malerischer und ich war so bezaubert, dass ich kaum auf die Zeit achtete. Erst als die

Dämmerung herabsank, begann ich zu überlegen, wie ich wieder nach Hause finden sollte. Die Tageshelle war verschwunden. Die Luft war kalt und die Wolken am Himmel zogen rascher dahin. Gelegentlich ertönte ein weit entferntes Brausen und der klagende Schrei, den mein Kutscher einem Wolf zugeschrieben hatte.

Ich zögerte unentschlossen. Aber ich hatte gesagt, ich wollte das verlassene Dorf besichtigen, deshalb ging ich weiter und erreichte wenig später eine weite Senke zwischen den Hügeln. Die Abhänge waren mit Wald bedeckt, dessen Ausläufer bis auf den Talboden reichten. Ich folgte den Windungen der Straße mit den Augen und stellte fest, dass sie in einem dichten Waldstück untertauchte und nicht wieder zum Vorschein kam, weil die Bäume mir die Sicht nahmen.

Plötzlich berührte mich ein eisiger Luftzug und es begann zu schneien. Ich dachte an die weite Entfernung, die ich in dieser einsamen Gegend zurückgelegt hatte, und eilte dann weiter, um im Wald Schutz zu suchen. Der Himmel wurde dunkler und dunkler und der Schnee fiel dichter und dichter, bis die Erde schließlich in allen Richtungen mit einem weißen Teppich bedeckt war, dessen Ränder im nebligen Ungewissen verschwanden. Die Straße war hier kaum befestigt und auf ebenen Strecken weniger gut markiert; nach einiger Zeit stellte ich fest, dass ich sie verlassen haben musste, denn ich hatte keinen harten Boden mehr unter den Füßen, sondern sank tief in Gras und Moos ein. Dann wurde der Wind stärker und blies immer heftiger, bis ich schließlich vor ihm herlaufen musste. Die Luft war jetzt eisig kalt und ich litt unter der Kälte, obwohl ich mich bewegte. Der Schnee fiel nun dicht und wurde mir ins Gesicht getrieben, sodass ich kaum die Augen offen halten konnte. Hin und wieder riss ein gewaltiger Blitz die Wolken auf und ich erkannte im Lichtschein vor mir eine größere

Anzahl Bäume, meist Eschen und Birken, deren Zweige sich unter einer Schneeschicht bogen.
Ich befand mich bald im Schutz der Bäume, wo es verhältnismäßig still war, und hörte dort den starken Wind umso besser. Unterdessen war die Nacht herabgesunken und hatte den sturmdunklen Himmel noch schwärzer gemacht; der Wind schien jetzt jedoch allmählich einzuschlafen: Er kam jetzt nur noch in vereinzelten heftigen Stößen. In diesen Augenblicken schien das unheimliche Wolfsgeheul in unmittelbarer Nähe aus zahlreichen Kehlen angestimmt und wiederholt zu werden.
Gelegentlich schien der Mond durch die schwarzen Wolken, beleuchtete meine Umgebung und zeigte mir, dass ich mich am Rand eines dichten Gehölzes befand. Da es nicht mehr schneite, wagte ich mich aus meinem Unterschlupf hervor und begann mich umzusehen. Da ich so viele alte Fundamente bemerkt hatte, hoffte ich durch einen glücklichen Zufall irgendwo ein erhalten gebliebenes Haus zu finden, das mir Schutz bieten konnte. Als ich dem Rand des Gehölzes folgte, stellte ich fest, dass es von einer niedrigen Mauer umgeben war; ich ging der Mauer entlang weiter und kam bald zu einer Öffnung. Hier bildeten die Birken eine Allee, die zu einem quadratischen Gebäude führte. Ich war eben darauf aufmerksam geworden, als die Wolken wieder den Mond verdeckten, sodass ich meinen Weg in der Dunkelheit fortsetzte. Der Wind musste kälter geworden sein, denn ich zitterte heftig; aber die Aussicht auf Schutz vor Wind und Wetter trieb mich blindlings weiter.
Ich blieb stehen, denn um mich herum war es unvermutet still geworden. Der Sturm war verflogen und mein Herz schien – vielleicht aus Ehrfurcht vor dem Schweigen der Natur – nicht mehr zu schlagen. Aber dies dauerte nur einen Augenblick lang; plötzlich tauchte der Mond wieder hinter

den Wolken auf und zeigte mir, dass ich mich auf einem Friedhof befand – und dass das quadratische Gebäude vor mir eine große Marmorgruft war, deren Steine so weiß wie der Schnee zu sein schienen. Mit dem Licht kam auch ein neues Brausen des Windes, als lebe der Sturm mit einem lang gezogenen Heulen wie von vielen Hunden oder Wölfen erneut auf. Ich war ängstlich und erschrocken und spürte die Kälte immer strenger werden, bis sie endlich sogar nach meinem Herzen griff. Ich konnte der Faszination nicht widerstehen und näherte mich dem Grabmal, um festzustellen, was es darstellte und weshalb es hier so allein stand.
Über dem dorischen Portal stand auf Deutsch:

GRÄFIN DOLINGEN
AUS GRAZ, STEIERMARK –
TOT AUFGEFUNDEN
1801

Über dem Grabmal, das aus wenigen großen Steinblöcken errichtet war, erkannte ich einen langen Stab oder Pfahl aus Eisen, der in den Marmor eingelassen war. Auf der Rückseite der Gruft las ich in russischer Schrift:

»Die Toten reiten schnell.«

Das alles war so seltsam und unheimlich, dass mir die Knie zitterten. Ich wünschte mir zum ersten Mal, ich wäre Johanns Rat gefolgt. Dann fiel mir etwas ein, das mein Entsetzen noch vergrößerte. Heute war Walpurgisnacht!
Walpurgisnacht, in der nach der Überzeugung von Millionen der Teufel unterwegs ist – in der sich die Gräber öffnen, sodass die Toten übers Land schweifen können. Die eine Nacht des

Jahres, in der sich alle bösen Geister aus Erde, Wasser und Luft versammeln. Und dies war das Dorf, vor dem Johann mich so eindringlich gewarnt hatte; dies war der Ort, dessen Bewohner vor Jahrhunderten die Flucht ergriffen hatten. Hier war ich allein – entnervt, vor Kälte zitternd, unter einem Leichentuch aus Schnee dem kommenden Sturm hilflos ausgeliefert! Ich musste allen meinen Mut zusammennehmen, um nicht in einem Anfall unvorstellbaren Entsetzens zu Boden zu sinken. Und nun brach der Sturm erst richtig los. Die Erde erzitterte, als galoppierten Tausende von Pferden darüber hinweg, und diesmal brachte der Sturm auf seinen eisigen Schwingen nicht Schnee, sondern große Hagelkörner mit, die Laub und Zweige zerfetzten und niederbogen, sodass die Birken nicht viel mehr Schutz als Getreidehalme boten. Ich hatte mich zunächst unter einen Baum geflüchtet, musste ihn aber bald verlassen und den einzigen Platz aufsuchen, der noch Schutz zu bieten schien: das tiefe Marmorportal der Gruft. Dort kauerte ich mich an der massiven Bronzetür zusammen und war einigermaßen vor den Hagelkörnern geschützt, die mich nur trafen, wenn sie vom Boden oder von der Mauer abprallten.

Als ich mich gegen die Tür lehnte, bewegte sie sich leicht und schwang nach innen auf. Angesichts des erbarmungslosen Sturmes war mir selbst eine Gruft als Unterschlupf willkommen, und ich wollte sie schon betreten, als ein breitfächriger Blitz den gesamten Himmel erhellte. In diesem Augenblick sah ich in der Dunkelheit der Gruft eine schöne Frau mit vollen Wangen und roten Lippen, die scheinbar auf dem Katafalk schlief. Als der Donner dem Blitz folgte, wurde ich von einer gigantischen Hand erfasst und in den Sturm hinausgeschleudert. Alles geschah so plötzlich, dass die Hagelkörner wieder auf mich herabtrommelten, bevor mich das Entsetzen richtig packte. Gleichzeitig hatte ich das unangenehme Gefühl, dass ich nicht allein war. Ich sah zur Gruft hinüber. In diesem Augenblick folgte ein weiterer greller Blitz, der in den Eisenstab über der Gruft fuhr, von dort als gleißender Feuerstrahl auf die Erde übersprang und die Marmorblöcke zersplitterte. Die Tote erhob sich einen Augenblick lang, während die Flamme sie verzehrte, und ihr entsetzter Schmerzensschrei ging im Donner unter. Mehr hörte ich nicht, denn ich wurde aufs Neue von der riesigen Hand erfasst und fortgeschleudert, während die Hagelkörner auf mich einschlugen und die Luft von Wolfsgeheul zu erzittern schien. Der letzte Anblick, an den ich mich noch erinnern konnte, war eine vage, weiße, bewegliche Masse, als hätten alle umliegenden Gräber die Geister ihrer Toten entsandt, die mich jetzt im Sturm von allen Seiten umzingelten.

Allmählich schien mein Bewusstsein zurückzukehren; dann folgte eine unendliche, erschreckende Müdigkeit. Zunächst erinnerte ich mich an nichts, aber die Erinnerung stellte sich schrittweise ein. Meine Beine schmerzten heftig; ich konnte sie jedoch nicht bewegen. Sie schienen wie gelähmt. Hals und Rückgrat waren eisig kalt und meine Ohren waren, wie die Beine, pelzig und sie schmerzten ebenfalls. Aber in meiner Brust spürte ich eine Wärme, die im Vergleich dazu köstlich war. Alles das war ein Alptraum – ein physischer Alptraum, wenn dieser Ausdruck statthaft ist; irgendein schweres Gewicht auf meiner Brust ließ mich kaum zu Atem kommen.
Dieser halb bewusstlose Zustand dauerte lange an, und als er endete, muss ich geschlafen haben oder ohnmächtig geworden sein. Dann folgte ein heftiger Abscheu, dem ersten Stadium der Seekrankheit ähnlich, und das wilde Verlangen, von irgendetwas frei zu sein – ich wusste nicht, wovon. Ein großes Schweigen hüllte mich ein, als sei alle Welt in Schlaf versunken

oder tot; ich hörte nur undeutlich ein leises Hecheln, als sei ein Tier in meiner Nähe.
Dann spürte ich etwas Raues, Warmes an meiner Kehle und erkannte zu meinem unbeschreiblichen Entsetzen die schreckliche Wahrheit, die mir fast das Blut in den Adern gefrieren ließ; irgendein großes, schweres Tier lag auf mir und leckte jetzt meine Kehle. Ich wagte keine Bewegung, denn mein Instinkt riet mir davon ab; die Bestie schien jedoch eine Veränderung in mir wahrgenommen zu haben und hob den Kopf. Durch die Wimpern sah ich über mir die großen flammenden Augen eines Wolfs. Seine scharfen Reißzähne blitzten weiß zwischen den roten Lefzen und ich spürte seinen heißen Atem auf meinem Gesicht.
Was dann geschah, weiß ich nicht mehr, aber als ich wieder zu Bewusstsein kam, hörte ich ein tiefes Knurren, dem ein lang gezogenes Heulen folgte; dies wiederholte sich mehrmals. Schließlich glaubte ich in weiter Ferne einige Stimmen zu hören, die gemeinsam »Hallo! Hallo!« riefen. Ich wandte vorsichtig den Kopf und sah in die Richtung, aus der das Geräusch kam, aber das Grabmal nahm mir die Sicht. Der Wolf heulte weiterhin seltsam und zwischen den Bäumen bewegte sich ein rötlicher Lichtschein, als folge er dem Geräusch. Als die Stimmen näher kamen, heulte der Wolf noch lauter. Ich wagte nicht, mich zu bewegen oder zu rufen. Der Lichtschein kam noch näher – dann kamen plötzlich einige Reiter mit Fackeln in den Händen im Trab zwischen den Bäumen hervor. Der Wolf sprang auf und lief durch den Friedhof davon. Ich beobachtete, wie einer der Reiter (Soldaten, nach ihren Mützen und langen Militärmänteln zu urteilen) seinen Karabiner hob und zielte. Der Nebenmann schlug ihm den Arm hoch und ich hörte die Kugel über meinen Kopf hinwegzischen. Er hatte mich offenbar für den Wolf gehalten. Ein anderer sah das Tier zwischen

den Bäumen verschwinden und schoss danach. Dann ritt der Trupp weiter – einige kamen auf mich zu, die anderen folgten dem Wolf.

Als sie näher kamen, versuchte ich mich zu bewegen, war jedoch völlig entkräftet, obwohl ich alles sah und hörte, was um mich herum vorging. Zwei oder drei Soldaten sprangen von ihren Pferden und knieten neben mir im Schnee nieder. Einer von ihnen hob meinen Kopf und legte eine Hand auf mein Herz.

»Gute Nachrichten, Kameraden!«, rief er. »Sein Herz schlägt noch!«

Dann setzte mir jemand eine Cognacflasche an den Mund; der Alkohol erweckte meine Lebensgeister und ich konnte meine Augen ganz öffnen und mich umsehen. Licht und Schatten bewegten sich zwischen schneebedeckten Bäumen und ich hörte laute Männerstimmen. Weitere Fackeln leuchteten auf, als die anderen hastig und wie besessen aus dem Friedhof zurückliefen, wohin sie den Wolf verfolgt hatten. Die Soldaten in meiner Nähe fragten gespannt:

»Nun, habt ihr ihn erlegt?«

»Nein! Nein! Kommt, wir müssen fort – schnell! Hier ist es nicht geheuer, und ausgerechnet in dieser Nacht!«

»Was habt ihr gesehen?«, fragten sie wie aus einem Mund!

Die Antworten waren so unbestimmt, als wollten die Männer gern sprechen und fürchteten sich doch davor, ihren Gedanken Ausdruck zu geben.

»Es . . . er . . . selbst!«, stotterte einer in offenkundiger Geistesverwirrung.

»Ein Wolf – und doch kein Wolf!«, warf ein anderer zitternd ein.

»Dergleichen ist nur mit geweihten Kugeln beizukommen«, stellte ein Dritter ruhig fest.

»Das geschieht uns ganz recht, weil wir in dieser Nacht unterwegs sind! Aber unsere tausend Mark haben wir redlich verdient!«, meinte der vierte Soldat.
»Die zersplitterten Marmorblöcke sind blutbespritzt«, murmelte einer nach einer längeren Pause, »aber daran kann nicht der Blitz schuld sein. Und er . . . ist er in Sicherheit? Seht euch nur seine Kehle an! Seht, Kameraden, der Wolf hat auf ihm gelegen und sein Blut warm gehalten.«
Der junge Offizier, der den Trupp führte, untersuchte meine Kehle und sagte: »Er ist nicht in Gefahr, die Haut ist unverletzt. Aber was hat das alles zu bedeuten? Hätte der Wolf nicht geheult, hätten wir ihn nie gefunden.«
»Was ist aus ihm geworden?«, fragte der Mann, der meinen Kopf stützte; er schien am wenigsten ängstlich zu sein, denn seine Hände zitterten nicht. An seiner Uniform erkannte ich, dass es ein Unteroffizier war.
»Er ist in sein Versteck zurückgekehrt«, antwortete ein Mann, dessen langes Gesicht vor Schrecken bleich war und der sich öfters furchtsam umsah. »Hier gibt es genügend Gräber, in denen er liegen kann. Kommt, Kameraden – kommt rasch! Verlassen wir diesen schrecklichen Ort!«
Der Offizier erteilte einige knappe Befehle; ich wurde von kräftigen Händen gestützt und auf ein Pferd gehoben. Er nahm hinter mir Platz, legte einen Arm um mich und ritt seinen Leuten voraus durch den Friedhof davon.
Meine Zunge versagte mir noch immer den Dienst und ich schwieg deshalb weiterhin unfreiwillig. Ich muss eingeschlafen sein, denn meine Erinnerung setzte erst wieder in dem Augenblick ein, in dem zwei Soldaten mich links und rechts stützten, sodass ich stehen konnte. Es war fast Tag und im Osten zeichnete sich ein blutroter Streifen am Himmel ab. Der Offizier wies eben die Leute an nichts von dem zu erzählen,

was sie gesehen hatten, sondern nur zu sagen, sie hätten einen Engländer gefunden, den ein großer Hund bewachte.
»Hund! Das war kein Hund«, warf der Mann ein, der solche Angst gezeigt hatte. »Ich erkenne doch einen Wolf, wenn ich ihn vor mir habe!«
»Ich habe Hund gesagt«, wiederholte der junge Offizier gelassen.
»Hund!«, sagte der andere ironisch. Sein Mut schien mit zunehmendem Tageslicht zu wachsen und er deutete auf mich, während er hinzufügte: »Seht euch seine Kehle an. Ist das etwa das Werk eines Hundes?«
Ich hob instinktiv eine Hand an die Kehle, und als ich sie berührte, stieß ich einen Schmerzensschrei aus. Die Männer drängten heran, um besser sehen zu können; einige beugten sich weit aus dem Sattel. Dann kam wieder die ruhige Stimme des jungen Offiziers: »Ein Hund, habe ich gesagt. Wenn wir etwas anderes behaupten, werden wir nur ausgelacht!«
Ich saß nun hinter einem Soldaten auf und wir ritten weiter in die Münchner Vorstädte hinein. Dort begegnete uns bald eine leere Pferdedroschke; ich wurde hineingehoben und ins *Vier Jahreszeiten* gefahren. Der junge Offizier begleitete mich und ließ einen der Männer sein Pferd nachführen, während die anderen in ihre Kaserne zurückritten.
Als wir ankamen, eilte Herr Delbrück so hastig die Stufen hinab, um mich zu empfangen, dass wir vermuteten, er müsse die Straße beobachtet haben. Er nahm meinen Arm und führte mich behutsam hinein. Der Offizier salutierte und wollte sich zurückziehen, aber ich bestand darauf, dass er mich in mein Zimmer begleitete. Bei einem Glas Wein dankte ich ihm und seinen Leuten herzlich für ihre Hilfe. Er antwortete geradeheraus, dass er sich freue mir behilflich gewesen zu sein können und dass Herr Delbrück bereits dafür gesorgt

habe, alle Beteiligten zufrieden zu stellen. Der Maître d'hôtel lächelte nur, während der junge Offizier sich entschuldigte, weil er zum Dienst musste.

»Aber wie kommt es, dass die Soldaten nach mir gesucht haben, Herr Delbrück?«, fragte ich, als wir allein waren.

Er zuckte mit den Schultern, als wolle er seine eigenen Anstrengungen dadurch abwerten, bevor er erwiderte:

»Glücklicherweise erteilte mir der Kommandeur des Regiments, in dem ich gedient habe, sofort Erlaubnis, einen Suchtrupp aus Freiwilligen zu bilden.«

»Aber woher wussten Sie, dass ich mich verirrt hatte?«, fragte ich.

»Johann ist mit den Trümmern seiner Kutsche zurückgekommen, die umgestürzt war, als seine Pferde durchgingen.«

»Sie haben doch die Soldaten bestimmt nicht nur auf Grund seiner Erzählungen losgeschickt?«

»Oh nein!«, antwortete Herr Delbrück. »Schon vor seiner Ankunft habe ich dieses Telegramm von dem Bojaren erhalten, dessen Gast Sie sind.« Er nahm ein Telegramm aus der Tasche und ich las:

Bistritza

Achten Sie auf meinen Gast – sein Wohlergehen ist mir kostbar. Sollte ihm etwas zustoßen oder sollte er sich verirren, darf nichts zu wenig sein, um ihn zu finden und seine Sicherheit zu garantieren. Er ist Engländer und deshalb abenteuerlustig. Von Schnee und Wölfen und Nacht drohen oft Gefahren. Verlieren Sie keine Sekunde, wenn er zu Schaden kommen könnte. Mein Vermögen belohnt Ihren Eifer.
Dracula

Als ich das Telegramm in der Hand hielt, schien sich der Raum um mich zu drehen; hätte mich der aufmerksame Maître d'hôtel nicht gestützt, wäre ich wohl gefallen. Mein Erlebnis war in vieler Beziehung so merkwürdig, so schrecklich und fast unvorstellbar, dass ich das Gefühl hatte, zwischen rivalisierenden Kräften hin und her gerissen worden zu sein – und der bloße Gedanke daran schien mich zu lähmen. Ich stand ganz offensichtlich unter einem geheimnisvollen Schutz. Aus einem entfernten Land war gerade noch rechtzeitig eine Botschaft gekommen, die mich vor dem Erfrierungstod und dem Rachen des Wolfes bewahrte.

E. F. Benson

In der U-Bahn

Die Geschichte, die ich Ihnen jetzt erzählen will«, sagte er, »begann vor einem Monat, als Sie in der Schweiz waren. In der vergangenen Nacht fand sie vermutlich ein Ende. Jedenfalls erwarte ich nicht, dass ich in Zukunft noch etwas damit zu tun haben werde. Also schön, vor einem Monat hatte ich eines Abends auswärts gegessen und kehrte in der sehr regnerischen Nacht ziemlich spät heim. Es war kein Taxi zu bekommen und ich eilte durch den strömenden Regen zur U-Bahn-Station am Piccadilly Circus und schätzte mich glücklich den letzten Zug in meine Richtung zu erreichen. Das Abteil, in das ich stieg, war ziemlich leer, nur ein anderer Fahrgast war noch darin, er saß mir unmittelbar gegenüber neben der Tür. Ich hatte ihn meines Wissens niemals zuvor gesehen, aber ich spürte, wie er meine Aufmerksamkeit ganz stark auf sich zog, als ginge er mich auf irgendeine Weise etwas an. Er war ein Mann in mittleren Jahren und trug einen eleganten Abendanzug. Auf seinem Gesicht lag ein Ausdruck intensiven Nachdenkens, als grüble er über ein sehr wichtiges Problem nach, und seine eine Hand, die auf seinem Knie lag, ballte sich zur Faust und öffnete sich immer wieder. Plötzlich sah er auf und starrte mir ins Gesicht, ich erblickte Misstrauen und Furcht in dem seinen, als hätte ich ihn bei irgendeiner heimlichen Tat überrascht.

In diesem Augenblick hielt der Zug in Dover Street und der Schaffner öffnete die Türen, rief die Station aus und fügte hinzu: ›Nach Hyde Park Corner und Gloucester Road bitte umsteigen.‹ Sehr gut, denn es bedeutete, dass der Zug in Brompton Road, wo ich aussteigen musste, halten würde. Offensichtlich kam es auch meinem Reisegefährten zupass, denn er stieg auch nicht aus, und nach kurzem Aufenthalt, während dem niemand zustieg, fuhren wir weiter. Ich sah ihn, und darauf muss ich bestehen, nachdem sich die Türen wieder geschlossen hatten und der Zug angefahren war. Aber als ich, während wir vorwärts ratterten, zu ihm hinübersah, bemerkte ich, dass dort niemand mehr saß. Ich war ganz allein im Abteil.

Nun mögen Sie vielleicht denken, ich hätte einen jener kurzen, nur einen Augenblick währenden Träume gehabt, die innerhalb einer einzigen Sekunde im Hirn aufblitzen und wieder verlöschen, aber ich selbst habe nicht einen Augenblick an dergleichen gedacht. Ich spürte, dass ich eine Art Vorahnung, eine hellsichtige Vision gehabt hatte. Ein Mann, dessen Erscheinung oder Astralleib oder wie immer Sie auch nennen wollen, was ich gerade gesehen hatte, würde irgendwann einmal auf jener Bank sitzen, die der meinen gegenüberlag, er würde grübeln und Pläne schmieden.«

»Aber warum?«, fragte ich. »Warum sollte es der Astralleib eines lebendigen Menschen gewesen sein, den Sie zu sehen glaubten? Warum nicht der Geist eines Toten?«

»Auf Grund meiner Empfindungen. Zwei- oder dreimal habe

ich in meinem Leben den Geist eines Verstorbenen gesehen und dieser Anblick war jedes Mal von einem physischen Schauder und von einem Gefühl der Angst begleitet, von einer Empfindung von Kälte und Verlassenheit. Nein, ich war fest davon überzeugt, das Phantom eines Lebenden gesehen zu haben, und dieser Eindruck wurde am nächsten Tag bestätigt, ich möchte sogar sagen, bewiesen. Denn ich traf den Mann selbst. Und Sie werden nachher noch hören, dass ich dem Phantom schon am folgenden Tag noch einmal begegnete. Aber ich will der Reihe nach erzählen.

Am nächsten Mittag war ich bei meiner Nachbarin, Mrs. Stanley, zum Lunch. Es war eine kleine Gesellschaft versammelt, und als ich eintraf, wartete man nur noch auf den letzten Gast. Er kam herein, während ich mit einem Freund plauderte, und gleich darauf nahm mich Mrs. Stanley beim Arm und ich hörte sie sagen:

›Ich möchte Sie Sir Henry Payle vorstellen.‹

Ich wandte mich um und erblickte mein *Visavis* vom vergangenen Abend. Er war es, kein Zweifel, und als wir uns die Hand gaben, hatte ich den Eindruck, dass er mich mit einem vagen und verwirrten Blick des Wiedererkennens ansah.

›Sind wir uns nicht schon einmal begegnet, Mr. Carling?‹, fragte er. ›Ich glaube mich zu erinnern . . .‹

Ich dachte nicht gleich daran, auf wie merkwürdige Art und Weise er aus dem Abteil verschwunden war, und glaubte, es sei dieser Mann selbst gewesen, den ich am Abend zuvor gesehen hatte.

›Sicherlich, und es ist noch gar nicht so lange her‹, antwortete ich. ›Wir saßen uns gestern Abend in der letzten U-Bahn von Piccadilly Circus gegenüber.‹

Er sah mich noch immer an, runzelte verwirrt die Stirn und schüttelte den Kopf.

›Das ist kaum möglich‹, sagte er. ›Ich war auf dem Land und bin erst heute früh zurückgekommen.‹

Nun, das interessierte mich ganz außerordentlich, denn man sagt, dass der Astralleib in einem quasi halb bewussten Winkel des Verstandes oder der Seele nistet und sich an das, was ihm zugestoßen ist, erinnern kann, es aber nur sehr vage und verschwommen an das Bewusstsein zu übermitteln im Stande ist. Während des Essens bemerkte ich, wie er mich wieder und wieder mit dem gleichen verwirrten und erstaunten Gesichtsausdruck anblickte, und als ich mich verabschiedete, kam er auf mich zu.

›Eines Tages werde ich mich daran erinnern‹, sagte er, ›wo wir uns schon einmal begegnet sind, und ich hoffe, wir werden uns wiedersehen. War es nicht . . .‹, er unterbrach sich. ›Nein: jetzt ist es wieder weg‹, fügte er hinzu.«

Das Holzscheit, das Anthony auf das Kaminfeuer gelegt hatte, brannte inzwischen gleichmäßig und die aufzüngelnden Flammen erleuchteten sein Gesicht.

»Nun weiß ich nicht, ob Sie an Zufälle glauben«, sagte er, »aber wenn Sie es tun, dann lösen Sie sich von dieser Vorstellung. Und falls Sie das nicht gleich können, nennen Sie es meinetwegen Zufall, dass ich an dem gleichen Abend wiederum mit der letzten U-Bahn ins Westend fahren wollte. Diesmal konnte keine Rede davon sein, dass ich der einzige Passagier gewesen wäre, im Gegenteil, in Dover Street, wo ich einstieg, wartete eine beträchtliche Menschenmenge, und gerade als der Lärm des sich nähernden Zuges im Tunnel widerzuhallen begann, erblickte ich Sir Henry Payle, der etwas abseits nahe der Tunnelöffnung stand, aus der der Zug sogleich auftauchen würde. Und ich dachte bei mir, wie merkwürdig es sei, dass ich seine Erscheinung zu genau der gleichen Zeit am Abend zuvor gesehen hatte, und jetzt ihn selbst. Und ich ging auf ihn zu und wollte ihm sagen: Immerhin begegnen wir uns heute Abend in der U-Bahn . . . als etwas ganz Schreckliches und Fürchterliches geschah. Genau in dem Augenblick, in dem der Zug aus dem Tunnel auftauchte, sprang er auf das Gleis hinunter und der Zug lief über ihn hinwegbrausend in den Bahnsteig ein.

Einen Augenblick lang war ich bei diesem Anblick vor Schrecken wie erstarrt und ich erinnerte mich, dass ich die Hände vor die Augen schlug, um die entsetzliche Tragödie nicht mit ansehen zu müssen. Dann jedoch fiel mir auf, dass sie keiner außer mir bemerkt zu haben schien, obgleich sie sich vor aller Augen ereignet hatte. Der Fahrer hatte aus seinem Fenster gesehen, die Bremsen aber nicht betätigt; der einfahrende Zug ruckte kein bisschen, niemand schrie und die Fahrgäste begannen in vollkommener Gleichgültigkeit einzusteigen. Ich muss wohl getaumelt sein, denn mir war übel von dem, was ich gesehen hatte, und irgendeine freundliche Seele legte den Arm um mich und half mir in den Zug. Er sei Arzt, sagte er und fragte, ob ich Schmerzen hätte oder ob mir sonst irgendetwas fehle. Ich erzählte ihm, was ich zu sehen geglaubt hatte, und er versicherte mir, es habe keinen derartigen Unfall gegeben.

Da wurde mir klar, dass ich sozusagen den zweiten Akt dieses psychischen Dramas gesehen hatte, und am nächsten Morgen grübelte ich über dem Problem, was ich tun sollte. Ich hatte bereits einen Blick in die Morgenzeitung geworfen, in der wie erwartet nichts von dem erwähnt wurde, was ich gesehen hatte. Es war nun einmal nichts passiert, aber ich wusste in meinem tiefsten Innern, dass es sich ereignen werde. Der dünne Schleier der Zeit war von meinen Augen gezogen worden und ich hatte in das gesehen, was Sie die Zukunft nennen. Wenn man in den Kategorien der Zeit denkt, war es natürlich die Zukunft, aber von meinem Standpunkt aus gesehen lag das Ereignis genauso gut in der Vergangenheit wie in der Zukunft. Es existierte und wartete lediglich auf materielle Erfüllung. Je länger ich darüber nachdachte, desto deutlicher erkannte ich, dass ich nichts tun konnte.«

Ich unterbrach seine Erzählung.

»Sie haben nichts unternommen?«, rief ich aus. »Sie hätten doch sicher irgendetwas tun können, um die Tragödie zu verhindern.«

Er schüttelte den Kopf.

»Was denn zum Beispiel?«, fragte er. »Sollte ich zu Sir Henry gehen und ihm erzählen, ich hätte ihn schon wieder in der U-Bahn gesehen, und zwar in dem Augenblick, als er gerade Selbstmord beging? Sehen Sie es doch einmal folgendermaßen an: Entweder war das, was ich gesehen hatte, bloße Sinnestäuschung, bloße Einbildung, dann existierte er überhaupt nicht und hatte keinerlei Bedeutung, oder aber es war wirklich, es existierte und hatte sich tatsächlich unwiderruflich ereignet. Oder sehen Sie es, obgleich das nicht sehr logisch ist, so an, als läge es irgendwo dazwischen. Vielleicht war ihm aus irgendeinem Grund, den ich nicht kannte, der Gedanke an Selbstmord gekommen oder er würde ihm kommen. Wäre es dann aber nicht – falls dies so war – ein sehr gefährliches Unterfangen, ihm gegenüber eine derartige Vermutung zu äußern? Bestand nicht die Gefahr, dass er erst auf den Gedanken kam, wenn ich ihm erzählte, was ich gesehen hatte? Oder dass dieser Gedanke konkretere Gestalt annahm und sich verfestigte? Es ist ein heikel Ding, mit Seelen zu spielen, wie Browning sagt.«

»Aber es scheint unmenschlich, sich so gar nicht darum zu kümmern«, sagte ich, »nicht einmal den kleinsten Versuch zu unternehmen.«

»Sich kümmern? Wie sollte ein solcher Versuch denn aussehen?«, fragte er.
Bei dem Gedanken, gar nichts zu tun, um eine derartige Tragödie zu verhindern, wollte mein angeborenes Bedürfnis, anderen Menschen zu helfen, sich lauthals empören. Aber diese instinktive Hilfsbereitschaft stieß offenbar an eine unüberwindliche Grenze, und wie ich mein Hirn auch zermarterte, ich konnte dem, was er gesagt hatte, nichts entgegensetzen. Ich vermochte ihm nicht zu antworten und so fuhr er fort: »Vergessen Sie nicht«, sagte er, »dass ich zu jenem Zeitpunkt glaubte, und auch jetzt noch glaube, dass sich das Geschehen bereits ereignet hatte. Die Ursache, was immer sie war, hatte ihr Werk begonnen und die Wirkung in unserer realen Welt war unvermeidlich. Darauf habe ich angespielt, als ich Sie zu Beginn meiner Geschichte zu bedenken bat, wie schwierig eine Aussage darüber ist, wann etwas stattgefunden hat. Sie halten immer noch daran fest, dass diese bestimmte Tat, dieser Selbstmord von Sir Henry, noch nicht geschehen war, da er sich ja noch nicht unter den Zug geworfen hatte. Das scheint mir ein sehr materialistischer Standpunkt zu sein. Ich bleibe dabei, dass er stattgefunden hatte und dass nur noch seine Bestätigung in der Wirklichkeit ausstand. Und ich kann mir sehr gut vorstellen, dass Sir Henry, nun, da der Dunst der Materie von ihm gewichen ist, dies selbst auch durchaus weiß.«
Gerade in dem Augenblick, als er dies sagte, konnte man in dem warmen, hell erleuchteten Zimmer einen eiskalten Luftzug verspüren; meine Haare sträubten sich, als er mich streifte, und die Flammen im Kamin sanken in sich zusammen und flackerten wieder auf. Ich wandte mich um, um zu sehen, ob vielleicht die Tür hinter mir aufgegangen war, aber dort tat sich nichts und auch die Vorhänge vor dem geschlossenen

Fenster waren fest zugezogen. Anthony richtete sich ruckartig in seinem Sessel auf, als der Luftzug ihn erreichte, und blickte aufmerksam im Zimmer umher.

»Haben Sie das auch gemerkt?«, fragte er.

»Ja, ein plötzlicher Luftzug«, antwortete ich. »Eiskalt.«

»Sonst noch etwas?«, fragte er. »Irgendeine andere Empfindung?«

Ich zögerte, bevor ich antwortete, da mir in diesem Augenblick Anthonys Beschreibung der unterschiedlichen Wirkungen einfiel, die das Phantom eines Lebenden und die Geistererscheinung eines Toten auf einen unbeteiligten Zuschauer ausüben. Meine jetzige Empfindung entsprach exakt einer solchen Geistererscheinung, ein ganz bestimmter physischer Schauder, eine plötzliche Furcht, ein Gefühl der Verlassenheit. Und dabei hatte ich gar nichts gesehen. »Es war mir ziemlich unheimlich zu Mute«, sagte ich.

Während ich sprach, zog ich meinen Sessel näher zum Feuer und warf einen raschen und, wie ich gestehen muss, einen etwas ängstlich prüfenden Blick auf alle vier Wände des hell erleuchteten Raums. Gleichzeitig bemerkte ich, dass Anthony zum Kaminsims spähte, auf dem genau unterhalb eines mit zwei elektrischen Birnen bestückten Wandleuchters die Uhr stand, die er zu Beginn unserer Unterhaltung hatte anhalten wollen. Die Zeiger standen auf fünfundzwanzig Minuten vor eins.

»Aber gesehen haben Sie nichts?«, fragte er.

»Nichts, gar nichts«, sagte ich. »Warum sollte ich auch? Was gab es denn zu sehen? Oder haben Sie . . .«

»Nein, ich glaube nicht«, antwortete er.

Diese Antwort strapazierte denn doch meine Nerven; das eigenartige Gefühl, das ich bei dem Luftzug empfunden hatte, hielt an, ja es hatte sich eher noch verstärkt.

»Aber Sie werden doch wissen, ob Sie etwas gesehen haben oder nicht?«, fragte ich.

»Man kann sich da nicht immer so sicher sein«, antwortete er. »Wie ich sagte, glaube ich nicht, dass ich irgendetwas gesehen habe. Auf der anderen Seite bin ich mir aber auch nicht sicher, ob die Geschichte, die ich Ihnen gerade erzähle, gestern Abend wirklich ihren endgültigen Abschluss gefunden hat. Ich glaube, es könnte noch etwas passieren. Wenn es Ihnen lieber ist, werde ich die Fortsetzung, soweit sie mir bekannt ist, bis morgen früh offen lassen, sodass Sie jetzt vielleicht doch besser zu Bett gehen?«

Seine unerschütterliche Gelassenheit beruhigte mich.

»Warum sollte ich?«, fragte ich.

Wieder sah er sich um und musterte der Reihe nach die hellen Wände.

»Nun, ich glaube, irgendetwas hat soeben das Zimmer betreten«, sagte er, »und daraus könnte sich manches entwickeln. Wenn Ihnen diese Vorstellung nicht behagt, sollten Sie vielleicht lieber gehen. Natürlich gibt es keinen Grund, sich zu beunruhigen, was auch immer dieses Etwas sein mag, es kann uns nichts anhaben. Aber es ist jetzt fast genau die Zeit, zu der ich in zwei Nächten nacheinander das erlebte, was ich Ihnen bereits erzählt habe, und ein Geist erscheint für gewöhnlich immer zur gleichen Stunde. Warum das so ist, kann ich nicht sagen, aber es hat den Anschein, als sei ein an die Erde gebannter Geist immer noch gewissen Konventionen unterworfen, den Konventionen der Zeit zum Beispiel. Ich glaube, dass ich bald etwas sehen werde, Sie aber höchstwahrscheinlich nicht. Sie leiden nicht so sehr wie ich unter diesen . . . Trugbildern . . .«

Ich hatte Angst und ich wusste es, aber andererseits war ich äußerst interessiert und bei seinen letzten Worten ergriff ein beinahe perverser Übermut Besitz von mir. Warum, so fragte ich mich, sollte ich nicht sehen, was auch immer es zu sehen gab? . . .

»Ich möchte auf keinen Fall gehen«, sagte ich. »Ich möchte den Schluss Ihrer Geschichte hören.«

»Wo war ich stehen geblieben? Ach ja: Sie fragten sich, warum ich nichts unternommen hatte, nachdem ich sah, wie der Zug in den Bahnhof eingelaufen war, und ich antwortete, dass man da nichts tun konnte. Ich kann mir vorstellen, dass Sie mir zustimmen, wenn Sie darüber nachdenken . . . Ein paar Tage vergingen und am dritten entdeckte ich morgens in der Zeitung, dass sich meine Vision erfüllt hatte. Sir Henry Payle hatte auf dem Bahnsteig von Dover Street auf die letzte U-Bahn nach South Kensington gewartet und sich dann vor den einfahrenden Zug gestürzt. Dieser war sehr schnell zum Stehen gekommen, aber ein Rad war über Sir Henrys Brust gerollt, hatte sie eingedrückt und ihn augenblicklich getötet.

Es wurde eine Untersuchung eingeleitet und dabei kam eine jener düsteren Geschichten zum Vorschein, die bei Gelegenheiten wie dieser bisweilen wie ein mitternächtlicher Schatten über ein Leben fallen, das die Öffentlichkeit wohl für glücklich gehalten hatte. Die Beziehungen zu seiner Frau, von der er getrennt lebte, waren schon seit Jahren gespannt und es stellte sich heraus, dass er sich vor nicht allzu langer Zeit leidenschaftlich in eine andere Frau verliebt hatte. In der Nacht vor seinem Selbstmord war er sehr spät im Haus seiner Frau erschienen und hatte eine lange und wütende Auseinandersetzung mit ihr gehabt, in deren Verlauf er sie dringend ersuchte sich von ihm scheiden zu lassen, sonst werde er ihr das Leben zur Hölle machen. Sie weigerte sich und in einem Anfall unkontrollierter Wut hatte er versucht sie zu erwürgen. Es fand ein regelrechter Kampf statt, der Lärm rief ihren Diener herbei, diesem gelang es dann, Sir Henry zu überwältigen. Lady Payle drohte, ihn wegen Körperverletzung und versuchten Mordes vor Gericht zu bringen. Mit diesem Damoklesschwert über sich beging er in der darauf folgenden Nacht, wie ich Ihnen bereits erzählt habe, Selbstmord.«

Er starrte wieder auf die Uhr und ich sah, dass die Zeiger zehn Minuten vor eins anzeigten. Das Feuer war inzwischen heruntergebrannt und im Zimmer wurde es jetzt wirklich ziemlich kalt.

»Das ist noch nicht alles«, sagte Anthony und sah sich erneut um. »Sie wollen den Schluss nicht doch lieber morgen früh hören?«

Scham, Stolz und Neugier gewannen erneut die Oberhand.

»Nein, erzählen Sie ihn mir gleich«, sagte ich.

Bevor er weiterredete, sah er plötzlich angestrengt auf eine Stelle hinter meinem Sessel und beschattete dabei seine Augen. Ich folgte seinem Blick und wusste nun, was er meinte, als er gesagt hatte, man könne manchmal nicht sicher sein, ob man etwas sieht oder nicht. Waren das nun die Umrisse eines Schattens, der sich zwischen mich und die Wand geschoben hatte? Es war schwer, ihn scharf zu erfassen; ich hätte nicht sagen können, ob sich der Schatten in der Nähe der Wand oder neben meinem Stuhl befand. Jedenfalls schien er sich aufzulösen, als ich genauer hinsah.

»Sehen Sie nichts?«, fragte Anthony.

»Nein, ich glaube nicht«, sagte ich. »Und Sie?«

»Ich glaube ja«, erwiderte er und folgte etwas mit den Augen, das für mich unsichtbar war. Sein Blick kam an einem Punkt halbwegs zwischen seinem Sessel und dem Kaminsims zur Ruhe. Während er ununterbrochen dorthin sah, fing er erneut zu sprechen an.

»Das alles ereignete sich vor zwei Wochen«, sagte er, »als Sie in der Schweiz waren, und bis gestern Nacht habe ich dann nichts mehr gesehen. Aber die ganze Zeit habe ich noch etwas erwartet. Ich hatte das Gefühl, dass für mich noch nicht alles vorbei war, und gestern Abend ging ich in der Absicht, jede Verbindung zwischen mir und dem . . . dem Drüben zu begünstigen, zur U-Bahn-Station Dover Street, und zwar ein paar Minuten vor eins, dem Zeitpunkt, in dem sich sowohl der tätliche Angriff als auch der Selbstmord ereignet hatten. Als ich auf den Bahnsteig kam, war dieser vollkommen leer, zumindest schien es mir so, aber genau in dem Augenblick, als ich das Dröhnen des sich nähernden Zuges zu hören begann, erblickte ich etwa zwanzig Meter vor mir die Gestalt eines Mannes, der dort stand und in den Tunnel starrte. Er war nicht zusammen mit mir im Lift heruntergekommen und einen Augenblick vorher war er noch nicht da gewesen. Er ging auf mich zu und dann sah ich, wer es war; und während er näher kam, verspürte ich einen eiskalten Windstoß. Es war nicht die Zugluft, die das Nahen einer Bahn ankündigt, denn er kam aus der entgegengesetzten Richtung. Der Mann trat ganz dicht an mich heran und ich sah, wie in seinen Augen ein Erkennen aufblitzte. Er hob sein Gesicht zu dem meinen empor und ich sah, wie sich seine Lippen bewegten, aber ich vernahm, vielleicht wegen des sich verstärkenden Lärms aus dem Tunnel, keinen Laut. Er streckte die Hand aus, als flehe er mich um etwas an, und ich wich vor ihm zurück; aus Feigheit, die ich mir nicht verzeihen kann, denn ich wusste auf Grund der Anzeichen, von denen ich Ihnen erzählt habe, dass dies einer aus dem Totenreich war. In kreatürlicher Angst bebte ich vor ihm zurück und erstickte jegliches Mitleid und jegliches Verlangen, ihm zu helfen, falls dies überhaupt möglich war. Offensichtlich wünschte er etwas von mir, ich aber schrak zurück. Und inzwischen tauchte die Bahn aus dem Tunnel auf und im nächsten Augenblick warf er sich mit einer schrecklichen Geste der Verzweiflung vor den Zug.«

Als Anthony zu sprechen aufgehört hatte, stand er rasch aus seinem Sessel auf. Er blickte immer noch starr geradeaus. Ich sah, wie sich seine Pupillen weiteten und seine Kinnladen mahlten.

»Es kommt näher«, sagte er. »Ich erhalte eine Gelegenheit, meine Feigheit wieder gutzumachen. Es besteht kein Grund zur Beunruhigung: Ich muss mir das selbst immer wieder in Erinnerung rufen . . .«

Während er sprach, war von der Täfelung über dem Kaminsims ein lautes Splittern zu hören und wiederum strich ein kalter Luftzug um meinen Kopf. Ich merkte, dass ich mich in meinem Sessel zusammenkauerte und meine Hände ausstreckte, als wolle ich mich vor etwas schützen, von dem ich wusste, dass es da sei, auch wenn ich es nicht sehen konnte. Mit allen Sinnen spürte ich, dass Anthony und ich nicht allein im Zimmer waren, und es überlief mich kalt, weil dieser Dritte unsichtbar blieb. Jede Erscheinung, wie grässlich sie auch immer sein mochte, wäre erträglicher, als zu wissen, dass ein unsichtbares Etwas mir jetzt nahe war. Und doch, welches Grauen musste erst von dem Gesicht des Toten und dem Anblick seiner zerschmetterten Brust ausgehen . . . Aber alles, was ich sehen konnte, als ich in diesem kalten Luftzug zusammenschauderte, waren die Wände des vertrauten Zimmers und Anthony, der steif und entschlossen vor mir stand und – wie ich wohl wusste – all seinen Mut sammelte. Sein Blick konzentrierte sich auf etwas, das ganz dicht bei ihm war, und der Anflug eines Lächelns umspielte seine Mundwinkel. Und dann fing er von neuem an zu sprechen.

»Ja, ich kenne dich«, sagte er. »Du möchtest etwas von mir. Sag mir also, was es ist.«

Es herrschte vollkommene Stille, aber was für meine Ohren Stille war, mussten die seinen offenbar anders empfinden, denn er nickte ein- oder zweimal und einmal sagte er: »Ja, ich verstehe, ich werde es tun.« Hier war jemand zugegen, auch wenn ich ihn nicht sehen konnte, und ein Gespräch fand statt, auch wenn ich es nicht hören konnte, und in mir wuchs das Entsetzen vor dem Toten und vor dem Unbekannten; ich konnte mich nicht mehr bewegen: Es war wie in einem Alptraum. Ich war unfähig mich zu rühren, unfähig zu sprechen. Ich versuchte mit aller Kraft das Unhörbare zu hören, das Nichtsichtbare zu sehen, während der kalte Wind aus dem Totenreich über mich hinwegstrich. Nicht die Gegenwart des Todes selbst war so schrecklich; es war vielmehr die Tatsache, dass eine ruhelose Seele aus der dort herrschenden Stille und heiteren Klarheit vertrieben worden war; eine Seele, die nicht in Frieden ruhen konnte, bis ein endgültiges Erwachen – wie es auch immer aussehen mag – die unzähligen Generationen derer, die vergangen sind, auferstehen lässt, hatte es von jenem unbekannten Ort zurück in die stoffliche Welt gezogen, von der sie hätte erlöst sein sollen. Der Abgrund zwischen dem Reich der Lebenden und dem der Toten, der auf diese Weise überbrückt worden war, war mir noch nie so unermesslich und so unnatürlich erschienen. Es ist durchaus möglich, dass Tote Verbindung mit Lebenden aufnehmen, und das war es eigentlich auch nicht, was mich so sehr in Schrecken versetzte, denn soweit wir wissen, stellen die Toten einen solchen Kontakt freiwillig her. Hier aber war ein gleichsam zu Eis erstarrtes, schuldbeladenes Wesen aus den friedlichen Gefilden, in denen es keinen Frieden finden konnte, vertrieben und in unsere Welt zurückgeschickt worden.

Und dann, Gipfel des Schreckens, trat eine Veränderung in der unsichtbaren Konstellation ein. Anthony schwieg jetzt, er starrte nicht mehr wie gebannt auf einen Punkt direkt vor sich, sondern blickte zur Seite, dorthin, wo ich saß, dann wieder zurück, und zugleich nahm ich wahr, dass das unsichtbare Wesen seine Aufmerksamkeit von ihm weg und mir zugewandt hatte. Und ganz allmählich und in immer schrecklicherer Deutlichkeit begann nun auch ich zu sehen ...

Der Umriss eines Schattens bildete sich vor dem Kaminsims und der Täfelung. Der Schatten nahm Gestalt an, nach und nach formten sich die Konturen eines Mannes. Immer deutlicher waren innerhalb des Umrisses Einzelheiten zu erkennen, zuerst so etwas wie ein Gesicht, das flimmernd in der Luft schwebte, unscharf wie ein Gegenstand, den Nebel verhüllt; gramzerfurchte Züge mit den Spuren unseliger Heimsuchungen, geprägt von einem Leid, wie es keines Menschen Gesicht jemals zuvor entstellt hat. Dann zeichneten sich die Schultern ab und dann etwas weiter unten ein greller roter Fleck. Plötzlich wurde die Erscheinung zu einem klaren Bild. Dort stand ein Mann. Seine Brust war eingedrückt und über und über mit Blut bedeckt, gebrochene Rippen ragten wie die Spanten eines gestrandeten Schiffes aus ihr hervor. Die düster traurigen Augen starrten mich unverwandt an und plötzlich wusste ich: Sie waren es, von denen der eisige Luftzug ausging ...

Dann verschwand die Erscheinung, so schnell, wie man eine Lampe ausknipst, der eisige Luftzug erstarb und in einem friedlichen, hell erleuchteten Zimmer stand Anthony vor mir. Es gab keinerlei Anzeichen mehr für die Anwesenheit eines unsichtbaren Wesens; wir beide waren allein, nur noch das unterbrochene Gespräch stand zwischen uns. Ich kam wieder zu mir wie nach einer Narkose. Vor meinen Augen fügte sich alles wieder zusammen, zuerst noch undeutlich und verschwommen, doch dann nahmen die Dinge allmählich wieder ihre Wirklichkeit an.

»Sie sprachen mit jemandem, aber nicht mit mir«, sagte ich. »Wer war es? Was war es?«

Er strich mit dem Handrücken über die Stirn, die in dem hellen Licht glänzte.

»Eine Seele in der Hölle«, sagte er.

Nun ist es immer schwer, sich körperliche Empfindungen in Erinnerung zu rufen, wenn sie vorbei sind. Wenn man gefroren hat und einem wieder warm ist, fällt es schwer, sich an die Kälte zu erinnern; wenn man geschwitzt hat und einem wieder kühl geworden ist, fällt es einem schwer, sich zu vergegenwärtigen, wie beklemmend die Last der Hitze wirklich war. Und genauso wenig war ich nach dem Verschwinden jener übernatürlichen Erscheinung dazu fähig, das Gefühl des Entsetzens, das mich ihretwegen vor nur wenigen Minuten befallen und ganz von mir Besitz ergriffen hatte, zurückzurufen.

»Eine Seele in der Hölle?«, fragte ich. »Was reden Sie denn da?«

Er ging eine kurze Weile im Zimmer auf und ab, dann setzte er sich auf die Armlehne meines Sessels.

»Ich weiß nicht, was Sie gesehen haben«, sagte er, »und auch nicht, was Sie empfanden, aber ich habe noch niemals in meinem ganzen Leben etwas Wirklicheres erlebt als das, was sich in den vergangenen wenigen Minuten ereignet hat. Ich habe mit einer Seele in der Hölle der Reue gesprochen, die einzige Hölle, die es gibt. Diese Seele wusste seit gestern Abend, dass sie durch mich vielleicht eine Verbindung mit der Welt herstellen könnte, die sie verlassen hat, und sie suchte mich und fand mich. Sie hat mir eine Botschaft für eine Frau anvertraut, die ich noch nie gesehen habe, die Botschaft eines Bußfertigen . . . Sie werden erraten, wer es ist . . .«

Unvermittelt sprang er auf.

»Lassen Sie es uns gleich einmal nachprüfen«, sagte er. »Er nannte mir die Straße und die Hausnummer. Dort ist das

Telefonbuch! Wäre es wirklich ein bloßer Zufall, wenn sich bestätigen sollte, dass in der Chasemore Street 20 in South Kensington eine Lady Payle wohnt?«

Er blätterte in dem umfangreichen Band.

»Es hat alles seine Richtigkeit«, sagte er.

Sir Arthur Quiller-Couch

Der siebente Mann

In einer aus einem einzigen Raum bestehenden Hütte im Polargebiet, nur ein weniges südlich des achtzigsten Breitengrades, saßen sechs Männer. Abend für Abend saßen sie so, seit Monaten. Mit Hilfe der Uhr teilten sie die Zeit in Tag und Nacht, aber tatsächlich war es fortwährend Nacht. Da die Uhr jedoch eben halb neun zeigte, sagten sie, es sei Abend.

Die Hütte war aus Holzstämmen gebaut und innen mit groben Brettern verkleidet, deren Fugen mit Pech abgedichtet waren. Sie maß siebzehn mal vierzehn Fuß; gegenüber der Tür nahmen aber vier Schlafkojen – zwei oben und zwei unten – etwa einen Meter der Länge weg, und das machte den Raum fast quadratisch. Jede Koje hatte zwei Türchen mit Messingriegeln an der Innenseite, sodass der Eigentümer, wenn er wollte, sich einschließen und in einer Art Schrank schlafen konnte. Für gewöhnlich aber verschloss er nur eine Tür – die bei seinen Füßen. Die andere blieb aufgeklappt und ließ den Messingriegel sehen. Die Männer hielten diese Riegel ständig auf Hochglanz.

Links der Tür und dahinter, wenn sie geöffnet wurde, waren drei Hängematten aufgehängt, eine über der anderen. In der obersten schlief niemand.
Den Mittelpunkt der Hütte bildete ein viereckiger Herdstein, der sich nur wenig über dem Boden erhob. Auf diesem Stein, über einem wachsenden Berg sanfter, grauer Asche, brannte immerzu das Feuer. Es gab keinen Kaminabzug und so ging kein Hauch Wärme verloren. Der Rauch stieg stetig hoch und verbreitete sich unter den geschwärzten Balken und der Bretterdecke in dichten, bläulichen Schwaden. Etwa achtzehn Zoll unter dem Dach befand sich aber eine Reihe kleiner Luken mit Schiebetürchen, durch die frische Luft hereinkam, und der Raum darunter war fast frei von Rauch. Einem Neuankömmling hätte bestimmt das Auge getränt, doch die Männer in der Hütte flickten in aller Ruhe ihre Kleider und lasen, ohne sich vom Rauch stören zu lassen.
Das Feuer nährten sie von einem Stapel Treib- und Wrackholz, der rechts neben der Tür aufgeschichtet war. Treibholz lieferte der gefrorene Strand draußen; ganze Bäume lagen dort herum, die von Äxten unbekannter Holzfäller zurechtgehackt und von weiß Gott welchem Kontinent hergeschwemmt worden waren. Das Wrackholz aber kam von ihrem eigenen Schiff, der J. R. MacNeill, die sie von Dundee hergebracht hatte.
Da waren sie nun alle: Alexander Williamson aus Dundee, genannt »Chef«. David Faed, ebenfalls aus Dundee; George Lashman aus Cardiff; der Lange Ede aus Hayle in Cornwall; Charles Silchester, auch »Schnepfe« oder »Stummel« genannt, aus Ratcliff Highway oder dortherum; und Daniel Cooney, der sechs Wochen vor dem Schiffbruch in Tromsø angeheuert hatte, ein Amerikaner irischer Abstammung und ohne feste Adresse.
Der Chef hatte sich in seine Koje zurückgezogen und las beim

Licht einer verrußten, stinkenden Lampe. Er war Maat auf der J. R. MacNeill gewesen und war nun so etwas wie Kapitän und Vater der schiffbrüchigen Gesellschaft. Er besaß drei Bücher – die Bibel, Miltons Verlorenes Paradies und einen Romanband, Der türkische Spion, in dem er eben jetzt las. Das Lampenlicht funkelte auf seinem Brillenrand und auf den silbrigen Haaren seines Bartes. Seine Lippen bewegten sich beim Lesen und dann und wann unterbrach er seine Lektüre und blickte milde zu Faed und Stummel hin, die, mit einem schmierigen Kartenspiel beschäftigt, vor dem Feuer saßen; hin und wieder lauschte er dem grämlichen Gemurmel aus der Koje über ihm. Dort lag seit sechs Wochen Lashman mit Skorbut zu Bett und jammerte unaufhörlich. Obwohl es seinen Kameraden kaum bewusst war, hatte dieses Gejammer ihre Nerven dünn wie Fiedelsaiten gemacht, was bis dahin Kälte und harter Arbeit und grausamer Einsamkeit nicht gelungen war.
Der Lange Ede lag ausgestreckt neben dem Feuer auf einem Bündel Felle und las in dem einzigen Buch, das er besaß, der Bibel. Sie war jetzt bei dem Hohen Lied Salomos aufgeschlagen. Cooney hatte ein Paar Hosen fertig geflickt und sich in seine Hängematte verzogen; er wälzte sich unruhig hin und her und starrte zur Decke hinauf, wo das Mondlicht durch die kleinen Luken hereinschien und die Rauchschwaden in Schichten teilte. Wenn Lashman in neuerliche Tremolos von Selbstmitleid ausbrach, öffnete und schloss sich Cooneys Hand, bis die Fingernägel sich in seine Handfläche bohrten. Endlich konnte er es nicht mehr ertragen und stöhnte:
»Hör doch auf, George! Zum Teufel mit . . .«
Er hielt jäh inne, als ihm das vorwurfsvolle Schweigen der anderen bewusst wurde. Sie waren alle erfahrene Seeleute und zu ihren Verhaltensregeln gehörte es, mit einem kranken Kameraden behutsam umzugehen.

Lashmans Stimme, kläglicher als je, schnitt wie ein Messer in die Stille:
»Na also! Endlich machst du das Maul auf und sagst, was du dir die ganze Zeit schon denkst. Eine Last bin ich euch, und je früher ihr mich los seid, desto besser! Du brauchst dich nicht mehr lang zu sorgen. Ich bin bald tot. Ihr könnt mich bald eingraben, dort draußen, neben Bill . . .«
»Reg dich ab, Kamerad!« Stummel blickte herüber und legte die Karten nieder. »Ich werd dir die Kissen aufschütteln, das wird dich beruhigen.«
»Beruhigen? Nur los, bringt mich zur Ruhe, zur ewigen. Ihr wollt ja nichts anderes.«
»Hör auf mit den Spinnereien. Dan hat es doch nicht so gemeint.«
Stummel schob einen Arm unter den Kopf des Kranken und klopfte die Kissen aus Fellen und Jutesäcken zurecht.
»Nicht so gemeint? Das soll er mir selber sagen.«
Der Chef las weiter, seine Lippen bewegten sich lautlos mit. Gott weiß, wie er zu diesem zerfetzten, fleckigen kleinen Band gekommen war. Briefe eines türkischen Spions, der fünfundvierzig Jahre unentdeckt in Paris gelebt hat . . . Aus dem Arabischen ins Italienische und von dorther ins Englische übersetzt, elfte Auflage, London MDCCXLI. Der Himmel mochte wissen, warum er darin las, er verstand kaum die Hälfte davon.
»Am 19. dieses Monats«, las er, *»nahmen der König und der gesamte Hof an einem Ballett teil, das die Größe der französischen Monarchie repräsentieren sollte. Um die Mitte der Vorstellung wurde ein antiker Tanz gegeben, ausgeführt von zwölf maskierten Schauspielern in der Gestalt von Dämonen. Aber kaum hatten sie zu tanzen begonnen, fand sich ein Eindringling unter ihnen, der ihre Anzahl auf dreizehn erhöhte. Dies brachte sie völlig aus dem Takt. Denn die Schauspieler proben vorher jeden Schritt und jede Bewegung, bis*

alles perfekt ist. Durch das Erscheinen der dreizehnten Maske völlig aus der Fassung geraten, standen sie da wie die Narren und starrten einander an. Keiner wagte es, sich zu demaskieren oder ein Wort zu sprechen – das hätte die Zuschauer beunruhigt und in Verwirrung gebracht. Kardinal Mazarini (er war der Hauptbetreiber dieser Vorstellung, um den König von ernsthaften Gedanken abzuhalten) stand nahe bei dem jungen Monarchen, das Programm des Balletts in der Hand. Er wusste, dass dieser Tanz von zwölf Masken getanzt werden sollte. Als er nun plötzlich dreizehn Masken sah, glaubte er anfangs an einen Irrtum. Sobald er aber die Vewirrung der Tänzer bemerkte, ließ er die Angelegenheit näher untersuchen. Dabei konnten die Tänzer den Kardinal überzeugen, dass kein Irrtum vorlag. Sie erklärten, dass nur zwölf antike Gewänder dieser Art vorhanden waren, die man noch dazu ausschließlich für dieses Ballett verfertigt hatte. Als sie hinter der Bühne den Vorfall prüften, fanden sie sich plötzlich zu zwölft, während sie auf der Bühne dreizehn gewesen waren. Das machte die Sache noch geheimnisvoller . . .«

»Er soll es selber sagen! Er soll es mir ins Gesicht sagen, dass er es nicht so gemeint hat, der elendige Ire!«

Cooney schwang ein Bein schwerfällig über die Seite seiner Hängematte, kletterte heraus und schlurfte quer durch den Raum auf den kranken Mann in der Koje zu.

»'türlich hab ich es nicht so gemeint. Es hat mich eben gepackt. Ich musste einfach fluchen. Ich schwör dir, George, und du sollst mit mir eins drauf trinken, ich schwör dir, dass kein böses Blut zwischen uns ist. Trink mit mir zum Zeichen, dass du mir glaubst.« Er hob eine kleine Kanne auf, die neben der Koje stand, zog einen heißen Schürhaken aus dem Feuer und rührte in dem gefrorenen Trank. Der Kranke wandte ihm verdrießlich den Rücken zu. »Ich hab es wirklich nicht so gemeint«, wiederholte Cooney. Er setzte das Kännchen nieder und schlurfte zurück zu seiner Hängematte.

Der Chef starrte ins Feuer, auf den nach oben ziehenden Rauch und auf die niedersinkende graue Asche; dann blickte er auf David Faed, der Karten ausgab und bei jeder einzelnen Karte seinen Daumen leckte. Der Lange Ede schob die Bibel näher an die Glut und murmelte dabei: »Fanget uns die Füchse, die kleinen Füchse, die die Weinberge verderben . . . «

»Ich passe«, verkündete Stummel.

»Meinetwegen!» David Faed rollte den Kautabak in seiner Wange. Die Karten waren so abgegriffen, dass jeder Spieler an der Rückseite sehen konnte, welches Blatt der andere in den Händen hielt. Trotzdem spielten sie Nacht für Nacht. Stummel pflegte sein Spielerglück zu segnen oder sein Pech zu verwünschen, während der Schotte phlegmatisch wie ein Holzklotz dasaß.

»Spiel weiter, Mann! Denk nicht so viel!«

Stummel ließ beide Hände sinken. Er saß aufrecht und steif da und horchte angespannt.

»Pst! Draußen vor der Tür . . .«

Alle lauschten. »Ich hör nichts«, sagte David nach zehn Sekunden.

»Pst! So horcht doch! Da – schon wieder . . .«

Jetzt hörten sie es auch. Cooney glitt aus seiner Hängematte. Er schlich zur Tür, kauerte sich nieder, presste das Ohr an die Pfosten und lauschte. Einen Augenblick war ihm, als hörte er von draußen Atemzüge. Dann schien es ihm eher, als ob irgendein Tier vorsichtig an der vereisten Tür herumtastete und an der gefrorenen Schneekruste scharrte.

Sie lauschten alle.

Ein Klotz sprühte und zerbarst. Der Kranke in seiner Koje begann zu jammern:

»Bären! Das sind die Bären! Das Grab von Bill hat sie angelockt und als Nächster bin ich selber dran. Ich habe euch gewarnt!

Ich habe es euch gesagt! Ihr habt ihn nicht tief genug eingegraben! O Gott, hab Erbarmen ... erbarm dich meiner!« Seine Stimme bebte, seine Zähne klapperten.
»Scht!«, befahl der Chef sanft und Lashman erstickte ein Schluchzen.
»Bären sind das keine«, berichtete Cooney, das Ohr noch immer an der Tür. »Füchse vielleicht ... lasst mich horchen.«
Der Lange Ede murmelte: »Fanget uns die Füchse, die kleinen Füchse.«
»Ich glaube, du hast Recht«, sagte der Chef beruhigend. »Ein Bär würde lauter schnaufen – obwohl man freilich schwer was Genaues sagen kann. Vor einer Stunde hat's noch geschneit, es ist dick Schnee draußen. Wenn's ein Bär ist, darf er uns nicht auf dem Dach rumtrampeln. Ich glaube aber nicht, dass die Schneewehe auf der Nordseite hoch genug für ihn wäre. Hörst du noch was?«
»Vorhin eben ... durch die Ritze da ... es war, wie wenn einer warm hereinatmet. Jetzt ist es wieder weg. Komm her, Stummel, und horch!«
»Geatmet? Hat es nach Bär gerochen?«
»Ich weiß nicht ... hab nichts riechen können. Halt den Kopf tiefer, Stummel!«
Stummel beugte den Kopf. Und in diesem Augenblick wurde sanft an der Tür gerüttelt. Alle starrten hin und sahen, wie der Riegel sich hob ... hob ... und langsam wieder in den Schließhaken sank. Sie hörten das Klicken.
Die Tür war innen mit zwei starken Balken gesichert. Gegen diese Balken war von außen kein Druck ausgeübt worden. Die Männer verharrten in einem atemlosen Schweigen. Der Riegel wurde aber kein zweites Mal hochgehoben.
Stummel blickte noch immer kniend zu Cooney auf. Cooney schauderte. Der Lange Ede schüttelte behutsam seine Füße

von den Fellen frei. Seine Augen suchten nach dem Gesicht des Chefs. Der alte Mann hatte sich in seine Schlafkoje zurückgezogen. Im Lampenlicht glänzten seine grauen Bartsträhnen. Als er Edes Blick spürte, sagte er so gelassen wie immer: »Nimm dir zwei Gewehre mit rauf und schau dich einmal draußen um. Warte ab, vielleicht kannst du einen Schuss anbringen. Der Dachausstieg ist in Ordnung. Ich habe ihn heute Nachmittag mit dem kleinen Meißel untersucht.«
Der Lange Ede steckte seine Pfeife an, schlug die Ohrenklappen seiner Mütze herunter, hob eine leicht gebaute Leiter aus den Haltehaken und lehnte sie gegen den Dachbalken. Dann klemmte er sich die Gewehre unter den Arm und stieg ruhig hinauf. Sein Kopf und die Schultern verschwammen in den Rauchschwaden. »Hast du noch was gehört?«, fragte er von oben.
»Nichts«, antwortete Stummel.
Der Lange Ede stieß die Dachluke mit der Schulter auf. Sie sahen seinen Kopf in einem Rahmen aus Mondlicht. Ein einzelner, frostfunkelnder Stern stand darüber. »Gebt ihm einen Schlafsack rauf!«, befahl der Chef, nachdem der Lange Ede sich durch die Luke gezwängt hatte. Cooney rannte hin.
»Danke, Kamerad«, sagte der Lange Ede. Er nahm den Schlafsack und schloss die Luke.
Sie hörten das Knirschen seiner Schritte auf dem gefrorenen Schnee, der das Dach bedeckte. Ede pirschte sich auf die Dachkante vor, die über die Tür hinaushing. Sie warteten auf einen Schuss aus seiner Büchse. Nichts! Stille! Das Knirschen begann von neuem. Es tappte die Dachkante entlang bis zum flachen First hinauf. Dann setzte es aus.
»Er hat nichts entdeckt«, murmelte David Faed.
»Pst! Horch lieber! Da . . . an der Tür . . .«
Sie redeten nur im Flüsterton. Als nichts zu hören war, schlichen sie ans Feuer zurück, um sich zu wärmen, hielten aber

die Augen krampfhaft auf den Türriegel geheftet. Der Riegel bewegte sich nicht. Nach einer Weile glitt Cooney zu seiner Hängematte. Faed kroch in seine Koje. Der Chef hatte sein Buch wieder aufgenommen. Stummel legte Holz auf die Glut und blieb mit ausgestreckten Armen neben dem Feuer kauern, als wollte er es umarmen, und starrte noch immer auf den Riegel. Sein unförmiger Schatten geisterte auf den Kojen hinter ihm.

Plötzlich zitterte die Stimme des Kranken durch den Raum:

»Den wollen sie gar nicht! Es war Bill! Sie sind hinter Bill her! Er wollte zu uns reinkommen . . . warum habt ihr ihn nicht hereingelassen? Es war Bill, sage ich euch!«

Schon beim ersten Wort war Cooney hochgefahren. Schlotternd wie ein Mann mit Schüttelfrost saß er da und starrte dem Kranken ins Gesicht. »Kamerad . . . um der Liebe Gottes willen . . .«

»Nein, ich halt jetzt nicht den Mund! Da stimmt was nicht heute Nacht. Warum kann ich denn nicht schlafen? Es war Bill! Seht ihr nicht, wie seine Hängematte schaukelt?«

Cooney taumelte mit einem Fluch aus der Hängematte. »Halt's Maul, du feiges Schwein!«, sagte er dumpf. »Halt's Maul, oder . . .« Seine Hand glitt nach hinten, wo er das Messer trug.

»Dan Cooney!« Der Chef schloss sein Buch und lehnte sich aus der Koje. »Geh in dein Bett zurück!«

»Ich will nicht, Sir! Er soll endlich das Maul halten!«

»Geh in dein Bett zurück!«

»Verdammt! Ich . . .«

»Leg dich nieder!«

Und zum dritten Mal in dieser Nacht stieg Cooney in seine Hängematte.

Der Chef beugte sich ein wenig aus seiner Koje und sprach jetzt zu dem Kranken:

»George, ich war bei Bills Grab – es ist noch keine sechs Stunden her. Der Schnee darauf war ohne Tritt und Spur. Weder Tier noch Mensch, nur Gott kann die harte Erde aufbrechen, unter der Bill liegt. Du musst es mir glauben. Und jetzt schlaf!«

Der Lange Ede kauerte auf dem gefrorenen Dach, die Füße hatte er im Schlafsack, auf den angezogenen Knien lagen die beiden Gewehre quer darüber. Welches Wesen es immer gewesen war, das versucht hatte die Tür zu öffnen, es war nirgends zu sehen. Trotzdem entschloss sich Ede noch ein paar Minuten zu warten. Vielleicht ergab sich die Gelegenheit zu einem Schuss. Die Kälte würde ihn ohnehin bald hinuntertreiben. Für den Augenblick tat ihm die klare, beißende Luft gut, sie vertrieb die Wahnsinnsgedanken. Der Lange Ede hatte begonnen sich vor sich selbst zu fürchten. In den letzten achtundvierzig Stunden war sein Geist unablässig über grüne Felder gewandert, hatte ihm Visionen von Frühlingsfluren vorgezaubert. Ihm war, als sei etwas in seinem Hirn am Schmelzen. Biblische Texte plätscherten durch seinen Kopf wie Bäche, er sah die Wellen glitzern und konnte fast den Duft blühender Wiesen schmecken. »Fanget uns die Füchse, die kleinen Füchse, denn unsere Weinberge haben Blüten gewonnen. Ein Gartenbrunnen bist du, ein Born lebendiger Wasser, die vom Libanon fließen. Stehe auf, Nordwind, und komme, Südwind, und wehe durch meinen Garten . . .«

Er war verrückt und er wusste es. Er musste trotzdem durchhalten. Sie waren alle auf dem Weg verrückt zu werden, alle, außer dem Chef. Und der Chef vertraute ihm als seiner rechten Hand. Ein einziger Blick auf die wiederkehrende Sonne – ein einziger Blick konnte sie vielleicht jetzt noch retten.

Er hielt Ausschau über die gefrorenen Hügel und nordwärts über das Packeis. Fahles Violett umstrahlte den Mond. Ede

konnte meilenweit sehen. Weder Bär noch Fuchs, kein lebendes Wesen war in Sicht. Aber wer konnte sagen, was hinter jedem einzelnen der tausend Eishügel versteckt lag. Er lauschte. Er hörte das Scheuern des Packeises an der Küste. Sonst nichts. »Fanget uns die Füchse, die kleinen Füchse . . .«
So ging es nicht. Er musste hinunterklettern und ein Stück hinauswandern oder in die Hütte zurückkehren. Vielleicht steckte doch ein Bär hinter einem der Hügel, und ein Schuss – oder die bloße Möglichkeit zu einem Schuss – würde seinen Kopf wieder klar machen.
Was war das? Bewegte sich dort nicht etwas? Auf einem Hügel, keine fünfhundert Meter entfernt! Er beugte sich vor, spähte hin und sah nichts mehr.
Aber er hatte etwas gesehen. Er ließ sich von der Dachkante auf die Schneewechte niedergleiten, die hier angeweht war. Die Wechte war durch und durch zu Eis gefroren, bis auf die trügerische Schicht von frischem Schnee. Seine Füße glitten aus und er rutschte die ganze Wehe hinunter.
Glücklicherweise hatte er die Gewehre auf dem Rücken hängen. Er erhob sich, nahm eines der Gewehre in die Hand und trat einen Schritt in das Mondlicht hinaus. Er tat zwei weitere Schritte – und stand dann ganz starr.
Vor ihm, auf dem gefrorenen Schnee, war deutlich eine Fußspur zu sehen. Nein: zwei, drei, vier – viele Abdrücke von nackten, menschlichen Füßen! Rechter Fuß! Linker Fuß! Und in jedem Abdruck ein wenig Blut.
Er war also wirklich wahnsinnig. Er sah die Fußspuren, er legte seine Finger in sie, er berührte das gefrorene Blut. Die ganze Schneedecke vor der Tür war zertreten. Einige Stapfen führten zur Tür, andere zurück in die endlose weiße Weite.
»Der Riegel . . . er hat sich gehoben . . .« Plötzlich fiel ihm die Gestalt ein, die er eben auf dem Eishügel gesehen hatte. Mit

einem Ächzen wandte er das Gesicht nach Norden und rannte los. Er rannte wie ein Irrer, er taumelte, er stolperte, stürzte, glitt aus mit seinen plumpen Mokassins. »Fanget uns die Füchse, die kleinen Füchse ... mein Freund steckte seine Hand durchs Riegelloch und mein Innerstes erzitterte davor ... ich beschwöre euch, ihr Töchter Jerusalems ... ich beschwöre euch ... ich beschwöre euch ...«
So rannte er vielleicht dreihundert Meter und blieb dann so plötzlich stehen, wie er losgejagt war.
Seine Gefährten in der Hütte! Sie durften diese Blutspuren nicht sehen oder sie würden wahnsinnig werden wie er. Er musste die Spuren zudecken, alle, alle Fußabdrücke im Sichtkreis der Hütte. Und morgen würde er allein fortwandern und auch die weiter entfernten Spuren verwischen. Er ging langsam zurück. Die Fußstapfen, die gegen die Hütte zu führten, und jene, die davon wegführten, befanden sich dicht nebeneinander. Er kniete vor jeder Fußspur nieder, bröckelte frischen Schnee über die Vertiefungen und verdeckte sorgfältig das Blut. Eine ungeheure Glückseligkeit überkam ihn. Während er so arbeitete, hatte er zwei- oder dreimal das Gefühl, jemand folge ihm nach und beobachte ihn. Einmal wandte er sich gegen Norden, formte die Hände wie ein Fernglas und hielt Ausschau. Er sah nichts und vertiefte sich wieder in seine mühevolle Aufgabe.

In der Hütte weinte der Kranke sich leise selbst etwas vor. Faed, Stummel und Cooney lagen in unruhigen Träumen. Der Chef lag grübelnd wach. Erst Bill, dann George Lashman. Und nach George ... wer war der Nächste? Und wer war der Letzte? Wer würde jener sein, der unbegraben blieb! Die Männer wurden zusehends schwächer und schwächer; ihr Verstand und ihr Mut verfielen schnell. Faed und der Lange Ede waren die Einzigen, auf die man sich noch verlassen konnte. Der Chef mochte den Langen Ede sehr gern. Ede war ein gläubiger Mensch. Trotz einiger liebenswerter Glaubensschwächen würde er eines Tages bestimmt zu den Auserwählten zählen. Der Chef begann leise zu beten, konnte aber seine Gedanken nicht sammeln. Mit dem Gefühl, irgendwie versagt zu haben, glitt er langsam in den Schlaf hinüber.

Stummel streckte sich, gähnte und erwachte. Es war gegen sieben Uhr morgens, genau die richtige Zeit, das Teewasser aufzustellen. Er warf einen Arm voll Holz auf das Feuer und das Poltern weckte den Chef, der sogleich nach dem Langen Ede fragte. Ede war noch nicht zurückgekehrt. »Steig aufs Dach! Der arme Kerl muss ja schon halb erfroren sein!«

Stummel kletterte die Leiter hinauf und stieß die Dachluke auf. Als er zurückkam, meldete er, dass der Lange Ede nirgends zu sehen sei. Der alte Mann zog sich eine Jacke über seine dicken Kleiderschichten, griff nach einem Gewehr und eilte zur Tür. »Nimm vorher einen Schluck heißen Tee«, riet Stummel. »Das Wasser kocht in fünf Minuten!« Der Chef hatte aber bereits den Riegel zurückgestoßen und riss die Tür auf.

»Was zum . . . Schnell! Helft mir, Leute!«

Der Lange Ede lag mit dem Gesicht nach unten vor der Tür, seine ausgestreckten Hände berührten fast die Schwelle. Pulveriger Schnee rieselte unaufhörlich nieder. Die Mokassins waren bereits unter einer dicken Schicht begraben. Schnee lag auf den Handschuhrücken und auf dem langen, wirren Haar. Schnee trieb vor die Füße des Chefs.

Sie trugen den Langen Ede hinein und legten ihn auf einen Haufen Felle neben das Feuer. Sie flößten ihm Rum zwischen die zusammengepressten Zähne, sie klopften ihm Hände und Füße ab und kneteten und rieben ihn. Seine Lippen bewegten

sich, er seufzte und schien gleichzeitig dabei zu lächeln. Seine Augen öffneten sich und die Männer sahen, dass er wirklich lächelte.
»Was freut dich denn so, Kamerad?« Es war Stummel, der fragte.
»Ich . . . hab gesehen . . .« Die Stimme versagte ihm, aber er lächelte still weiter.
Was hatte er gesehen? Bestimmt nicht die Sonne! In ein oder zwei Wochen erst durften sie hoffen, dass die lange Polarnacht zu Ende ging. Der Chef vermochte nicht genau zu bestimmen, wie viele Wochen sie noch warten mussten, und zuweilen war er froh es nicht zu wissen.
Sie zwangen ihren Gefährten ein paar Löffel Rum zu trinken und hüllten ihn warm ein. Jeder brachte etwas von seinem eigenen Bettzeug. Dann begann der Chef das Morgengebet und die drei Gesunden ließen sich mit ihm auf die Knie nieder. Sie fühlten sich so heiter und gelöst wie schon seit Monaten nicht mehr, und ob das nun aus Freude über die Rettung des Langen Ede war oder deshalb, weil der Chef an diesem Morgen besonders inbrünstig betete, hätten sie nicht zu sagen gewusst.
Der Lange Ede lag da und lauschte verträumt und schläfrig, während des Chefs leidenschaftliche Dankgebete die Hütte erzittern ließen. Edes Blick wanderte über die geneigten Gestalten der Beter: »Der Chef, David Faed, Dan Cooney, Stummel und – George Lashman in seiner Koje natürlich – und ich.« Aber wer war der Siebente?
Er begann zu zählen: »Ich selber, Lashman in seiner Koje . . . David Faed, der Chef, Stummel, Dan Cooney . . . eins, zwei, drei, vier . . . Gut!« Aber es waren trotzdem sieben. Wer war der Siebente? War vielleicht George aus dem Bett gekrochen und kniete nun bei den anderen? Zweifellos knieten dort fünf. Nein! George lag im Bett und war nicht im Stande aufzustehen.

Wer war dann der Fremde? Wieder falsch! Es war kein Fremder unter ihnen. Er kannte alle diese Männer, sie waren seine Kameraden. War es – Bill?
Nein, Bill war tot und begraben. Keiner von diesen war Bill oder sah Bill auch nur ähnlich.
»Ich will es noch einmal versuchen. Eins, zwei, drei, vier, fünf und wir zwei Kranken. Sieben. Der Chef, David Faed, Dan Cooney – habe ich Dan zweimal gezählt? Nein, der dort drüben ist Dan, der dort drüben rechts, und es ist nur ein einziger Dan. Fünf Männer knien und zwei liegen, das macht jedes Mal sieben, wie immer man sie zählt – oh du mein Gott . . .«
Der Chef beendete das Gebet, und als er sich von den Knien erhob, fiel sein Blick auf Edes Gesicht. Während die anderen ihre Frühstückskännchen holten, ging er zu Ede hinüber, beugte sich zu ihm nieder und wisperte:
»Was hast du gesehen? Sag es mir!«
»Gesehen?«, wiederholte Ede.
»Ja! Was denn? Sprich leise! War es die Sonne?«
»Die So. . .« Diesmal erstarb das Echo auf Edes Lippen. Sein Gesicht wurde vor einem ehrfurchtsvollen Staunen erleuchtet, der Ehrfurcht vor etwas, das er nicht begriff. Der Ausdruck seines Gesichts erschreckte den Chef.
»Schlaf lieber! Das wird dir gut tun«, sagte er. Als er sich zum Gehen wandte, bewegte der Lange Ede die Hand unter den Decken.
»Sieben . . . zähl . . .«, flüsterte er.
»Gott sei uns gnädig«, murmelte der Chef in seinen Bart und trat zurück. »Der Lange Ede ist wahnsinnig geworden!«
Vor ein paar Stunden noch wäre es das Schlimmste gewesen, was hätte eintreten können, und trotzdem durchströmte ein ungewöhnliches Glücksgefühl den Chef. Und was die anderen

betraf, so waren sie an diesem Tag und an den drei folgenden Tagen wie ausgewechselt. Sogar Lashman hörte zu jammern auf und es ging ihm offensichtlich viel besser.
»Ich möchte am liebsten singen«, erklärte Stummel am Abend des zweiten Tages und seine eigene Verwunderung darüber war mindestens ebenso groß wie die der anderen.
»Warum zum Donnerwetter singst du dann nicht?«, antwortete Dan Cooney und holte seine Harmonika. Stummel stimmte daraufhin ein Lied an. Der Chef schaute von seinem Verlorenen Paradies auf – und sogar er fiel in den Chorgesang ein.
Am Ende des zweiten Tages war der Lange Ede wieder auf den Beinen, aber er ging wie ein Traumwandler umher und zählte, er zählte und zählte immerzu. Der Chef beobachtete ihn verstohlen.
Obwohl seine Lippen sich ständig bewegten, sagte der Lange Ede kaum ein Wort. Erst um die Mittagsstunde des vierten Tages begann er zu sprechen, und was er sagte, war höchst seltsam:
»Da ist doch noch der Schlafsack, den ich mir in dieser Nacht damals mitgenommen habe? Ich möchte wissen, ob er noch auf dem Dach liegt. Der muss ja ganz hart gefroren sein. Könntest du vielleicht nachsehen, Stummel, und« – er stockte und machte eine Pause – »wenn du ihn findest, leg ihn in Bills Hängematte!«
Der Chef öffnete den Mund, aber er schloss ihn wieder, ohne ein Wort zu sagen. Stummel stieg die Leiter hinauf.
Keine Minute später hörten sie einen Schrei vom Dach – einen Schrei, der alle zum Zittern, zum Schluchzen, zum Weinen und zum Jubeln brachte:
»Freunde! Freunde! Die Sonne!«

Monate danach – es war Juni und sogar George Lashman hatte

sich wieder völlig erholt – kam Stummel mit der Nachricht gerannt, dass eine Walfängerflotte sich näherte. Während sie dann am Ufer standen und zusahen, wie die Schiffe ihre Anker auswarfen, erzählte der Lange Ede dem Chef seine Geschichte.
»Es war eine Hall ... eine Hallu ... oder wie du das nennst, schätze ich. Ich war verrückt, nicht wahr?«
Des Chefs Augen wanderten von einem Bergfinken, der über das flechtenbedeckte Geröll hüpfte, hinüber zu den Seevögeln, die flatternd über den Schiffen kreisten. Die Geschichte fiel ihm ein, die er im Türkischen Spion gelesen hatte. »Ich würde es nicht unbedingt eine Halluzination nennen«, antwortete er langsam.
»Nenn es, wie du willst«, sagte der Lange Ede. »Ich glaube, Gott hat ein Wunder gewirkt, uns alle zu retten.«
»Auch das würde ich nicht gerade so ausdrücken«, bemerkte der Chef. »Ich bin nicht sicher, ob er das Wunder nicht bloß an dir und mir getan hat und die Rettung der anderen sozusagen nur mitpassiert ist.«

MARY W. SHELLEY

Frankenstein oder Der neue Prometheus

Auszug

Um 1750, Zeit der Aufklärung. Das Jahrhundert ist geprägt durch den Drang, kraft wissenschaftlicher Erkenntnis die Geheimnisse der Natur zu ergründen.
Viktor Frankenstein, Student der Naturwissenschaften, erliegt diesem Streben in verhängnisvollem Maße. Er will tun, was keinem Menschen bisher vorbehalten blieb: Er setzt alles daran, ein Lebewesen zu erschaffen. Und es gelingt ihm, die Ursache für alles Leben zu entdecken.
Als vollständig gebrochener Mann, dem sein Werk auf fatale Weise aus den Händen glitt, schildert er im Rückblick sein Leben.

Von da an widmete ich mich nahezu ausschließlich den Naturwissenschaften und unter ihnen ganz besonders der Chemie in ihrem umfassendsten Sinne. Mit brennendem Eifer verschlang ich all die geistreichen und differenzierten Bücher, welche unsere zeitgenössischen Forscher zu den einschlägigen Fragen verfasst haben. Ich nahm regelmäßig an den Vorlesungen teil und ließ mir die Bekanntschaft aller Männer der Wissenschaft an unserer Universität angelegen sein. Sogar Monsieur Krempe erwies sich als ein Born des gesunden Menschenverstandes und der echten Belehrung, welche Eigenschaften freilich getrübt waren durch das Abstoßende in Physiognomie und Gehaben, indes dadurch nicht im Werte geschmälert wurden. In Monsieur Waldmann hingegen fand ich einen wahren Freund. Seine Hilfsbereitschaft ward in keinem Augenblicke vom Dogmatismus überschattet und seine Unterweisungen erfolgten mit einem Freimute und einer Herzlichkeit, welche alle Pedanterie von vornherein ausschlossen. Auf tausenderlei Arten ebnete er mir den Pfad der Erkenntnis und verstand es, mir auch die dunkelsten, abstrusesten Fragen und Probleme mundgerecht zu machen. Zunächst war ja mein Fleiß nicht der beständigste gewesen, doch nahm er mit meinen Fortschritten zu und ward alsbald zu solch brennendem Eifer entfacht, dass oft genug das Licht der Sterne im Dämmer des Morgens verblasste, während ich noch in meiner Studierstube wach saß.

Ihr mögt Euch unschwer ausmalen, wie rasch meine Fortschritte bei solcher Arbeitswut gewesen sind. Mein Eifer erregte dann auch die Verwunderung der Studenten, meine Tüchtigkeit das Erstaunen meiner Lehrmeister. So manches Mal frug Monsieur Krempe mich mit anzüglichem Lächeln, wie ich denn mit dem Cornelius Agrippa vorankäme? Monsieur Waldmann hingegen erging sich in den aufrichtigsten Lobsprüchen ob der von mir erzielten Fortschritte. So gingen zwei volle Jahre ins Land, ohne dass ich meiner Heimatstadt Genf einen Besuch abgestattet hätte, da ich ja mit Leib und Seele einigen Entdeckungen auf der Spur war, welche ich doch noch zu machen hoffte. Nur derjenige, welcher die Verlockungen der forschenden Wissenschaft an sich selbst verspürt hat, wird mir dieselben nachfühlen können. Auf den anderen Studiengebieten mögt Ihr so weit kommen, wie vor Euch auch andere schon gekommen sind – es gibt nichts mehr, das Ihr lernen könntet. Doch in der wissenschaftlichen Forschungsarbeit hören die Entdeckungen und Wunder nimmer auf. Schon ein Geist von bescheidenen Fähigkeiten wird es, sobald er sich nur eingehend genug einem bestimmten Studium widmet, unweigerlich zu beträchtlicher Meisterschaft auf seinem Fachgebiete bringen. Ich aber, der ich so unausgesetzt auf die Erreichung eines ganz bestimmten Zieles bedacht war, der ich so restlos in meinem Streben aufging, machte so gewaltige Fortschritte, dass ich zu Ende meines zweiten Universitätsjahres durch mehrere Erfindungen zur Verbesserung der chemischen Apparaturen beitrug, was mir im ganzen Haus zu beträchtlicher Wertschätzung, ja Bewunderung verhalf. Da ich nun an einem Punkte angelangt war, an welchem ich sowohl mit der Theorie als auch der Praxis so weit vertraut geworden, dass mir keiner meiner Ingolstädter Professoren noch weiteres Wissen hätte vermitteln können, ein zusätzlicher Aufenthalt in dieser Stadt also keinerlei Fortschritte mehr für mich bedeutet hätte, dachte ich schon daran, wieder zu den Freunden in meine Heimatstadt zurückzukehren. Doch gerade da ereignete sich etwas, das mich bewog zu bleiben.

Ein Gebiet, dem mein ganz besonderes Interesse gegolten, war die Zusammensetzung des menschlichen Körpers, ja darüber hinaus diejenige aller mit Leben begabten Kreatur. Was mag es wohl sein, so hatte ich mich unzählige Male gefragt, das jenes Etwas in uns hervorruft, welches wir Leben nennen? Es war eine vermessene Frage, die überdies schon seit je als unlösbar gegolten. Allein, wie vieles stünde nicht schon am Vorabende seiner Entdeckung, hätten uns nicht Feigheit oder Lässigkeit vorzeitig in unserem forschenden Bemühen erlahmen lassen! Wieder und wieder hatte ich dies im Geiste überschlagen und war dabei zu dem Entschlusse gekommen, mich in Hinkunft stärker mit jenen Zweigen der Naturwissenschaft zu befassen, welche mit den Fragen der Physiologie zusammenhängen. Wär ich von meinem Vorhaben nicht so sehr besessen gewesen, dass es schon ans Unnatürliche grenzte, so hätte mich diese neue Beschäftigung wohl nur zu bald bis zur Unerträglichkeit verdrossen. Um nämlich den Ursachen des Lebens auf die Spur zu kommen, müssen wir zuerst Umgang mit dem Tode pflegen. So nahm ich's denn auf mich, auch noch mit der Anatomie bekannt zu werden. Doch auch diese Wissenschaft reichte nicht hin: Ich musste ja nicht minder mit dem natürlichen Verfalle, ja mit dem Verwesungsprozesse vertraut werden, welchem der menschliche Körper unterworfen ist! Nun war bei meiner Erziehung von Seiten des Vaters die größte Sorgfalt darauf gelegt worden, dass mein kindliches Gemüt nicht durch Gespenstergeschichten oder sonstige Erwähnungen übernatürlicher Schrecknisse verstört werde, und ich weiß mich in der Tat nicht zu entsinnen, jemals in Anhörung irgendwelcher abergläubischen Erzählungen gezittert oder mich gar vor Geistererscheinungen geängstigt zu haben. Die Finsternis barg für meine Einbildungskraft keinerlei Schrecknisse und ein Kirchhof war für mich nichts anderes denn die Ruhestätte der ihres Lebens beraubten Leiber, welche ehedem ein Domizil der Schönheit und der Kraft gewesen, nun aber den Würmern zum Fraße dienten. Da ich mich nunmehr gezwungen sah die Ursache und das Voranschreiten solchen Fäulnisprozesses zu ergründen, musste ich meine Tage und Nächte in den Grabgewölben und Beinhäusern ver-

bringen. Von Stund an galt meine Aufmerksamkeit allem und jedem, das dem menschlichen Feingefühl entsetzlich und ekelhaft ist. Ich war Zeuge, auf welche Weise die Menschengestalt in all ihrer Schönheit herabgewürdigt, verwüstet und zu einem Haufen Unrat gemacht wird. Ich sah zu, wie die Verwesung des Todes mehr und mehr nach des Lebens blühendem Antlitz griff, und gewahrte, wie das Gewürm sich in Aug und Hirn einnistete, um nach Gebühr dies fleischerne Erbe anzutreten. Und ich verweilte so lange über der Prüfung und dem Zergliedern all dieser minuziösen Kausalität, darin das Überwechseln des Lebens zum Tode schon Hand in Hand geht mit des letzteren Wandlung zu neuen Formen des Lebens, bis inmitten aller Finsternis ein plötzliches Licht mich durchzuckte – ein Feuerschein, welcher so strahlend, so wunderbar und doch von so klarer Folgerichtigkeit war, dass ich mich noch im Augenblicke meiner Blendung angesichts der ungeheuerlichen Schau, welche sich vor mir breitete, voll Überraschung fragte, weshalb es denn von all der Vielzahl jener geniebegabten Männer, die ihre Forschungen zu dem nämlichen Zwecke wie ich betrieben hatten, einzig mir vorbehalten geblieben, solch bestürzendem Geheimnis auf die Spur zu kommen!
Ihr müsst Euch, teuerster Sir, stets vor Augen halten, dass es nicht die Memoiren eines Irrsinnigen sind, die ich Euch da erzähle. Dies alles, seid versichert, ist so wahr, als die Sonne am Himmel steht! Es mag ja sein, dass irgendein Wunder meine Erkenntnis befördert hat, doch liegen all ihre Stadien offen und klar unterscheidbar vor mir; ich hatte nach Tagen und Nächten der unglaublichsten, mühevollsten Anstrengung das Geheimnis gelöst, die Ursache aller Zeugung und allen Lebens entdeckt! Ja, mehr noch: Es war mir nun möglich, dem toten Stoffe Leben einzuhauchen!
Das Staunen, welches ich im Angesichte solcher Entdeckung

zunächst empfunden, wich nur zu bald einem wahren Taumel des Entzückens. Nach so langen, in peinvoller Mühe zugebrachten Jahren der Arbeit mich mit einem Mal auf dem Gipfel meiner Wünsche zu sehen, das war wohl der schönste Lohn all meiner Plagen! Doch war dies Ergebnis ein so großes und überwältigendes, dass die sämtlichen Schritte, welche mich einer um den anderen zu ihm hingeführt, nun ausgelöscht waren, da ja mein Blick einzig von solchem Resultate gefesselt ward. All das, worauf seit Erschaffung der Welt das Sinnen und Trachten der größten Weisen gerichtet gewesen, nun hatte ich es im Griff! Nicht, dass, wie in einem Zauberstücke, sich mir alles auf einmal offenbart hätte: Vielmehr waren ja die Hinweise, welche mir zuteil geworden, eher dazu angetan gewesen, erst dann meine Bemühungen in die richtigen Bahnen zu lenken, sobald ich selbst sie auf den Gegenstand meiner Forschungen gerichtet hatte, nicht aber, mir diesen Gegenstand selbst als einen nahezu vollendeten vor Augen zu führen. Ich glich jenem Araber, welchen man zusammen mit den Toten begraben, der aber dennoch einen Ausweg ins Leben gefunden hatte, und dies einzig und allein mit Hilfe eines flackernden, augenscheinlich völlig unzureichenden Lichtchens.

Ich ersehe aus Eurer eifervollen Begier und aus dem hoffnungsvollen Staunen, welches aus Euren Augen spricht, dass Ihr, mein Freund, nun erwartet, von mir in jenes Geheimnis, mit welchem ich vertraut bin, eingeweiht zu werden. Allein, dies kann nimmer geschehen: So hört mich denn geduldig an, bis ich mit meiner Geschichte zu Rande bin, und Ihr werdet leichtlich begreifen, weshalb ich in diesem Punkte verschwiegen sein muss. Ich will ja Euch, der Ihr heute genauso schutzlos und von brennendem Wissensdurste erfüllt seid, wie ich es in Eurem Alter gewesen, nicht in Euer Verderben und den unvermeidlich daraus erfolgenden Untergang führen. So lernet denn von mir! Und sind's nicht meine Worte, denen Ihr vertrauen mögt, so sei es doch mein Beispiel: lernet, wie gefährlich die Erwerbung von Wissen sein kann, und um wie vieles glücklicher derjenige sich schätzen darf, dem die Welt nicht größer ist als der Marktflecken, darin er geboren ward, und dessen Horizont nur bis zu jenem Punkte reicht, wo der Schlagbaum seines Heimatstädtchens sich senkt. Um wie viel glücklicher ist nicht solch ein Mensch zu schätzen denn einer, der da strebte größer zu sein, als seine Natur es ihm erlaubt! Da ich nun eine so erstaunliche Macht in meine Hand gegeben sah, zögerte ich lange Zeit in Ansehung der Art und Weise, wie ich mich ihrer bedienen sollte. Zwar sah ich mich nun in den Stand gesetzt das Unbelebte zu beseelen, doch war die Schwierigkeit und Mühe, den Körper zu verfertigen, welcher mit all seinen verwickelten Nervenbahnen, Muskeln und Adern dies Leben empfangen sollte, eine schier unüberwindliche. Zunächst blieb ich freilich noch im Zweifel, ob ich mich gleich an die Erschaffung eines Wesens wagen sollte, welches mir gliche, oder aber bloß an diejenige eines einfacheren Organismus. Doch war meine Einbildungskraft durch den bereits errungenen Erfolg schon zu sehr angestachelt, als dass es für mich noch irgendeinen Zweifel an meiner Fähigkeit hätte geben können, ein Lebewesen von der wunderbaren Zusammensetzung des menschlichen Körpers zu schaffen. Zwar schien das Zubehör, welches mir gegenwärtig zur Hand war, für solch schwieriges Unterfangen kaum geeignet, doch stand es für mich außer Frage, dass mein Werk von Erfolg gekrönt sein werde. Zunächst machte ich mich freilich auf eine Vielzahl von Rückschlägen gefasst. Meine Arbeit mochte ja so manche Verzögerung erfahren, ja schließlich bloßes Stückwerk bleiben. Und trotzdem: Wenn ich mir die Fortschritte vor Augen

führte, welche tagtäglich in den Wissenschaften und in der Technik erzielt werden, schöpfte ich neue Hoffnung, dass meine gegenwärtigen Anstrengungen zumindest das Fundament für einen künftigen Erfolg legen würden. Auch vermochte ich nicht, in der Größe und Kompliziertheit meines Vorhabens ein Argument gegen dessen Durchführbarkeit zu sehen. Dies etwa waren die Empfindungen, mit denen ich an die Erschaffung eines Menschen schritt. Da nun die Winzigkeit der einzelnen Bestandteile sich meiner Eile als ein beträchtliches Hindernis in den Weg zu legen drohte, beschloss ich, ganz gegen meine ursprüngliche Absicht, diesem Wesen eine riesenhafte Statur zu geben, will sagen eine Höhe von etwa acht Fuß sowie die dementsprechende Breite. Nachdem ich diesen Entschluss gefasst und mehrere Monate auf das erfolgreiche Zusammentragen und Zurichten meiner Bausteine verwendet hatte, machte ich mich ans Werk.
Wer vermöchte wohl mir die Verschiedenheit jener Empfindungen nachzufühlen, durch die ich in der ersten Begeisterung des Erfolges wie von einem Sturmwinde vorangetrieben ward! Das Leben wie der Tod, sie schienen mir nur noch eingebildete Schranken zu sein, welche ich als Erster durchbrechen würde, um danach wahre Kaskaden des Lichtes über unsere Welt der Finsternis auszugießen! Eine neue Rasse würde mich als ihren Schöpfer, als den Ursprung ihres Daseins segnen. Zahllose glückliche und vortreffliche Geschöpfe würden mir ihr Leben verdanken. Kein leiblicher Vater konnte so gewisslich und so absolut auf den Dank seiner Kinder rechnen, wie ich des Dankes jener Wesen gewiss sein durfte! Indem ich solchen Betrachtungen nachhing, erwog ich sogar, ob ich nicht, sobald ich erst fähig wäre dem toten Stoffe Leben einzuhauchen, mit dem Fortschreiten der Zeit (obschon es mich damals noch eine Unmöglichkeit dünkte) auch dort noch

neues Leben wecken könnte, wo der Tod den Körper schon endgültig zur Verwesung verdammt hatte. Derlei Gedanken befeuerten mich, während ich mein Ziel mit unermüdlichem Eifer verfolgte. Schon waren meine Wangen fahl vom vielen Studieren, schon war mein Körper abgezehrt von der allzu langen, mir selbst auferlegten Haft. So manches Mal glaubte ich mich schon an der Schwelle der Gewissheit – und scheiterte! Dennoch hing ich mich weiter an jene Hoffnung, welche schon der nächste Tag, ja die nächste Stunde verwirklichen mochte. Denn zur Hoffnung, der ich mich ganz geweiht hatte, war mir dies Geheimnis, dem ich als einziger Mensch auf die Spur gekommen, ja geworden. Und nur der Mond war Zeuge meiner Mühen, wenn ich um Mitternacht mit atemlosem, angespanntem Eifer die Natur noch in ihre geheimsten Tiefen verfolgte. Wer könnte jene Schrecken je ermessen, die ich bei meinem geheimen Tun empfand, da ich mich befleckte inmitten der unheiligen Verwesungsdünste des Grabes oder die lebende Kreatur zu Tode marterte, um dereinst den toten Lehm beleben zu können! Noch heute zittern mir die Glieder und schwimmen mir die Augen, wenn ich daran denke. Damals aber zwang ein unwiderstehlicher und nahezu wahnwitziger Impuls mich vorwärts. Alle körperliche und seelische Empfindung schien ich in Verfolgung meines Zieles verloren zu haben. Indes, es war dies nur ein vorübergehender Trancezustand, der mich, sobald erst jener unnatürliche Antrieb zu wirken aufgehört, mit erneuter Deutlichkeit fühlen ließ, dass ich ja bloß zu meinen alten Gewohnheiten zurückgekehrt war; ich trug aus den Beinhäusern Knochen zusammen und profanierte das gewaltige Mysterium der Menschengestalt. In einer abgelegenen Kammer, die schon mehr einer Zelle glich, ganz oben unterm Dach des Hauses und von allen anderen Gemächern durch eine Hintertreppe und einen Korridor geschieden,

hatte ich meine Werkstatt aufgeschlagen, um Leben zu schaffen aus dem Unflat: Oft genug wollten mir über den scheußlichen Einzelheiten meiner Arbeit die Augen aus den Höhlen treten. Vieles von dem, was ich benötigte, musste ich mir ja aus dem Sezierraume und dem Schlachthause beschaffen, und so manches Mal wandte sich mein besseres Teil voll Abscheu von meiner Beschäftigung ab, während ich, noch immer von ständig zunehmender Besessenheit gehetzt, mein Werk vorantrieb, bis es kurz vor seiner Vollendung stand.
Dieweil ich nun auf solche Weise mit Leib und Seele nur diesem einen Ziele verschrieben blieb, ging der Sommer hin. Er war in jenem Jahr besonders schön gewesen: Seit Menschengedenken war das Korn nicht so hoch auf den Feldern gestanden, hatten die Rebenhänge keine reichere Lese versprochen. Ich aber war blind geworden für die Schönheit der Natur, und die nämliche Gleichgültigkeit, welche mich der Landschaft rings um mich nicht achten ließ, machte mich auch all der Freunde vergessen, die so viele Meilen von mir getrennt waren und die ich schon seit so langer Zeit nicht mehr gesehen. Dabei wusste ich, dass mein Schweigen ihnen Unruhe bereiten musste, und entsann mich sehr wohl der Worte meines Vaters: »Ich bin gewiss, dass du, solange du mit dir selbst im Einklang lebst, auch unser in Liebe gedenken wirst, sodass wir regelmäßig von dir hören werden. Du wirst mir aber vergeben, wenn ich jede Unterbrechung deiner Korrespondenz für einen Beweis erachte, dass du deine anderen Pflichten nicht minder vernachlässigst.«
So konnte ich mir recht gut ausmalen, welches die Gefühle meines Vaters waren. Allein, ich mochte mein Sinnen und Trachten nicht von einer Arbeit losreißen, die, an sich ekelhaft genug, unwiderstehlich von meiner Phantasie Besitz ergriffen hatte. Ja es verhielt sich so, dass ich wünschte alles hinauszu-

schieben, was mich an meine menschlichen Bindungen erinnerte, bis das große Vorhaben, welches meine sämtlichen bisherigen Gewohnheiten aufgezehrt hatte, zu seinem endgültigen Abschlusse gediehen wäre.
Ich neigte damals zu der Ansicht, es wäre unbillig von meinem Vater, mein Schweigen bloß der Lasterhaftigkeit oder irgendwelchen Schuldgefühlen meiner Person zuzuschreiben. Heute freilich bin ich der Meinung, dass er mich nicht zu Unrecht einer gewissen Schuld bezichtigte. Ein untadeliger Mensch sollte ja allzeit einen ruhigen und friedvollen Sinn bewahren und weder einer Leidenschaft noch einer flüchtigen Begierde erlauben ihm die Seelenruhe zu verstören. Und ich glaube keineswegs, dass das Streben nach Erkenntnis eine Ausnahme dieser Regel bildet. Sobald den Studien, welchen Ihr Euch widmet, die Tendenz innewohnt, Eurem menschlichen Fühlen Eintrag zu tun, ja Euch den Geschmack zu verderben an all den einfachen Freuden, welche keinerlei üble Beimischung vertragen, sind solche Studien gewisslich ungehörig, will sagen, dem menschlichen Seelenleben abträglich. Hätten die Menschen so weise Lehre allzeit befolgt – hätte kein Sterblicher jemals einem wie immer gearteten Bestreben verstattet sich als ein Störenfried in die Gefühle verwandtschaftlicher Zuneigung einzudrängen, so wäre Griechenland nimmer unterworfen worden, so hätte Cäsar seines Reiches geschont, Amerika wäre nicht so gewaltsam erobert worden und die Reiche der Azteken und Inkas hätten nicht untergehen müssen.
Doch vergebt, ich ertappe mich darüber, mitten in dem interessantesten Part meiner Erzählung Moralpauken zu halten, und Euer Blick mahnt mich mit Recht, in meinem Berichte fortzuschreiten.
Mein Vater ließ in seinen Briefen keinerlei Vorwurf laut werden und beantwortete mein Schweigen lediglich mit einge-

henderen Erkundigungen nach meinem Tun und Treiben. So gingen über meinen Bemühungen Winter, Frühling und Sommer hin. Ich aber hatte nicht Acht der Blüten, noch der sich entfaltenden Blätter – lauter Dinge, welche vordem niemals verfehlt hatten mein höchstes Entzücken zu erregen –, so tief war ich von meiner Arbeit in Anspruch genommen. Und ehe dieselbe sich ihrem Ende zu nähern begann, waren auch die Blätter des Herbstes verwelkt und verdorben. Aber mit jedem Tage zeigte sich nun deutlicher, wie erfolgreich ich in meinen Bemühungen gewesen. Indes, mein Enthusiasmus stand jetzt mehr und mehr im Schatten der Angst und so war ich viel eher einem Menschen zu vergleichen, welcher gezwungen ist im Bergwerke Sklavendienste oder sonst eine verderbliche Arbeit zu verrichten, nicht aber einem Künstler, der da seinem liebsten Geschäfte nachgeht. Nacht für Nacht ward ich von einem schleichenden Fieber heimgesucht und meine Nerven befanden sich nachgerade im peinvollsten Zustand. Schon der Fall eines Blattes machte mich aufschrecken und meinen Mitmenschen ging ich aus dem Wege, als hätte ich mich eines Verbrechens schuldig gemacht. Bisweilen entsetzte ich mich schon vor der bloßen Erkenntnis, zu welch menschlichem Wrack ich geworden war! Einzig der Wille zu meinem Werke hielt mich noch aufrecht: Bald würden ja meine Mühen zu Ende sein und überdies hegte ich den festen Glauben, dass Bewegung und Zerstreuung jeglichem beginnenden Übel schon Einhalt gebieten würden. Deshalb gelobte ich mir beides in ausgiebigstem Maße zu verstatten, sobald erst meine Schöpfung vollendet wäre.

In einer düsteren Novembernacht war es so weit: Vor meinen Augen lag das Ergebnis all meiner Müh und Plage. Mit einer angstvollen Erwartung, welche um nichts der Todesfurcht nachstand, baute ich das Instrumentarium des Lebens rings um mich auf, um dem reglosen Körper, welcher da zu meinen Füßen lag, den Leben spendenden Funken einzuhauchen. Schon wies der Zeiger der Uhr auf die erste Stunde des Morgens. Der Regen klopfte in trostlosem Gleichmaß gegen die Scheiben, und meine Kerze war schon zu einem Stümpfchen heruntergebrannt, als ich in dem Geflacker der schon erlöschenden Flamme das ausdruckslose, gelbliche Auge der Kreatur sich auftun sah. Ein schwerer Atemzug hob ihre Brust und ein krampfhaftes Zucken durchlief ihre Glieder.

Wie fang ich's an, Euch die Empfindungen zu beschreiben, welche mich in dem schicksalhaften Augenblicke durchbebten, da das Verhängnis seinen Anfang nahm? Wie geb ich Euch ein treuliches Abbild der Spottgeburt, welche ich mit so unendlicher Mühe und Sorgfalt zu formen versucht? Wohl waren die Gliedmaßen in der rechten Proportion und auch die Züge hatte ich dem Kanon der Schönheit nachgebildet. Schönheit! – Allmächtiger! Die gelbliche Haut verdeckte nur notdürftig das Spiel der Muskeln und das Pulsieren der Adern. Das Haupthaar war freilich von schimmernder Schwärze und wallte überreich herab. Auch die Zähne erglänzten so weiß wie die Perlen. Doch standen solche Vortrefflichkeiten im schaurigsten Kontraste zu den wässrigen Augen, welche nahezu von derselben Farbe schienen wie die schmutzig weißen Höhlen, darein sie gebettet waren, sowie zu dem runzligen Antlitz und den schwarzen, aller Modellierung entbehrenden Lippen.

Wie wandelbar ist doch das Menschenherz! Nicht einmal die Wechselfälle des Lebens reichen an seine Widersprüchlichkeit heran! Da hatte ich nun nahezu zwei Jahre lang die größte Mühe und Arbeit einzig darauf verwendet, einem unbeseelten Körper Leben einzuhauchen. Solches zu erreichen, hatte ich mich aller Ruhe, ja noch der Gesundheit beraubt. Mein Begehren war ein so brennendes gewesen, dass es jegliches Maß überschritten hatte. Jetzt aber, da ich mich am Ziel meiner Wünsche sah, war die Schönheit des Traumes verflogen und atemloser Schrecken und Ekel füllten mir das Herz. Nicht fähig den Anblick des Wesens, welches ich da geschaffen, noch länger zu ertragen, stürzte ich aus der Kammer und hastete in mein Schlafgemach, wo ich noch lange Zeit auf und nieder schritt, da ich viel zu aufgewühlt war, als dass ich ein Auge hätte zutun können. Doch ward solch innerer Aufruhr nach und nach abgelöst durch die Müdigkeit und ich warf mich aufs Bett, angekleidet wie ich war, um wenigstens ein paar Atemzüge lang Vergessen zu finden. Doch vergebens: Zwar schlief ich tatsächlich ein, aber nur, um von den ärgsten Träumen heimgesucht zu werden. Ich bildete mir ein Elisabeth zu sehen, wie sie in blühender Gesundheit durch die Gassen von Ingolstadt wandelte. Voll entzückter Überraschung schloss ich sie in die Arme. Da ich aber den ersten Kuss auf ihre Lippen drückte, ward sie totenbleich, mit ihren Zügen ging ein Wandel vor sich und mir schien's, als hielte ich jetzt den toten Körper meiner Mutter in den Armen! Ein Leichentuch verhüllte die Gestalt und in den Falten des Flanells wimmelte es von dem Gewürm der Verwesung! Zutiefst entsetzt schrak ich aus meinem Schlummer – der kalte Angstschweiß brach mir aus der Stirn – der ganze Körper zog sich mir zusammen – und zähneklappernd blickte ich mich um: In dem schwachen, gelblichen Mondlichte, welches durch die Fensterläden in die Kammer quoll, stand jenes erbärmliche Monstrum vor mir – der fürchterliche Popanz, welchen ich erschaffen! Er hielt den Bettvorhang zur Seite und heftete seine Augen – sofern sie diesen Namen überhaupt verdienten – auf mich. Seine Kinnladen klappten auf und aus der klaffenden Öffnung ertönten irgendwelche unartikulierten Laute, dieweil ein Grinsen ihm die Wangen furchte. Mag sein, er sagte etwas, doch ich vernahm es nicht. Die eine Hand war nach mir ausgestreckt, als hätt er vor mich aufzuhalten: Ich aber stürzte davon und die Treppen hinunter, um Zuflucht zu suchen in dem Hinterhofe meines Wohnhauses! Dort verblieb ich für den Rest dieser schrecklichen Nacht, schritt in der größten Erregung auf und nieder und lauschte angespannt auf jeden Laut, begierig und dennoch voll Angst, er könnte das Herannahen dieser totenhaften, dämonischen Ausgeburt ankündigen, welcher ich auf so erbärmliche Weise zum Leben verholfen.

Nein! Kein Sterblicher konnte das Entsetzen ertragen, welches von solchen Zügen ausging! Nicht einmal eine zu neuem Leben erweckte Mumie hätte so grässlich aussehen können. Oft genug hatte ich in dies Antlitz gestarrt, solange es noch nicht vollendet gewesen, und schon damals war es mir hässlich genug erschienen. Als aber seine Muskeln und Scharniere sich zu bewegen begonnen, war ein Etwas aus ihnen geworden, wie es nicht einmal ein Dante hätte aussinnen können.

Ich verbrachte eine fürchterliche Nacht. Zuweilen ging mein Puls so rasch und schwer, dass ich jede einzelne Ader zu spüren vermeinte. Dann wieder war's mir, als müsst ich jetzt und jetzt zu Boden sinken vor Abgespanntheit und äußerster Erschöpfung. Und in all das Entsetzliche mischte sich auch noch die Bitternis meiner Enttäuschung: Jene Träume, welche so lange Zeit mein täglich Brot, ja meine Freude und Zuflucht gewesen, nun waren sie mir zur Höllenqual geworden! Und solcher Wechsel war so rasch erfolgt, dass mein Absturz ein vollkommener zu nennen war!

CHARLES DICKENS

Die Warnung

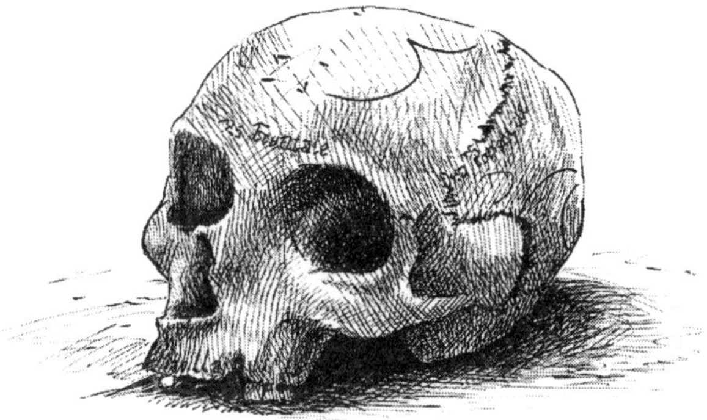

Als ich ihn das erste Mal anrief, war ich so sehr in die blendenden Strahlen der untergehenden Sonne getaucht, dass ich meine Augen mit der Hand beschirmen musste, um ihn deutlich sehen zu können.

»Hallo, Sie da!«, rief ich.

Er stand im Schatten seines Streckenwärterhäuschens und hielt eine Signalflagge in der Hand. Aber anstatt zu mir aufzublicken – ich stand auf dem höchsten Punkt des Abhanges über seinem Kopf –, wandte er sich um und sah in die andere Richtung, die Eisenbahnstrecke entlang. Etwas Merkwürdiges war in seinem Benehmen, aber ich hätte beim besten Willen nicht sagen können, was.

Ich rief noch einmal: »Gibt es hier einen Pfad, auf dem ich hinuntergelangen kann?«

Er drehte sich wieder um, hob den Kopf und sah mich, gab aber keine Antwort.

In diesem Augenblick lief ein immer stärker werdendes Beben

durch die Erde. Die Luft erzitterte und ein näher kommendes Brausen ließ mich erschrecken; mir war, als risse es mich mit Macht hinab.
Als der Dampf, der zu mir hochgestiegen war, sich verzogen hatte, blickte ich wieder nach unten. Er rollte seine Flagge auf, die er entfaltet hatte, als der Zug vorüberfuhr, und sah mich fest und aufmerksam an.
Ein drittes Mal rief ich:
»Gibt es von hier aus einen Weg nach unten?«
Er deutete mit seiner Flagge auf einen steinigen, kaum erkennbaren gewundenen Pfad, dem ich folgte. Der Abhang war außergewöhnlich steil und der Felsen feucht und schlüpfrig. Der mühsame Abstieg ließ mir Zeit zum Nachdenken, warum er so lange gezögert hatte mir den Pfad zu zeigen.
Er stand zwischen den Schienen, über die der Zug hinweggebraust war. Er schien auf mich zu warten. Mit der linken Hand hielt er sein Kinn umfasst, die rechte stützte seinen Ellbogen. Aus seiner Haltung sprach so viel gespannte Erwartung, dass ich erstaunt stehen blieb. Dann ging ich näher heran.
Sein Posten lag in einer so einsamen und trostlosen Gegend, wie ich sie selten gesehen hatte. Auf beiden Seiten erhob sich eine triefend nasse Felswand, die nur auf einen schmalen Streifen Himmel Ausblick gestattete. Dieser lang gestreckte Kerker schien auf der einen Seite in einer Kurve zu enden, während der andere, kürzere Teil von einer schwarzen Tunnelöffnung begrenzt wurde, vor der ein rotes Warnsignal stand. Der Ort strömte einen erdigen, tödlichen Geruch aus und der kalte Wind, der hier hindurchfuhr, jagte mir einen Schauer auf den Rücken.
Ich ging dichter an ihn heran – so dicht, dass ich ihn fast berührte –, doch er bewegte sich nicht. Dann, ohne mich aus den Augen zu lassen, wich er einen Schritt zurück . . .

Ein Besucher müsse hier eine Seltenheit sein, sprach ich ihn an; hoffentlich keine unwillkommene? Er warf einen verstörten Blick auf das rote Warnsignal vor der Tunnelöffnung: Vergeblich schien er dort etwas zu suchen. Dann sah er wieder mich an.

Um etwas zu sagen, fragte ich ihn, ob das Signal in seinen Überwachungsbereich gehöre. Endlich antwortete er: »Wissen Sie das denn nicht?«

Bei seinen Worten glaubte ich eine versteckte Angst in seinem Blick zu entdecken. »Sie sehen mich an«, sagte ich, »als fürchteten Sie sich vor mir.«

»Ich nahm an . . . ich hätte Sie schon einmal gesehen.«

»Wo denn? – Dort bei dem roten Licht? – Da müssen Sie sich täuschen. Ich bin noch nie in dieser Gegend gewesen.«

Er blickte mir noch einmal prüfend ins Gesicht, schien meinen Worten jedoch Glauben zu schenken. Sein Benehmen war jetzt gelöster, als er mich in sein Wärterhäuschen führte, in dessen Kamin ein freundliches Feuer brannte.

Während er mit großer Sorgfalt verschiedene Signale bediente, antwortete er bereitwillig auf meine Fragen über seine Arbeit. Dabei wurde er mehrmals von dem Läuten einer elektrischen Glocke unterbrochen und musste Nachrichten von einem Telegrafenstreifen ablesen. Ich beobachtete an ihm eine bemerkenswerte Exaktheit und Wachsamkeit. Nur zweimal, während er mit mir sprach, hielt er inne und erbleichte, blickte auf die Glocke – zu einem Zeitpunkt, als sie nicht geläutet hatte –, stand auf, öffnete die Tür und starrte auf das rote Warnsignal vor der Tunnelöffnung. Beide Male kam er mit demselben unerklärlichen Gesichtsausdruck zurück, der mir schon bei unserer ersten Begegnung am Fuße des Felsens aufgefallen war.

Als ich mich zum Gehen anschickte, sagte ich: »Wie mir

scheint, habe ich in Ihnen einen mit sich und seiner Arbeit zufriedenen Menschen kennen gelernt.« Ich gebe zu, ich sagte es, um vielleicht etwas über sein sonderbares Benehmen zu erfahren.
»Ich war es, mein Herr . . . aber bei diesen seltsamen . . .«
Er schwieg. Anscheinend bereute er bereits seine Worte.
»Was ist seltsam?«, fragte ich. »Was beunruhigt Sie?«
»Es fällt mir schwer, darüber zu sprechen«, antwortete er. Er öffnete die Tür und wünschte mir eine gute Nacht.
»Bevor Sie gehen . . . als Sie dort oben standen . . . warum riefen Sie eigentlich Hallo, Sie da?«
»Weiß der Himmel! Ich tat es, weil ich Sie dort unten sah. Warum sonst wohl?«
Er zögerte, bat mich dann aber mit einer Handbewegung wieder einzutreten. »Ich habe es mir überlegt«, sagte er. »Ich will Ihnen erzählen, was mich schon so lange beunruhigt.«
Wir saßen wieder am Kamin. Er berichtete mit leiser, fast flüsternder Stimme: »Vor einer Stunde hielt ich Sie für . . . für einen anderen. Ich weiß nicht, für wen. Noch nie habe ich ihn erkennen können; den linken Arm hält er immer schräg vor sein Gesicht und mit dem rechten winkt er . . . so etwa.« Er machte es mir vor und fuhr dann fort: »Es begann im letzten Jahr, in einer klaren Mondnacht. Ich saß gerade hier, als ich eine Stimme hörte: Hallo, Sie da! Ich sprang auf, öffnete die Tür und sah einen Mann bei dem roten Warnsignal vor dem Tunnel stehen. Er winkte gerade so, wie ich es Ihnen eben gezeigt habe. Ich nahm meine Laterne, drehte sie auf Rot und rannte zu ihm hin . . . er stand genau vor der schwarzen Tunnelöffnung . . . ich stand schon ganz dicht vor ihm und immer noch verdeckte der Arm die Augen. Ich streckte die Hand aus, um den Arm herunterzuziehen . . . und weg war es! . . . Nein, es war nicht im Tunnel verschwunden. Ich lief

hinein und hielt meine Lampe hoch und sah nur, wie nasse Flecken die Wände herabkrochen . . . Ich rannte wieder zurück in dies Häuschen und telegrafierte in beide Richtungen: Ist Alarm gegeben? Ist etwas passiert? Und aus beiden Richtungen kam die Antwort: Alles in Ordnung!«

Ich erklärte ihm, dass unsere empfindlichen Augennerven oft von seltsamen Bildern beunruhigt werden. »Und was den Schrei angeht, den Sie zu hören glaubten«, beruhigte ich ihn, »so lauschen Sie nur einmal auf den Wind in diesem unwirklichen Tal und auf die wilden Harfenklänge, die er aus den Telegrafendrähten zaubert!«

»Das ist alles schön und gut, mein Herr, aber ich bin mit meinem Bericht noch nicht zu Ende. Sechs Stunden nach jenem Erlebnis geschah das Unglück . . . und durch den Tunnel, über die Stelle, an der ich die Erscheinung gesehen hatte, trug man die Toten. Das war im vorigen Jahr. Und eines Morgens, vor fünf Monaten, als es gerade Tag wurde und ich zum Tunnel blickte . . . da stand es wieder . . . nein, es schwieg und es winkte auch nicht. Es stand wie gegen einen Lichtstrahl gelehnt und bedeckte das Gesicht mit beiden Händen. So . . .«

Wie er mir jetzt das Gesehene zeigte, erinnerte er mich an eine jener Steinfiguren, die man zuweilen auf Friedhöfen findet. Es sah aus, als ob er um einen Verstorbenen trauerte. Er ließ die Arme sinken und fuhr schnell fort: »Als am selben Tage ein Zug aus dem Tunnel kam, sah ich an einem Wagenfenster Hände winken, aufgeregte Gesichter und ein flatterndes Taschentuch . . . ich konnte dem Lokführer gerade noch rechtzeitig ein Zeichen geben. Er stellte die Maschine ab und brachte den Zug zum Halten. Man trug eine sterbende Frau hier in mein Häuschen und legte sie auf den Fußboden. – Aber hören Sie weiter zu und urteilen Sie selbst, ob einem das nicht den Verstand verwirren kann: Vor einer Woche kam es wieder

und seitdem noch viele Male. Ich finde keine Ruhe mehr. Es hört nicht auf zu rufen: Hallo, Sie da! Vorsicht! Vorsicht! Vorsicht! Es steht da und winkt und ruft, minutenlang. Es läutet diese Glocke da.«
»Gerade eben, als Sie zweimal zur Tür gingen – hatte da Ihre Glocke geläutet? – Ja? – Da sehen Sie, wie Ihre Einbildungskraft Sie irreführt! Ich habe diese Glocke genau beobachtet, und so wahr ich hier sitze, sie hat nicht ein einziges Mal geläutet!«
Er schüttelte den Kopf. »Ich habe sie aber deutlich läuten gehört. Und als ich zur Tür ging und hinaussah, war es da. Beide Male.«
Der Wind in den Telegrafendrähten beantwortete seine Worte mit einem lang gezogenen, jammernden Klagegeheul. Mein Hals war trocken, als ich schließlich sagte: »Wollen Sie mit mir vor die Tür gehen und nachsehen?«
Wir gingen beide hinaus und blickten in die Nacht. Dort war das rote Warnlicht vor der schwarzen Tunnelöffnung. Dort waren die hohen, nassen Steinwände der Schlucht und darüber die Sterne. Er schüttelte den Kopf und flüsterte: »Nein, es ist nicht da . . .«
Wir gingen wieder hinein. Er schloss die Tür. »Was für eine Gefahr ist es diesmal? Was soll ich tun? Irgendein Zug auf dieser Strecke ist in Gefahr . . .« – er sprach immer lauter, je mehr die Furcht über ihn Gewalt bekam –, ». . . aber wenn ich Gefahr telegrafiere, kann ich keinen Grund dafür angeben. Man würde mich entlassen, man würde mich für verrückt halten!«
Ich versuchte ihn zu beruhigen, und als ich ihn um zwei Uhr morgens verließ, schien er sich gefasst zu haben.
Während ich zwischen den Schienen entlangging, hatte ich das unangenehme Gefühl, ein Zug käme hinter mir her. Und

als ich den Pfad hinaufstieg, blickte ich mehrmals nach dem roten Warnlicht zurück.
Wie sollte ich mich verhalten? – Ich beschloss, am nächsten Abend zu dem Streckenwärter zurückzugehen und ihn zu veranlassen, mit mir einen tüchtigen Arzt aufzusuchen.
Die Sonne war noch nicht ganz untergegangen, als ich am nächsten Abend die Schlucht erreichte. Ich blickte über den Rand nach unten.
Vor der schwarzen Tunnelöffnung stand eine Gruppe Menschen.
So schnell ich konnte, hastete ich den Pfad hinunter. »Was ist geschehen?«, rief ich.
Jemand aus der Gruppe kniete sich hin und hob den Zipfel einer Zeltbahn an, unter der sich die Umrisse einer menschlichen Gestalt abzeichneten.
Das Gesicht des toten Streckenwärters war ruhig und gefasst.
»Vom Zug überfahren . . . heute Morgen, bei hellem Tageslicht. Wir warten immer noch, dass man kommt und ihn abholt. Der da ist der Lokführer. Erzähl dem Herrn, wie's passiert ist.«
Der andere trat näher. »Ich komm gerade um die Kurve im Tunnel, da seh ich ihn stehen. Zu spät zum Bremsen. Ich zieh die Dampfpfeife. Er schien es gar nicht zu hören. Wir sind schon ganz dicht vor ihm . . . ich stell die Maschine ab . . . er dreht sich um und starrt mich an . . . wir überfuhren ihn glatt . . .«
Ich blickte von ihm weg auf das Gesicht des Toten und eine unheimliche Ahnung stieg in mir auf.
»Aber kein vernünftiger Mensch«, sagte ich zu dem Lokführer, »wird wie angewurzelt zwischen den Schienen stehen bleiben, wenn ein Zug auf ihn zufährt! Taten Sie denn nichts anderes, um den Mann vom Geleis wegzutreiben?« Ich ahnte die Ant-

wort und bei seinen Worten war mir, als führe eine eiskalte Hand über meinen Rücken.

»Ich hab keine Schuld, ich schwör's! Ich schrie, so laut ich konnte . . . ich schrie: Hallo, Sie da! Vorsicht! Vorsicht! Vorsicht! . . . immerzu schrie ich das . . . dann musste ich die Augen bedecken.« Schaudernd bei der grausamen Erinnerung, hob er den linken Arm vor das Gesicht. »Zuletzt gab ich ihm verzweifelt Zeichen mit der Hand . . .« Während er mir die Bewegung vormachte, die er beschrieb, erkannte ich darin nur zu gut jene, die mir der Streckenwärter gezeigt hatte.

»Aber«, sagte der Lokführer, »es nützte nichts . . .« Überwältigt verbarg er sein Gesicht in beiden Händen – wie jemand, der um einen Verstorbenen trauert. Er erinnerte mich an eine jener Steinfiguren, die man zuweilen auf Friedhöfen findet.

Joan Aiken

Der alte Dichter

Ich musste nach England fliegen, weil ich mich dort bei mehreren Universitäten um einen Studienplatz bewerben wollte; ich hatte vor mindestens einen Monat zu bleiben. Meine Mutter sagte: »Sehr gut, dann kannst du zur Beerdigung deines Urgroßvaters gehen und unsere Familie vertreten.«

»Zu seiner Beerdigung? Er lebt doch noch.«

»Aber Posy schreibt (wie kann man nur Posy heißen!), dass der Arzt ihm nicht mehr als drei Wochen gibt; im äußersten Fall. Na, für sie wird das eine Erlösung sein; der Himmel weiß, dass sie ihn hingebend gepflegt hat. Hoffentlich wird sie für ihre Mühe ordentlich belohnt.«

»Ist er denn reich?«

»Er muss ein sicheres Einkommen haben von all diesen Ausgaben Gesammelter Gedichte und Ausgewählter Gedichte und überarbeiteter Gesammelter Gedichte – und ich glaube, seine Versdramen werden im Radio gesendet . . .«

Mein Urgroßvater William Beaumaris, achtundneunzig, hatte

dreimal auf die Ehre verzichtet, britischer Hofdichter zu werden. Er sagte, er habe keine Lust, auf Befehl Gedichte auszuspucken. Lieber schreibe er Werbetexte für Damenunterwäsche. Das hatte er schon mal getan, um seine Muse zu ernähren. Posy war seine vierte Frau.
Ich hatte meinen Urgroßvater nie kennen gelernt, weil wir in Kenia lebten. Und weil meine Mutter ihm spinnefeind gewesen war wegen der Art und Weise, wie er *ihre* Mutter behandelt hatte.
»Wie eine unbezahlte Sekretärin. Frauen haben seiner Meinung nach nur *Gefäße* zu sein.« Aber das lag schon über vierzig Jahre zurück und ich war jedenfalls neugierig auf diesen großen, geheimnisvollen Mann, der bei Königin Victorias Beerdigung gewesen war, auf Premierminister Gladstones Knien gesessen hatte, den Dichter George Bernard Shaw persönlich kannte und mit dem Philosophen Bertrand Russell nach Finnland gereist war. Er hatte mehr Sonette geschrieben als Shakespeare, mehr Gedichte als Herrick, mehr lange, schwer verständliche Balladen als Browning. Die meisten hatte ich nicht gelesen.
Auf dem Flug nach Heathrow las ich seine Gedichte. Sie waren sehr lyrisch, aber ziemlich trocken – halb Cola, halb Zitrone.

Die Liebe, die ich suchte, wurde Lorbeer
und weist mein stürmisch Drängen jetzt zurück
im Panzer ihrer lederigen Blätter,
die Äste zäh und starr und hart und ohne Anmut.

Im Herbst dann, wenn der bunt gefärbte Wald
dem Sturm entgegenkreischt, mit dem er ringt,
steht schmuck und fest und wohlanständig sie
als Wächterin an Straßen in der Vorstadt.

Zu den Sonetten und Versdramen kam ich nie, zumindest damals nicht.
Als man mich an den Universitäten fragte, wohin der Bescheid über Annahme oder Ablehnung geschickt werden sollte, gab ich Urgroßvaters Adresse an – das erregte jedes Mal respektvolles Staunen. Dann fuhr ich mit dem Zug nach Schottland, wo er jetzt lebte, obwohl wir nicht von dort stammen; unsere Vorfahren waren ein normannischer Gefolgsmann von William I. und eine walisische Prinzessin namens Nesta.
Ich hatte versucht Posy anzurufen, sie aber nicht erreicht. Auf Mutters Brief kam keine Antwort, solange ich zu Hause war, also hatte ich keine Ahnung, was mich erwartete oder ob *ich* überhaupt erwartet wurde. Zum letzten Teil der Reise gehörte eine längere Busfahrt durch Schottland und dann landete ich auf der falschen Seite eines Sees.
»Mr. Beaumaris?«, sagte jemand. »Dort drüben«, und hob einen Daumen. Ungefähr siebenhundert Meter entfernt, jenseits des Sees, konnte ich in einem großen Waldstück graue Gebäude erkennen.
Inzwischen hatte ich kaum mehr Bargeld. Mit meinem letzten Fünf-Pfund-Schein bezahlte ich einem Einheimischen die Überfahrt in seinem Boot.
»Kennen Sie Mr. Beaumaris?«, fragte er skeptisch. »Immer mal wieder kommen Zeitungsleute, die ihn interviewen wollen.« Sein Ton deutete an, dass es ihnen nie gelang.
»Ich bin sein Urenkel.«
»Ach, wirklich?« Es klang so skeptisch wie zuvor.
Als er mich an einem kleinen Granitpier absetzte, hätte ich ihn am liebsten gebeten mich wieder zurückzuschippern. Angenommen, ich wäre von aller Welt abgeschnitten hier unter diesen dunklen Bäumen (denn der Wald stand bis ans Seeufer herunter)? Angenommen, Urgroßvater wäre gestorben, wäh-

rend ich auf dem Weg zu ihm war? Aber ich hatte nicht genug Geld für die Rückfahrt, also dankte ich dem Mann, schulterte mein Gepäck und machte mich auf den Weg zu dem Haus, das zwischen den Bäumen durchschimmerte.

Im Näherkommen hörte ich den Lärm einer Kreissäge – ein widerwärtiges, schrilles Kreischen, das bedrohlich klang in diesem schrecklich stillen Wald. Die Bäume waren riesig. Unter ihnen wuchs ein wenig Gras, dünn und von Moos befallen, wie die schütteren Haare auf dem schuppigen Kopf eines Greises. Eine Art Pfad führte auf eine kleine Lichtung. Dahinter sah ich eine Seite des Hauses mit Terrasse und Fensterreihe; daneben lag das Ufer des Sees, der hier zu einer kleinen Bucht ausschwang. Am felsigen Strand wuchs ein ungeheuer großer Baum; er war gespreizt wie eine Hand, hatte nicht einen Stamm, sondern sechs, die wie graue, glatte Finger nach oben griffen. Am Fuß dieses Baumes stand ein Traktor und oben in den Zweigen sprangen ein paar Männer flink wie die Affen von Ast zu Ast. Ich fand sie erstaunlich sorglos, wenn man bedachte, wie hoch sie waren – mindestens dreizehn Meter über der Erde –, bis ich sah, dass sie Schutzhelme trugen und durch Gurte gesichert waren, die sie an den Stämmen befestigt hatten.

Ich war so von ihnen fasziniert, dass ich erst in letzter Sekunde den Mann im gepolsterten Liegestuhl bemerkte, der sie feindselig beobachtete.

»Und wen zum Teufel haben wir hier?«, knurrte er mich an.

Wen ich vor mir hatte, war mir klar. Dieses hagere alte Gesicht mit dem schmallippigen Mund, diesen Kakadu-Schopf weißer Haare hatte ich auf vielen Buchumschlägen und in Literaturbeilagen gesehen. Er war in eine karierte Decke gehüllt und stützte sich auf einen Kissenberg. Doch in meinen Augen sah er nicht aus, als hätte er nur noch drei Wochen zu leben – nicht im Geringsten.

»Ich bin dein Urenkel«, sagte ich. »William Malkin.«
»Und wer, bitte sehr, hat dir erlaubt hierher zu kommen?«
»Mutter hat geschrieben – an Posy . . .«
»Posy!«, brummte er; meine Geschichte interessierte ihn offenbar nicht weiter. »Schau dir an, was sie da anrichten lässt. Weißt du, wo wir *hier* sind? Das ist einer der letzten alten kaledonischen Waldbestände – und *sie* lässt Männer in Schutzhelmen diese Esche kastrieren – eine Eberesche, wohlgemerkt, eine Bergesche, ein magischer Baum, Thors Baum – sie stutzen ihn, verkrüppeln ihn, schnippeln ihn zusammen bis auf einen Stumpf. Und nicht nur das, die Äste wollen sie in irgendein verdammtes Spinnennetz aus Stahlketten zwängen – krrrch!« Er fauchte grimmig.
Ich sagte: »Und warum tun sie das, Urgroßvater?«
»Delila!«, brummte er. »Wie kann sie wissen, ob mein Herz nicht in diesem Baum schlägt? Vielleicht weiß sie es sogar!«
»Möglicherweise hat der Baum die Behandlung nötig?«, gab ich zweifelnd zu bedenken.
Ein Arbeiter hatte es im Vorbeigehen gehört und gab mir Recht.
»Und ob, Mann, und ob! Der Baum sollte hier gar nicht wachsen; das hätten Sie von Anfang an nicht zulassen dürfen!«
»Zufällig war ich vor hundert Jahren nicht hier, als dieser Baum anfing zu wachsen!«, rief mein Urgroßvater ihm nach. Dann murmelte er vor sich hin: »Wetten, der Kerl denkt, ich sei damals hier gewesen. Aber ich werde sie verwünschen, ich werde sie alle verfluchen, das mache ich!«
»Kannst du Menschen mit einem Fluch belegen, Urgroßvater?«
Es schien gar nicht unwahrscheinlich; er sah aus, als steckte viel von dieser Art Kraft in ihm. Als er seinen funkelnden Blick auf mich richtete, trat ich einen Schritt zurück.
»Ob ich jemand verfluchen kann? Aber natürlich! Dreiund-

neunzig Jahre Poesie – läuft das nicht auf Kraft hinaus? Was geschieht mit einem Gas, wenn man es verdichtet? Was passiert? Eine Explosion. Und wenn man Luft abkühlt, bis sie flüssig wird – dann kann man einen Schoppen davon auf einem Eisbrocken kochen.«

»Hast du schon viele Leute verflucht?«

»Drei will ich dir nennen«, sagte er giftig. »Arnwit, Thoroughgood und Threlkeld. Die sind verblüht wie die Veilchen.«

»Aber warum? Weshalb hast du das getan? Weil sie schlechte Lyriker waren?«

James Arnwit, Jasper Thoroughgood und Morton Threlkeld hatten nacheinander das Amt des Hofdichters angenommen, nachdem Beaumaris abgelehnt hatte. Arnwit und Thoroughgood waren gestorben, der eine an einem Schlaganfall, den anderen hatte ein Bus überfahren; Threlkeld steuerte als Alkoholiker seinem Ende zu.

»Schlechte Lyriker«, murmelte er. »Natürlich sind sie schlechte Lyriker. Und ausgerechnet ihnen hat man das Amt angetragen und *mich* hat man übergangen . . .«

»Aber – du meine Güte – ich dachte, es wäre umgekehrt gewesen?«

Das war die Geschichte, die man sich erzählte. Jetzt erfuhr ich, dass sie nicht stimmte.

»Aber warum? Du bist ein viel besserer Dichter«, sagte ich voller Familienstolz.

Leise und zischend vor Wut erzählte er mir, warum die Regierung ihn wiederholt brüskiert hatte. Der Grund war etwas, das er bei der Beerdigung von Königin Victoria getan hatte – *was* genau, konnte ich nicht recht verstehen; ausgerechnet an dieser Stelle kreischte die Kreissäge besonders laut. Vielleicht hatte er auf den Sarg gespuckt? Etwas Freches gerufen oder ein Ei geworfen? Damals musste er etwa fünfzehn gewesen sein, in den besten Flegeljahren. Jedenfalls hatte ihn seine Untat das Amt des Hofdichters gekostet. Und darüber war er immer noch zornig.

»Ich werde sie verfluchen, immer wieder werd ich sie verfluchen«, murmelte er und sammelte offenbar gerade seine Kräfte dafür. Verlegen schaute ich weg und sah ein aufregend hübsches Mädchen näher kommen. Das konnte doch nicht Posy sein? Sie war höchstens siebzehn, blond, mit ebenmäßigen Zügen und großen graugrünen Augen.

»Bitte, regen Sie sich nicht auf, bitte nicht«, schmeichelte sie, kniete sich neben seinen Stuhl und berührte besänftigend seine Hände, die sich auf der karierten Decke ballten und umkrampften. »Damit vergeuden Sie Ihre Zeit und Ihre Kraft. Wer ist das?« Sie wandte mir die schönen Augen zu, fragend, überlegend und ein klein bisschen berechnend.

»Mein Urenkel«, knurrte der Alte. Er hatte meine Angaben nicht überprüft; allerdings gleiche ich sehr meiner Mutter und sie der ihren.

»Ich bin Meridian Jones.« Sie sagte das, als müsste ich den Namen kennen. Auch eine Dichterin? Stolz fügte sie hinzu: »Ich bin Williams Jüngerin.«

Ich wusste, dass ihn immer eine Schar halbwüchsiger Anbeterinnen umflatterte; ihnen waren seine Gedichte gewidmet. Meine Mutter sagte oft, sie frage sich, wie Posy diese Groupies ertrüge, und meinte dann: »Wahrscheinlich machen sie sich nützlich, servieren bei Tisch und wischen Staub.« Diese hier sah nicht aus, als ob sie freiwillig Staub wischte; doch sie hatte einen Becher Malzmilch auf einem silbernen Tablett gebracht. Beaumaris trank ihn leer und Meridian Jones sah andächtig zu. Dann fuhr sie ihm durchs dichte weiße Haar und sagte:

»Jetzt denken Sie mal nichts Hässliches über diese Baum-Männer! Sie tun nur ihre Arbeit. Machen Sie lieber ein Gedicht und

ich schreibe es auf. Machen Sie mir ein schönes Gedicht.« Sie zog ein Notizbuch aus ihrer Jeanstasche.
»Ich habe schon verdammt zu viele Gedichte geschrieben. Die Poesie saugt einem das Leben aus. Sie ist wie ein Schmarotzer. Lieber verfluche ich jemand«, sagte er gereizt. Seine wütenden Blicke suchten die Lichtung ab und blieben dann an mir haften. Die sprichwörtlichen Blicke fielen mir ein, die töten können – ich hatte nicht die geringste Lust, noch vor meinem Studium verflucht zu werden.
In diesem Moment kam eine Frau um die Hausecke, das musste natürlich Posy sein. Sie war Mitte dreißig, rundlich und freundlich, mit einem heiteren, lebensklugen Gesicht und gütigen braunen Augen. »Ich habe mich schon gefragt, wo du bleibst«, sagte sie zu mir. »Du bist William Malkin, stimmt's? Bist du bei der Universität angenommen worden?«
»Welche Universität?«, murrte der Alte. »Warum willst du auf eine Universität? *Ich* war nie auf einer Universität. Hatte ich nicht nötig.«
»Ich erfahre es erst in ein bis zwei Wochen«, antwortete ich Posy.
»Bis dahin bleibst du natürlich hier. Wir freuen uns, wenn du bleibst – nicht wahr, Meridian?«
Das junge Mädchen schaute mich bewundernd an.
Jetzt begannen die Männer im Baum ihr Netz zu spinnen. Sie schlangen ein Stahlkabel von Ast zu Ast und befestigten es mit riesigen Schrauben, die sie tief ins Holz trieben. Der Alte zuckte bei jeder Schraube zusammen.
»Mörder! Folterer! Sie zwängen den Baum in ein verflixtes Spinnennetz.«
»Will, mein Liebling, das muss gemacht werden. Sonst stürzt der Baum im nächsten Winter. Es geschieht zu seinem Besten. Schließlich ist das ein kranker Baum.«

»Und wozu soll man schützen, was sowieso schon halb tot ist?«, wollte Beaumaris wissen.

Meridian schaute wieder zu mir herüber und lächelte sehr lieb und leicht überlegen, als wollte sie mich für die Seite der Jungen gegen die törichte ältere Generation gewinnen. Ich sah, dass mein Urgroßvater es bemerkte; es gefiel ihm nicht. Er hatte es wohl nicht gern, dass sein Groupie jungen Männern Augen machte.

Die Arbeiter stiegen nun vom Baum, koppelten ihren Traktor an einen Laster, der schon mit abgehackten Zweigen hoch beladen war, und fuhren rasch über das Gras davon. Zum Abschied grüßten sie Posy und meinen Urgroßvater respektvoll mit einem Griff an den Schutzhelm.

Beaumaris sagte etwas, als der Traktor davonrollte, doch seine Worte gingen in dem Lärm unter. Mahnend deutete er mit dem Finger auf mich.

»Komm jetzt, Liebling«, sagte Posy. »Es ist Zeit für deinen Mittagsschlaf. Du musst ins Haus, es gibt ein Unwetter, hast du es bemerkt?«

Es stimmte; schwarze Wolken türmten sich am Himmel. Hier unter den riesigen Bäumen sah man nur kleine Flecken davon, doch es wurde rasch dunkel; mitten am Nachmittag konnte man meinen, es wäre spätabends.

Vom See klang dumpfes Donnern herüber.

»Wenn wir hier ein Gewitter kriegen«, erklärte mir Posy, »dreht es sich ständig im Kreis. Es bleibt zwischen den Bergen gefangen, verstehst du, und kann nicht entweichen. Komm, Will, mein Lieber.«

Sie half dem Alten aus seinem Liegestuhl. Meridian Jones flatterte herum und war keine große Hilfe, sie stand im Weg und machte sinnlose Gebärden. Posy schaffte es allein, ihren Mann ins Haus zu bringen. Meridian folgte schließlich mit dem Tablett und dem leeren Becher und ich klappte den Liegestuhl zusammen und trug ihn samt Decke und Kissen ins Haus.

Drinnen brummelte der Alte immer noch von Spinnweben. In einem kleinen Zimmer neben der großen Halle half ihm Posy auf ein Sofa und bettete ihn bequem.

»Spinnweben werden im Fensterglas sein und Netze über ihren Augen; und Spinnwebrisse in der Glasur ihrer Spiegel.«

Mir war nicht klar, ob das ein Gedicht war oder eine Verwünschung; doch weil das Mädchen Meridian es begeistert in ihr Notizbuch schrieb, nahm ich an, es sei ein Gedicht.

»Komm her, du!«, rief mir der Alte durch die offene Tür zu.

Posy nickte, ich solle gehorchen, und ich ging nervös hinein.

»Hier.« Er zog einen Ring von seinem dünnen Mittelfinger. Es war ein altmodischer goldener Siegelring mit einem schwarzen Stein, vielleicht einem Gagat, und einem Wappen, das aussah wie ein Spinngewebe. »Für mein Testament kommst du zu spät. Falls du auf ein Erbe gehofft hast«, sagte er gehässig.

»Natürlich nicht!«

»Unterbrich mich nicht. Das kannst du haben, damit du dich an mich erinnerst.«

Auch ohne Ring würde es mir nicht schwer fallen, mich an ihn zu erinnern. Das dachte er offenbar auch, denn er lachte in sich hinein und fuhr fort: »Das ist die beste Verwünschung, die mir je eingefallen ist. Los, steck den Ring an.«

Was sollte ich unter diesem funkelnden Blick tun? Ich streifte den Ring über – er passte nur auf meinen kleinen Finger.

»Jetzt hast du die Kraft«, sagte mein Urgroßvater. »Soll sie dir Glück bringen. Und jetzt lass mich in Frieden.«

Ich verließ ihn und schloss die Tür. Posy führte mich hinauf in ein großes, feuchtes Schlafzimmer mit eigenem WC im Ankleidekabinett. Die Fenster gingen auf den Grasfleck und das Ufer hinaus, wo der Alte gesessen hatte. So sahen wir von einem Logenplatz aus den blassvioletten Blitz, der in diesem Moment über den Himmel zuckte und in die sechsfach gegabelte Esche einschlug. Wie ein Flammenbündel in der Hand Jupiters wand er sich um die Stämme und wie eine olympische Fackel loderte der Baum.

»Herrje! Nach all der Mühe und den Kosten«, sagte Posy gelassen. »Jetzt wird Will natürlich sagen, das Stahlkabel hat den Blitz angezogen. Und vielleicht stimmt es sogar.«

Oder er könnte sagen, dass er das Kabel und den kastrierten Baum verflucht hat, dachte ich.

Aber William sagte nichts, er war in dem Moment gestorben, als der Blitz in den Baum eingeschlagen hatte. Zumindest vermuteten wir das, denn als Posy ihm zwei Stunden später eine Tasse Tee bringen wollte, lag er tot und kalt auf seinem Sofa.

Ich ging also doch zur Beerdigung. Den rüden Nachruf auf Königin Victoria musste man übersehen oder endlich vergessen haben, denn die Zeremonie fand mit allem Pomp in der Westminsterabtei statt und William bekam einen Platz in der Dichterecke. Während des Gottesdienstes schaute ich die ganze Zeit hinauf zu den Fenstern und fragte mich, ob ich Spinnwebrisse darin entdecken könnte.

Ich bekam meinen Studienplatz in Oxford, aber viel Nutzen zog ich nicht daraus, denn die Verwünschung meines Urgroßvaters wirkte fast sofort: Ich fing an Gedichte zu schreiben und hatte für nichts anderes mehr Zeit. Die Poesie saugt einem, genau wie er sagte, das Leben aus; sie ist ein parasitäres Gewächs.

Und mit ihr kommt die Kraft, Leute zu verwünschen; aber die habe ich noch nicht erprobt.

STEPHEN KING

Der Textcomputer der Götter

Auf den ersten Blick sah das Ding aus wie ein Wang-Textcomputer – es hatte eine Wang-Tastatur und einen Wang-Bildschirm. Erst auf den zweiten Blick bemerkte Richard Hagstrom, dass das Gehäuse des Bildschirmgerätes aufgeschnitten worden war (und das nicht einmal behutsam; es sah vielmehr so aus, als sei eine Metallsäge benutzt worden), um eine etwas größere IBM-Bildröhre einbauen zu können. Die Disketten, die zu diesem seltsamen Ding gehörten, waren alles andere als flexibel; sie waren so hart wie die Single-Platten, die Richard als Kind gehört hatte.

»Um *Gottes* willen, was ist denn das?«, fragte Lina, als er und Mr. Nordhoff das Ding zu seinem Arbeitszimmer schleppten. Mr. Nordhoff hatte Tür an Tür mit der Familie von Richard Hagstroms Bruder gewohnt ... Tür an Tür mit Roger, Belinda und ihrem Sohn Jonathan.

»Etwas, das Jon gebaut hat«, sagte Richard. »Mr. Nordhoff sagt, es sei für mich bestimmt gewesen. Es sieht aus wie ein Textcomputer.«
»Oh ja«, keuchte Nordhoff. Er war über siebzig und völlig außer Atem. »Er hat mir gesagt, es sei einer. Der arme Junge . . . Könnten wir das Ding vielleicht mal kurz abstellen, Mr. Hagstrom? Ich bin ganz geschafft.«
»Na klar«, sagte Richard und dann rief er nach seinem Sohn Seth, der unten auf seiner Fender-Gitarre seltsame atonale Akkorde klimperte – der Raum im Tiefgeschoss, den Richard selbst ausgebaut hatte und der ursprünglich als Familienzimmer gedacht gewesen war, wurde stattdessen von seinem Sohn in Beschlag genommen und zum »Übungsschuppen« umfunktioniert.
»Seth!«, rief er. »Komm, hilf uns mal.«
Unten spielte Seth weiterhin falsche Akkorde auf seiner Gitarre. Richard warf Mr. Nordhoff einen entschuldigenden Blick zu und zuckte die Achseln. Er schämte sich und konnte das nicht verbergen. Auch Nordhoff zuckte die Achseln, so als wollte er sagen: *Kinder! Was kann man von ihnen heutzutage schon Besseres erwarten?* Nur wussten sie beide genau, dass Jon – der arme, zu einem tragisch frühen Tod verurteilte Jon Hagstrom, der Sohn seines verrückten Bruders – besser gewesen war.
»Es war sehr nett von Ihnen, mir zu helfen«, sagte Richard.
Nordhoff zuckte wieder die Achseln. »Was soll ein alter Mann wie ich denn sonst mit seiner Zeit anfangen? Und es war wirklich das Mindeste, was ich für Jonny tun konnte. Wissen Sie, er hat mir immer umsonst den Rasen gemäht. Ich wollte ihm etwas dafür bezahlen, aber der Junge wollt's nicht annehmen. Er war wirklich ein großartiger Bursche.« Nordhoff war immer noch außer Atem. »Hätten Sie vielleicht ein Glas Wasser für mich, Mr. Hagstrom?«

»Na klar.« Er holte es selbst, als er sah, dass seine Frau keinerlei Anstalten machte aufzustehen; sie saß am Küchentisch, las einen Schundroman und aß ein Twinkie. »Seth!«, rief er dann wieder. »Komm rauf und hilf uns, okay?«
Aber Seth spielte einfach weiter seine gedämpften arhythmischen Akkorde auf der Fender-Gitarre, die Richard noch nicht ganz abbezahlt hatte.

Er lud Nordhoff zum Abendessen ein, aber der alte Mann lehnte taktvoll ab. Richard nickte, wieder sehr verlegen, auch wenn es ihm diesmal gelang, es ein bisschen besser zu verbergen. *Wie kommt ein so netter Kerl wie du nur zu so einer Familie?*, hatte sein Freund Bernie Epstein ihn einmal gefragt und Richard hatte damals die gleiche dumpfe Verlegenheit und Scham verspürt wie jetzt und nur hilflos mit den Schultern gezuckt. Er *war* ein netter Kerl. Und doch hatte er aus irgendeinem Grund diese beiden am Hals – eine übergewichtige mürrische Frau, die sich um die schönen Dinge des Lebens betrogen fühlte, die das Gefühl hatte, auf das falsche Pferd gesetzt zu haben, es aber nie offen zugab, und einen verschlossenen fünfzehnjährigen Sohn, der dieselbe Schule besuchte, an der Richard unterrichtete, und der sich so wenig Mühe gab, dass er immer ganz nahe daran war, sitzen zu bleiben . . . einen Sohn, der morgens, mittags und abends (mit Vorliebe *spät*abends) komische Akkorde auf der Gitarre klimperte und zu glauben schien ausschließlich damit durchs Leben kommen zu können.
»Na, wie wär's mit einem Bier?«, fragte Richard. Er wollte Nordhoff noch nicht gehen lassen – er wollte noch mehr über Jon hören.
»Ein Bier wäre jetzt ganz phantastisch«, sagte Nordhoff und Richard nickte dankbar.

»Gut«, sagte er und ging ins Haus, um ein paar Flaschen Bud zu holen.

Sein Arbeitszimmer befand sich in einem kleinen schuppenartigen Gebäude etwas abseits vom Haus – er hatte es, ebenso wie das Familienzimmer, selbst ausgebaut. Aber im Gegensatz zum Familienzimmer war dies ein Ort, der wirklich *ihm* gehörte – ein Ort, von dem er die Fremde, die er geheiratet hatte, und den Fremden, den sie zur Welt gebracht hatte, aussperren konnte.
Lina war natürlich nicht damit einverstanden, dass er einen Platz hatte, wohin er sich zurückziehen konnte, aber sie hatte nichts dagegen machen können – es war einer der wenigen kleinen Siege, die er über sie errungen hatte. Er gab zu, dass sie in gewisser Weise *wirklich* aufs falsche Pferd gesetzt hatte – als sie vor 16 Jahren geheiratet hatten, hatten sie beide geglaubt, er würde wunderbare lukrative Romane schreiben und sie würden schon bald in Mercedessen herumfahren. Aber der einzige Roman, den er veröffentlicht hatte, war nicht lukrativ gewesen und die Kritiker hatten ihn auch nicht für wunderbar gehalten. Lina hatte sich der Meinung dieser Kritiker angeschlossen und das war der Anfang ihrer gegenseitigen Entfremdung gewesen.
Der Lehrauftrag an der Highschool, den sie ursprünglich beide nur als Sprungbrett auf ihrem Weg zu Erfolg, Ruhm und Reichtum angesehen hatten, war in den letzten 15 Jahren ihre Haupteinnahmequelle gewesen – ein verdammt langes Intermezzo, dachte er manchmal. Aber er hatte seinen Traum nie ganz begraben, schrieb Kurzgeschichten und hin und wieder auch kurze Artikel. Er war ein angesehenes Mitglied des Schriftstellerverbands und verdiente alljährlich mit seiner Schreibmaschine etwa 5000 Dollar zusätzlich und das berech-

tigte ihn zu einem eigenen Arbeitszimmer, ganz egal, wie sehr Lina auch dagegen murren mochte – besonders, da sie sich strikt weigerte irgendeine Arbeit anzunehmen.

»Sie haben's hier sehr gemütlich«, sagte Nordhoff, nachdem er sich in dem kleinen Zimmer mit den alten Stichen an den Wänden umgesehen hatte. Der komische Textcomputer stand auf dem Schreibtisch. Richards alte elektrische Olivetti war vorübergehend auf einen der Aktenschränke verbannt worden.

»Das Zimmer erfüllt jedenfalls seinen Zweck«, sagte Richard. Er deutete mit dem Kopf auf die Anlage. »Glauben Sie, dass dieses Ding wirklich funktioniert? Jon war schließlich erst vierzehn.«

»Es sieht komisch aus, nicht wahr?«

»Das kann man wohl sagen«, stimmte Richard zu.

Nordhoff lachte. »Und dabei wissen Sie noch nicht mal die Hälfte«, sagte er. »Ich hab mal hinten ins Bildschirmgerät reingeschaut. Auf einigen Drähten steht IBM, auf anderen Radio Shack. Dann ist da der Großteil eines Western-Electronic-Telefons eingebaut. Und, ob Sie's glauben oder nicht, auch ein kleiner Motor von Erector Set.« Er schlürfte sein Bier und fuhr nachdenklich fort: »Fünfzehn. Er war gerade erst fünfzehn geworden. Ein paar Tage vor dem Unfall.« Er schwieg eine Weile, betrachtete seine Bierflasche und wiederholte halblaut: »Fünfzehn.«

»Erector Set?« Richard starrte den alten Mann erstaunt an.

»Ja. Von Erector Set gibt es einen Elektromodellbaukasten. Jon besaß so einen, seit er so etwa . . . ich glaube, so etwa sechs Jahre alt war. Ich habe ihm das Ding mal zu Weihnachten geschenkt. Er war schon damals ganz verrückt nach technischem Zubehör aller Art und dieser Elektrobaukasten mit Motoren scheint ihm wirklich gefallen zu haben. Er hat ihn fast zehn Jahre lang aufbewahrt. Das ist bei Kindern sehr selten, Mr. Hagstrom.«

»Oh ja«, sagte Richard und dachte an die vielen Spielsachen, die er Seth geschenkt hatte und die der Junge achtlos beiseite gelegt, weggeworfen oder kaputtgemacht hatte. Er warf einen Blick auf den Textcomputer. »Er funktioniert demnach bestimmt nicht.«

»Darauf würde ich an Ihrer Stelle keine Wette abschließen, bevor Sie's probiert haben«, sagte Nordhoff. »Der Junge war fast so was wie ein elektrotechnisches Genie.«

»Ich glaube, Sie übertreiben ein bisschen. Ich weiß natürlich, dass er eine Begabung für technische Dinge hatte, und in der sechsten Klasse hat er den State Science Fair gewonnen . . .«

»Obwohl die anderen Teilnehmer an diesem Wettbewerb wesentlich älter waren – einige hatten sogar die Highschool schon fast abgeschlossen«, warf Nordhoff ein. »Das hat mir zumindest seine Mutter erzählt.«

»Oh ja, das stimmt. Wir waren alle sehr stolz auf ihn.«

Das entsprach allerdings nicht ganz der Wahrheit. Richard war stolz auf ihn gewesen und Jons Mutter ebenfalls; der Vater des Jungen hatte sich einen Dreck daraus gemacht. »Aber zwischen solchen Wettbewerbsprojekten und dem Eigenbau eines Textcomputers aus bunt zusammengewürfelten Einzelteilen . . .« Er zuckte mit den Schultern.

Nordhoff stellte seine Bierflasche ab. »In den 50er Jahren gab's einen Jungen«, berichtete er, »der aus zwei Suppendosen und elektrischem Zubehör im Wert von etwa fünf Dollar einen Atomzertrümmerer konstruierte. Jon hat mir davon erzählt. Und er sagte, in irgendeiner Kleinstadt Neumexikos hätte 1954 ein Junge Tachyonen entdeckt – negative Elementarteilchen, die sich angeblich rückwärts durch die Zeit bewegen. Ein Junge in Waterbury, Connecticut – elf Jahre alt war er –, hat aus dem Zelluloid, das er von den Rückseiten der Spielkarten abkratzte, eine Bombe fabriziert und damit eine leere Hundehütte in die Luft gesprengt. Kinder sind eigenartige Geschöpfe. Besonders die superintelligenten. Vielleicht erleben Sie eine richtige Überraschung.«

»Vielleicht. Möglich wär's immerhin.«

»Er war ein großartiger Junge, das steht jedenfalls fest.«

»Sie liebten ihn ein wenig, ja?«

»Mr. Hagstrom«, erwiderte Nordhoff, »ich liebte ihn *sehr*. Er war wirklich ein ungewöhnlich netter und kluger Junge.«

Und Richard dachte wieder einmal, wie merkwürdig es doch war – sein Bruder, der seit seinem sechsten Lebensjahr ein absoluter Dreckskerl gewesen war, hatte eine großartige Frau und einen großartigen klugen Sohn bekommen. Er selbst hingegen, der sich immer bemüht hatte freundlich und gut zu sein (was auch immer gut in dieser verrückten Welt bedeuten mochte), hatte Lina geheiratet, die sich zu einer mürrischen, fetten Frau entwickelt hatte, und sie hatte dann Seth bekommen. Während er jetzt Nordhoffs ehrliches, müdes Gesicht betrachtete, fragte er sich, wie so etwas hatte passieren können und inwieweit es seine eigene Schuld war, das folgerichtige Ergebnis seiner eigenen Schwäche.

»Ja«, sagte er. »Das war er zweifellos.«

»Es würde mich nicht wundern, wenn dieses Ding funktioniert«, sagte Nordhoff. »Würde mich nicht im Geringsten wundern.«

Nachdem Nordhoff gegangen war, schaltete Richard Hagstrom die Anlage ein. Ein Summen ertönte und er wartete darauf, ob die Buchstaben IBM auf dem Bildschirm aufleuchten würden. Das war nicht der Fall. Stattdessen tauchten unheim-

licherweise, wie eine Stimme aus dem Grab, folgende Worte wie grüne Gespenster aus der Dunkelheit auf:
ALLES LIEBE ZUM GEBURTSTAG, ONKEL RICHARD! JON.
»Mein Gott!«, flüsterte Richard und ließ sich auf den Schreibtischstuhl fallen. Der Unfall, bei dem sein Bruder mit Frau und Sohn ums Leben gekommen waren, hatte sich vor zwei Wochen ereignet – auf der Rückfahrt von einem Tagesausflug. Roger war betrunken gewesen – für ihn ein völlig normaler Zustand. Aber diesmal hatte ihn sein übliches Glück verlassen und er war mit seinem staubigen alten Lieferwagen in einen 90 Fuß tiefen Abgrund gestürzt. Der zertrümmerte Wagen war in Flammen aufgegangen. *Jon war vierzehn – nein, fünfzehn. Wie der alte Mann gesagt hat, ein paar Tage vor dem Unfall ist er fünfzehn geworden. Nur noch drei Jahre, dann wäre er von diesem schwerfälligen dummen Bären von Vater befreit gewesen. Sein Geburtstag . . . und ich selbst habe auch demnächst Geburtstag. Heute in einer Woche.*
Der Textcomputer war Jons Geburtstagsgeschenk für ihn gewesen. Irgendwie machte das alles noch viel schlimmer, auch wenn Richard nicht genau hätte erklären können, warum. Er streckte die Hand aus, um die Anlage auszuschalten, zog sie aber wieder zurück.
Ein Junge hat aus zwei Suppendosen und elektrischem Zubehör im Wert von etwa fünf Dollar einen Atomzertrümmerer konstruiert.
Oh ja, und das Abzugskanalsystem von New York City ist voll mit Ratten und die US-Luftwaffe hat irgendwo in Nebraska die Leiche eines Ausländers auf Eis liegen. Solche Geschichten gibt's doch massenhaft. Alles totaler Blödsinn. Aber vielleicht ist das etwas, das ich nicht mit absoluter Sicherheit wissen will.
Er stand auf, ging zur Rückseite des Bildschirmgeräts und spähte durch die Schlitze. Ja, es war, wie Nordhoff gesagt hatte. Drähte mit der Aufschrift RADIO SHACK MADE IN TAI-

WAN. Drähte mit den Aufschriften von Western Electric und Westrex und Erector Set, letztere mit den kleinen Markenzeichen ›r‹ in einem Kreis. Und er sah noch etwas anderes, etwas, das Nordhoff entweder entgangen war oder das er nicht hatte erwähnen wollen. Da drin befand sich auch ein Lionel-Eisenbahntransformator, der mit Drähten gespickt war wie die Braut von Frankenstein im Film.

»Mein Gott«, murmelte er lachend, aber den Tränen verdächtig nahe. »Mein Gott, Jonny, was glaubtest du bloß herzustellen?«

Aber er wusste es genau. Seit Jahren träumte und redete er davon, einen Textcomputer zu besitzen, und als Linas sarkastisches Lachen unerträglich geworden war, hatte er sich mit Jon darüber unterhalten. »Ich könnte schneller arbeiten, schneller was ändern und auf diese Weise mehr veröffentlichen«, hatte er Jon letzten Sommer erzählt – er erinnerte sich genau, dass der Junge ihn ernst angeschaut hatte. Die Brille hatte seine hellblauen Augen vergrößert, die so intelligent waren, aber immer einen wachsamen Ausdruck bewahrten, so als sei er ständig auf der Hut. »Es wäre großartig . . . wirklich phantastisch . . .«

»Warum schaffst du dir dann keinen an, Onkel Rich?«

»Na ja, man bekommt sie nicht gerade geschenkt«, hatte Richard lächelnd geantwortet. »Die billigsten Radio-Shack-Modelle kosten schon etwa drei Riesen. Von dieser Summe an geht's dann aufwärts bis zu 18.000 Dollar.«

»Vielleicht bau ich dir einmal einen«, hatte Jon gesagt.

»Vielleicht.« Richard hatte ihm auf den Rücken geklopft. Und dann hatte er bis zu Nordhoffs Anruf überhaupt nicht mehr daran gedacht.

Drähte aus Elektromodellbaukästen.

Ein Lionel-Eisenbahntransformator.

Du lieber Himmel!

Er ging wieder zur Vorderseite des seltsamen Geräts und wollte es ausschalten. Irgendwie hatte er das Gefühl, wenn er tatsächlich etwas einzugeben versuchte, und es klappte dann nicht, so würde das die Absicht seines ernsten, sensiblen (von Tragik überschatteten) Neffen entweihen.

Trotzdem drückte er plötzlich auf die Taste EXECUTE. Ein leichter kalter Schauer lief ihm dabei über den Rücken – wenn man darüber nachdachte, war EXECUTE ein komisches Wort, das er nicht mit Computern assoziierte; vielmehr fielen ihm dabei Gaskammern und elektrische Stühle ein . . . vielleicht auch staubige alte Lieferwagen, die über den Straßenrand brausten.

EXECUTE.

Die CPU summte lauter als alle Modelle, die er je gehört hatte, wenn er sich gelegentlich Textcomputer in Fachgeschäften anschaute; eigentlich war es schon kein Summen, sondern eher ein Dröhnen. *Was ist im Speicher alles eingebaut, Jon?*, dachte er. *Sprungfedern? Eisenbahntransformatoren in Reihenschaltung? Suppendosen?* Ihm fielen wieder Jons Augen ein, das ruhige, zarte Gesicht. War es sonderbar, vielleicht sogar krankhaft, einen anderen Menschen so um seinen Sohn zu beneiden?

Aber er hätte eigentlich mein Sohn sein müssen. Ich wusste es . . . und ich glaube, auch er wusste es. Und dann war da auch noch Belinda, Rogers Frau. Belinda, die an regnerischen und bewölkten Tagen so häufig Sonnenbrillen trug. Solche mit besonders großen Gläsern, weil blau geschlagene Augen nicht leicht zu verbergen sind. Manchmal hatte er sie angeschaut, wenn sie still und wachsam dasaß, während Roger sein lautes Lachen erschallen ließ, und dann hatte er auch immer gedacht: *Eigentlich müsste sie meine Frau sein.*

Es war ein erschreckender Gedanke, denn beide hatten sie

Belinda auf der Highschool gekannt und waren mit ihr ausgegangen. Roger war zwei Jahre älter als er, und Belinda stand altersmäßig genau zwischen ihnen – sie war ein Jahr älter als Richard und ein Jahr jünger als Roger. Richard war sogar als Erster mit dem Mädchen ausgegangen, das später Jon zur Welt gebracht hatte. Dann war Roger dazwischengetreten, der ältere und stärkere Roger, der immer bekam, was er wollte, Roger, der einem weh tat, wenn man sich ihm in den Weg zu stellen versuchte.

Ich bekam es mit der Angst zu tun. Ich hatte Angst vor Roger, deshalb überließ ich sie ihm. War die Sache wirklich so einfach? Lieber Gott, steh mir bei, ich glaube, es war wirklich so. Es wäre mir viel lieber, wenn es eine andere Erklärung gäbe, aber vielleicht ist es besser, sich nichts vorzumachen, wenn es um Dinge wie Feigheit geht. Und Scham.

Und wenn es tatsächlich stimmte – wenn Lina und Seth eigentlich zu seinem Taugenichts von Bruder, und Belinda und Jon zu ihm selbst gehört hatten – was bewies das? Und wie sollte ein denkender Mensch mit einer so absurden Verwicklung fertig werden? Sollte er lachen? Weinen oder schreien? Sollte er sich selbst eine Kugel durch den Kopf jagen?

Es würde mich nicht wundern, wenn das Ding funktioniert. Würde mich nicht im Geringsten wundern.

EXECUTE.

Seine Finger glitten rasch über die Tasten. Er schaute auf den Bildschirm und sah die grünen Wörter, die darauf flimmerten:

MEIN BRUDER WAR EIN WERTLOSER TRUNKENBOLD.

Sie flimmerten auf dem Bildschirm und plötzlich fiel Richard ein Spielzeug ein, das er als Kind gehabt hatte: ein magischer Ball. Man stellte ihm eine Frage, die mit Ja oder Nein beantwortet werden konnte, und dann drehte man den magischen Ball um und sah, was er zu sagen hatte – zu seinem Repertoire an hinreißend mysteriösen Antworten gehörten Sätze wie ES IST FAST SICHER, DAMIT WÜRDE ICH NICHT RECHNEN und FRAG SPÄTER NOCH EINMAL.

Roger hatte ihn um dieses Spielzeug beneidet und schließlich hatte er Richard eines Tages so lange eingeschüchtert, bis dieser es ihm gegeben hatte – und dann hatte Roger es mit aller Kraft auf den Gehweg geschmettert, wo es zerbrochen war, und hatte schallend gelacht. Und während Richard jetzt dasaß und dem eigenartig abgehackten Dröhnen aus der CPU lauschte, die Jon gebastelt hatte, dachte er daran, wie er weinend auf dem Gehweg gekniet hatte und einfach nicht begreifen konnte, wie sein Bruder so etwas hatte tun können.

»*Heulsuse! Heulsuse!* Nun schaut euch nur mal an, wie das Baby flennt!«, hatte Roger ihn auch noch verhöhnt. »Es war doch sowieso nur ein billiges Scheißspielzeug, Richie. Du siehst doch selbst, es war nichts drin als ein Haufen kleiner Schilder und 'ne Menge Wasser.«

»ICH SAG'S!«, hatte Richie aus voller Lunge gebrüllt, mit hochrotem Kopf und tränenüberströmtem Gesicht – Tränen der Wut hauptsächlich. »DAS SAG ICH, ROGER. ICH SAG'S MOM!«

»Wenn du mich verpetzt, brech ich dir den Arm«, hatte Roger gesagt und an seinem kalten Grinsen hatte Richard gesehen, dass es ihm ernst mit seiner Drohung war. Er hatte Roger *nicht* verpetzt.

MEIN BRUDER WAR EIN WERTLOSER TRUNKENBOLD.

Nun, trotz komischer Einzelteile wurde die Texteingabe tatsächlich auf den Bildschirm übertragen. Ob die Anlage auch Informationen in der CPU speichern würde, blieb noch abzuwarten, aber Jons Kombination einer Wang-Tastatur mit einem IBM-Bildschirm funktionierte tatsächlich. Zwar rief das

Ding auch einige sehr unangenehme Erinnerungen wach, aber das war schließlich nicht Jons Schuld.

Er schaute sich in seinem Arbeitszimmer um und zufällig fiel sein Blick auf das einzige Bild, das er nicht selbst ausgesucht hatte und das ihm nicht gefiel. Es war ein Studioporträt von Lina – sie hatte es ihm vor zwei Jahren zu Weihnachten geschenkt. *Ich möchte, dass du es in deinem Arbeitszimmer aufhängst,* hatte sie gesagt und natürlich hatte er das auch brav getan. Er vermutete, dass sie ihn auf diese Weise im Auge behalten wollte, selbst wenn sie nicht persönlich anwesend war. *Vergiss mich nicht, Richard. Ich bin da. Vielleicht habe ich aufs falsche Pferd gesetzt, aber ich bin immer noch da. Und das solltest du lieber nicht vergessen.*

Das Studioporträt mit seinen unnatürlichen Farben passte überhaupt nicht zu den anmutigen Stichen von Whistler, Homer und N. C. Wyeth. Linas Augen waren halb geschlossen, der breite cupidoförmige Mund zu einem schwach angedeuteten Lächeln verzogen. *Ich bin immer noch da,* schien ihr Mund ihm zu sagen. *Vergiss das ja nicht.*

Er tippte:

DAS FOTO MEINER FRAU HÄNGT AN DER WESTWAND MEINES ARBEITSZIMMERS!

Er betrachtete den Satz auf dem Bildschirm und er missfiel ihm ebenso wie das Foto selbst. Er drückte auf die Taste DELETE. Die Wörter verschwanden. Jetzt war der Bildschirm bis auf den Leuchtzeiger leer.

Richard blickte zur Wand und sah, dass auch das Foto seiner Frau verschwunden war.

Er saß sehr lange da – zumindest kam es ihm so vor – und starrte auf die Wand, an der das Bild gehangen hatte. Was ihn schließlich aus seinem unglaublichen Schockzustand riss, war der Geruch aus der CPU – ein Geruch, an den er sich aus seiner Kindheit ebenso deutlich erinnerte wie an den magischen Ball, den Roger zerbrochen hatte, weil er nicht ihm gehörte. Diesen Geruch verströmte manchmal der Transformator seiner elektrischen Eisenbahn und dann musste man das Ding ausschalten, damit es abkühlen konnte.

Und das würde er jetzt auch tun.

In einer Minute.

Er stand auf und ging mit weichen Knien zur Wand. Er fuhr mit den Fingern über die Holztäfelung. Hier hatte das Bild gehangen, ja, *genau hier . . .* Aber nun war es verschwunden und der Haken, an dem es gehangen hatte, war ebenfalls verschwunden und es war auch kein Loch im Holz zu sehen, an jener Stelle, wo er den Haken eingeschraubt hatte.

Verschwunden.

Ihm wurde schwarz vor Augen und er taumelte rückwärts und dachte verschwommen, dass er gleich in Ohnmacht fallen würde. Er hielt sich am Schreibtisch fest, bis die Gegenstände um ihn herum wieder klare Konturen annahmen.

Er schaute von der leeren Stelle an der Wand, wo noch vor kurzem Linas Foto gewesen war, zum Textcomputer, den sein toter Neffe zusammengebastelt hatte.

Vielleicht erleben Sie eine richtige Überraschung, hörte er Nordhoff sagen. *Vielleicht erleben Sie eine richtige Überraschung, oh ja, wenn irgendein Junge in den 50er Jahren Elementarteilchen entdecken konnte, die sich rückwärts durch die Zeit bewegen, so wäre es auch durchaus möglich, dass Sie eine große Überraschung erleben, was Ihr genialer Neffe aus weggeworfenen Speicherelementen und Drähten und Elektrozubehör machen konnte. Sie könnten eine solche Überraschung erleben, dass Sie das Gefühl haben, den Verstand zu verlieren.*

Der Transformator stank jetzt stärker und er sah Rauchschwaden aus den Schlitzen im Bildschirmgerät aufsteigen. Auch das

Dröhnen in der CPU war noch lauter als zuvor. Es war Zeit, die Anlage auszuschalten – so klug Jon auch gewesen war, er hatte offensichtlich nicht genug Zeit gehabt, alle Mängel dieses verrückten Dings zu beheben.
Aber hatte Jon gewusst, *wie* es funktionieren würde?
Mit dem Gefühl, ein Opfer seiner eigenen Phantasie zu sein, setzte sich Richard wieder hin und tippte:
DAS FOTO MEINER FRAU HÄNGT AN DER WAND.
Er blickte zur Wand hinüber.
Linas Foto hing wieder da, genau an der alten Stelle.
»Jesus«, flüsterte er. »Jesus Christus!«
Er fuhr sich mit der Hand über die Wange, blickte auf die Tastatur und tippte:
MEIN FUSSBODEN IST LEER.
Dann drückte er auf die Taste INSERT und tippte weiter: BIS AUF ZWÖLF ZWANZIG-DOLLAR-GOLDMÜNZEN IN EINEM KLEINEN BAUMWOLLSÄCKCHEN.
Er drückte auf EXECUTE.
Er blickte auf den Boden, wo jetzt ein kleines weißes Baumwollsäckchen lag, das mit einer Kordel verschnürt war. WELLS FARGO stand mit verblasster schwarzer Tinte darauf.
»Lieber Jesus«, hörte er sich mit einer Stimme sagen, die nicht seine eigene war. »Lieber Jesus, lieber guter Jesus . . .«
Er hätte vielleicht minuten- oder auch stundenlang den Erlöser angerufen, wenn die Anlage nicht plötzlich angefangen hätte Piepstöne von sich zu geben. Oben auf dem Bildschirm flimmerte das Wort OVERLOAD.
Richard schaltete hastig alles aus und stürzte aus seinem Arbeitszimmer, als wären sämtliche Teufel der Hölle hinter ihm her.
Vorher hob er aber doch noch das Säckchen vom Boden auf und schob es in seine Hosentasche.

Als er an jenem Abend Nordhoff anrief, spielte ein kalter Novemberwind draußen in den Bäumen Dudelsack ohne erkennbare Melodien. Seths Gruppe war unten und malträtierte ein Lied von Seger. Lina war nicht zu Hause – sie spielte Bingo im Gemeindesaal von Our Lady of Perpetual Sorrows.

»Na, funktioniert das Ding?«, fragte Nordhoff.

»Oh ja, es funktioniert«, sagte Richard. Er griff in seine Tasche und holte eine Münze hervor. Sie war schwer – schwerer als eine Rolex-Uhr. Auf einer Seite war das grimmige Profil eines Adlers eingeprägt sowie die Jahreszahl 1871. »Es funktioniert auf eine Art und Weise, die Sie nie glauben würden.«

»Vielleicht doch«, sagte Nordhoff ruhig. »Er war ein sehr intelligenter Junge und er liebte Sie sehr, Mr. Hagstrom. Aber seien Sie vorsichtig. Ein Junge ist nur ein Junge, und mag er noch so intelligent sein. Und Liebe kann auch irregeleitet sein. Verstehen Sie, was ich meine?«

Richard hatte keine Ahnung, was Nordhoff meinte. Ihm war heiß und fiebrig zu Mute. In der Zeitung war der gegenwärtige Goldpreis an diesem Tag mit 514 Dollar pro Unze angeführt. Die Münzen hatten auf seiner Briefwaage ein Durchschnittsgewicht von 4,5 Unzen pro Stück ergeben. Das machte beim jetzigen Goldpreis insgesamt 27.756 Dollar. Und er vermutete, dass das nur etwa ein Viertel der Summe war, die er bekommen konnte, wenn er die Münzen als *Münzen* verkaufte.

»Mr. Nordhoff, könnten Sie herkommen? Gleich jetzt? Noch heute Abend?«

»Nein«, sagte Nordhoff. »Nein, ich glaube, das möchte ich lieber nicht, Mr. Hagstrom. Ich glaube, diese Sache sollte ein Geheimnis zwischen Ihnen und Jon sein und bleiben.«

»Aber . . .«

»Nur vergessen Sie bitte nicht, was ich gesagt habe. Seien Sie

um Gottes willen vorsichtig.« Es klickte leise in der Leitung. Nordhoff hatte den Hörer aufgelegt.
Eine halbe Stunde später war Richard wieder in seinem Arbeitszimmer und betrachtete den Textcomputer. Er berührte die ON/OFF-Taste, drückte aber noch nicht darauf. Beim zweiten Mal hatte er Nordhoffs Warnung mitbekommen. *Seien Sie um Gottes willen vorsichtig.* Ja, er würde wirklich vorsichtig sein müssen. Eine Maschine, die so etwas zu Stande brachte ...
Wie *konnte* eine Maschine nur so etwas zu Stande bringen?
Er hatte keine Ahnung ... aber in gewisser Weise konnte er diese verrückte Sache dadurch sogar leichter akzeptieren. Er war Englischlehrer und gelegentlich Schriftsteller, kein Techniker, und er verstand bei sehr vielen Geräten nicht, wie sie funktionierten: Plattenspieler, Gasmotoren, Telefone, Fernseher, die Wasserspülung in der Toilette. Natürlich konnte er mit diesen Dingen umgehen, sie handhaben, aber die zu Grunde liegenden Gesetzmäßigkeiten waren für ihn stets ein Buch mit sieben Siegeln geblieben. Wen könnte es da noch wundern, wenn er die Funktionsweise der Maschine nicht begriff?
Er schaltete sie ein. Wie zuvor erschien auf dem Bildschirm der Glückwunsch:
ALLES LIEBE ZUM GEBURTSTAG, ONKEL RICHARD! JON.
Er drückte auf EXECUTE und die Botschaft seines Neffen verschwand.
Diese Anlage wird nicht lange funktionieren, dachte er plötzlich. Er war sicher, dass Jon noch daran gearbeitet hatte, als er starb, dass er zuversichtlich geglaubt hatte bis zu Onkel Richards Geburtstag noch drei Wochen Zeit zu haben ...
Aber dann war Jons Zeit plötzlich abgelaufen und deshalb begann dieser erstaunliche Textcomputer, der offenbar neue Dinge einführen und alte aus der realen Welt löschen konnte,

nach wenigen Minuten wie ein überhitzter Eisenbahntransformator zu stinken und zu rauchen. Jon hatte nicht die Möglichkeit gehabt, ihn zu perfektionieren. Er ...

Hatte Jon wirklich zuversichtlich geglaubt noch Zeit zu haben?

Nein, das stimmte nicht. Das stimmte *überhaupt* nicht. Richard wusste es. Jons stilles, wachsames Gesicht, die nüchternen Augen hinter den dicken Brillengläsern ... sie hatten keine Zuversicht ausgestrahlt, keinen Glauben an die Tröstungen der Zeit. Welches Wort war ihm früher am Tag in Zusammenhang mit Jon eingefallen? *Tragisch.* Von *Tragik* überschattet. Ja, das war nicht nur ein *gutes* Wort, um Jon zu charakterisieren; es war das einzig *richtige* Wort. Diese Tragik hatte den Jungen so deutlich spürbar umgeben, dass Richard ihn manchmal am liebsten in den Arm genommen und ihm gesagt hätte, er solle alles ein bisschen leichter nehmen, hin und wieder gebe es im Leben auch ein Happyend und die Guten müssten nicht zwangsläufig immer früh sterben.

Dann dachte er wieder daran, wie Roger seinen magischen Ball mit aller Kraft auf den Gehweg geworfen hatte; er sah direkt vor sich, wie die Plastikkugel zerbrochen und die magische Flüssigkeit – Wasser, sonst nichts! – über den Gehsteig geflossen war. Und dieses Bild wurde gleich darauf überlagert von Rogers altem Lieferwagen mit der Aufschrift HAGSTROMS ENGROSLIEFERUNGEN an der Seitenfläche. Er hatte – gegen seinen Willen – die Szene vor Augen, wie der Wagen irgendwo draußen auf dem Land über die Kante eines abbröckelnden Felsens raste, wie das Gesicht seiner Schwägerin sich in eine blutige Masse verwandelte, wie Jon schreiend im Autowrack verbrannte und verkohlte.

Keine Zuversicht, keine echte Hoffnung. Jon schien schon immer eine Vorahnung gehabt zu haben, dass ihm nicht viel Zeit zum Leben blieb. Und er hatte Recht behalten.

»Was für eine Bedeutung hat das alles?«, murmelte Richard, während er auf den leeren Bildschirm starrte.
Wie hätte wohl sein magischer Ball diese Frage beantwortet? FRAG SPÄTER NOCH EINMAL? DIE FOLGEN SIND UNGEWISS? Oder vielleicht ES IST BESTIMMT SO?
Das Dröhnen aus der CPU wurde immer lauter, noch schneller als am Nachmittag. Schon nahm er den Geruch des erhitzten Eisenbahntransformators wahr, den Jon zusammen mit allen möglichen anderen Bestandteilen in die Anlage eingebaut hatte.
Eine Wundermaschine.
Ein Textcomputer der Götter.
War es das? War es das, was Jon seinem Onkel zum Geburtstag hatte schenken wollen? Ein dem Weltraumzeitalter entsprechendes Äquivalent zu Aladins Wunderlampe oder zu einem Wunschbrunnen? Er hörte, wie die Hintertür des Hauses aufflog. Dann die Stimmen von Seth und von den anderen Bandmitgliedern. Die Stimmen waren viel zu laut, viel zu heiser. Sie hatten entweder getrunken oder Hasch geraucht.
»Wo ist denn dein Alter, Seth?«, hörte er einen der Jungen fragen.
»Ich nehm an, er pfuscht wie gewöhnlich in seinem so genannten Arbeitszimmer rum«, antwortete Seth. »Vermutlich . . .« Ein neuer heftiger Windstoß machte den Rest des Satzes unverständlich, aber das allgemeine dreckige, höhnische Gelächter hörte Richard ganz deutlich.
Er saß lauschend da, den Kopf etwas zur Seite geneigt, und plötzlich tippte er:
MEIN SOHN IST SETH ROBERT HAGSTROM.
Sein Finger kreiste über der DELETE-Taste.
Was tust du?, schrie sein Verstand ihm zu. *Ist das wirklich dein Ernst? Hast du die Absicht, deinen eigenen Sohn zu ermorden?*

»Irgendwas muss er da drin doch machen«, sagte einer der Jungen.
»Er ist ein gottverdammter Blödhammel«, antwortete Seth. »Fragt nur meine Mutter. Sie wird's euch bestätigen. Er . . .«
Ich ermorde ihn nicht. Ich . . . ich LÖSCHE ihn einfach.
Sein Finger drückte auf die DELETE-Taste.
». . . hat nie was gemacht außer . . .«
Die Worte MEIN SOHN IST SETH ROBERT HAGSTROM verschwanden vom Bildschirm.
Gleichzeitig verklangen draußen Seths Worte.
Jetzt war nur noch der kalte Novemberwind zu hören, der grimmige Vorbote des Winters.
Richard stellte seine Wundermaschine aus und ging hinaus. Die Auffahrt war leer. Der erste Gitarrist der Band, Norm Sowieso, fuhr einen großen hässlichen LTD-Stationswagen, in dem die Gruppe auch ihre Instrumente verstaute, wenn sie – was allerdings sehr selten der Fall war – öffentlich auftrat. Der Wagen stand nicht mehr auf der Auffahrt. Vielleicht war er irgendwo auf der Welt, fuhr auf irgendeinem Highway dahin oder stand auf dem Parkplatz vor einem schmierigen Hamburger-Lokal, und auch Norm war irgendwo auf der Welt, ebenso wie Darey, der Bassgitarrist mit dem beängstigend leeren Blick und der Sicherheitsnadel im Ohrläppchen, ebenso wie der Schlagzeuger, dem die Vorderzähne fehlten. Sie waren irgendwo auf der Welt, irgendwo, aber nicht hier, weil Seth nicht hier war, weil Seth nie hier gewesen war.
Seth war GELÖSCHT worden.
»Ich habe keinen Sohn«, murmelte Richard. Wie oft hatte er diesen melodramatischen Satz in schlechten Romanen gelesen? Hundertmal? Zweihundertmal? Er hatte ihn immer als kitschig empfunden. Aber hier und jetzt traf er genau den Kern der Sache. Oh ja.

Der Wind heulte und plötzlich überfielen Richard so heftige Magenkrämpfe, dass er sich vor Schmerzen krümmte und stöhnte.
Als die Krämpfe nachließen, ging er ins Haus.

Als Erstes fiel ihm auf, dass Seths schäbige Tennisschuhe – er hatte vier Paar davon und weigerte sich strikt auch nur eines wegzuwerfen – aus dem Eingangsflur verschwunden waren. Er ging zum Treppengeländer und fuhr mit dem Daumen über eine bestimmte Stelle. Mit zehn Jahren (alt genug, um zu wissen, was er tat, aber Lina hatte Richard trotzdem verboten dem Jungen auch nur ein Haar zu krümmen) hatte Seth seine Initialen tief ins Holz des Geländers geschnitten, an dem Richard fast einen ganzen Sommer lang gearbeitet hatte. Und obwohl Richard die Stelle abgeschliffen, mit flüssigem Holz ausgebessert und neu lackiert hatte, hatte er sie immer ertasten können.
Jetzt war jede Spur der Schandtat verschwunden.
Richard ging in den ersten Stock hinauf. Seths Zimmer. Es war sauber und ordentlich und offensichtlich unbewohnt, bar jeder persönlichen Note. Zweifellos ein Gästezimmer.
Das Tiefgeschoss. Hier verweilte Richard am längsten. Die überall herumliegenden Kabel waren verschwunden; die Verstärker und Mikrofone waren verschwunden; die verstreuten Einzelteile seines zerlegten kaputten Kassettenrekorders, den Seth immer herrichten wollte (er hatte dazu weder Jons Geschicklichkeit noch dessen Konzentration), waren ebenfalls verschwunden. Stattdessen legte das Zimmer unverkennbar (wenn auch nicht besonders erfreulich) Zeugnis von Linas Geschmack ab – protzige Möbel, kitschige Wandbehänge aus Samt (einer stellte das heilige Abendmahl dar und Christus hatte darauf eine frappierende Ähnlichkeit mit Wayne New-

ton; auf dem anderen stand ein röhrender Hirsch bei Sonnenuntergang in einer Landschaft irgendwo in Alaska) und ein greller blutroter Teppich. Es gab nicht mehr das geringste Anzeichen dafür, dass ein Junge namens Seth Hagstrom dieses Zimmer einmal in Beschlag genommen hatte. Im ganzen Haus war keine Spur mehr von Seth zu finden.

Richard stand immer noch am Fuß der Treppe und schaute sich um, als er ein Auto auf der Auffahrt hörte.

Lina, dachte er und plötzlich überfiel ihn ein wahnsinniges Schuldgefühl. *Es ist Lina, die vom Bingospielen zurückkommt; was wird sie sagen, wenn sie feststellt, dass Seth verschwunden ist? Was ... was ...*

Mörder!, hörte er sie schreien. *Du hast meinen Jungen ermordet.*

Aber er hatte Seth nicht ermordet.

»Ich habe ihn GELÖSCHT«, murmelte er und ging hinauf, um sie in der Küche zu treffen.

Lina war fetter.

Die Frau, die zum Bingospielen weggefahren war, hatte so um die 180 Pfund gewogen. Die Frau die zurückgekommen war, wog mindestens 300 Pfund, wenn nicht mehr; sie musste sich seitwärts durch die Hintertür zwängen. Elefantenartige Hüften und Schenkel schwabbelten bei jeder Bewegung unter Polyesterhosen von der Farbe überreifer grüner Oliven. Ihre Haut, die noch vor drei Stunden nur etwas blass gewesen war, sah jetzt krankhaft gelblich aus. Obwohl er kein Arzt war, glaubte Richard an dieser Haut einen ernsten Leberschaden oder das Anfangsstadium einer Herzkrankheit ablesen zu können. Ihre Augen mit den schweren Lidern musterten Richard herablassend, fast verächtlich. Sie balancierte einen riesigen tiefgefrorenen Truthahn auf einer dicken Hand.

»Was glotzt du denn so, Richard?«, fragte sie.

Du, Lina. Dich starre ich so an. So also hast du dich in einer Welt entwickelt, in der wir keine Kinder hatten. So also hast du dich in einer Welt entwickelt, in der du kein Objekt für deine Liebe hattest – auch wenn deine Art von Liebe für ein Kind vermutlich Gift gewesen wäre. So also sieht Lina in einer Welt aus, in der sie alles nimmt und überhaupt nichts gibt. Deshalb starre ich dich an, Lina. Dich starre ich an. Dich.

»Der Vogel, Lina«, brachte er schließlich mühsam hervor. »Verdammt, so 'n Riesenvieh von Truthahn habe ich selten gesehen!«

»Steh doch nicht so rum und glotz nur blöd, du Trottel! Hilf mir lieber!«

Er nahm ihr den eiskalten Truthahn ab und legte ihn auf den Kühlschrank.

»Doch nicht *dahin!*«, rief sie ungeduldig und deutete auf die Speisekammer. »In den Kühlschrank passt er doch gar nicht rein. Leg ihn in die Tiefkühltruhe!«

»Entschuldige«, murmelte er. Sie hatten bisher nie eine Tiefkühltruhe gehabt. In jener Welt, in der es einen Seth gegeben hatte, hatten sie keine Tiefkühltruhe besessen.

Er brachte den Truthahn in die Speisekammer, wo eine große Amana-Tiefkühltruhe unter kalten weißen Neonröhren stand wie ein kalter weißer Sarg. Er legte den Vogel zu den anderen tiefgefrorenen Leichen von Vögeln und Tieren und kehrte in die Küche zurück. Lina hatte inzwischen das Glas mit schokoladenüberzogenen Erdnussbutterkeksen aus dem Schrank geholt und aß einen nach dem anderen.

»Es war das Thanksgiving-Bingo«, berichtete sie. »Wir veranstalteten es schon diese Woche, weil Vater Phillips nächste Woche ins Krankenhaus muss, um sich die Gallenblase rausnehmen zu lassen. Ich habe gewonnen.« Sie lächelte. Ihre Zähne waren mit einer braunen Mischung aus Schokolade und Erdnussbutter beschmiert.

»Sag mal, Lina«, fragte er plötzlich, »tut es dir eigentlich manchmal Leid, dass wir nie Kinder hatten?«
Sie sah ihn an, als hätte er völlig den Verstand verloren. »Um Gottes willen, wozu sollte ich mir so einen Quälgeist wünschen?«, fragte sie. Sie schraubte das inzwischen nur noch halb volle Glas mit Keksen zu und stellte es wieder in den Schrank. »Ich geh jetzt schlafen. Kommst du auch oder gehst du noch rüber und döst über deiner Schreibmaschine?«
»Ich glaube, ich gehe noch ein bisschen rüber«, sagte er. Seine Stimme klang erstaunlich ruhig. »Es wird aber nicht lange dauern.«
»Funktioniert das komische Ding?«
»Was . . .« Dann begriff er, was sie meinte, und ihn überfiel wieder dieses Schuldbewusstsein. Sie wusste über den Textcomputer Bescheid, natürlich wusste sie darüber Bescheid. Seths LÖSCHUNG hatte nichts mit Rogers Lebensbahn, nichts mit Rogers Familie zu tun. »Oh nein. Es funktioniert überhaupt nicht.«
Sie nickte befriedigt. »Dieser Neffe von dir! Hatte den Kopf immer in den Wolken, genau wie du, Richard. Wenn du nicht so 'n Schlappschwanz wärst, würde ich mich manchmal fragen, ob du dein Ding vielleicht vor sechzehn Jahren oder so mal wo reingesteckt hast, wo's für dich eigentlich verboten war.« Sie lachte heiser und erstaunlich kräftig – es war das Lachen einer alternden zynischen Kupplerin – und im ersten Moment wäre er fast auf sie losgegangen. Aber dann glitt ein Lächeln über sein Gesicht – ein dünnes Lächeln, das so kalt war wie die Tiefkühltruhe, die auf dieser neuen Lebensbahn an Seths Stelle getreten war.
»Es wird nicht lange dauern«, sagte er. »Ich möchte mir nur ein paar Notizen machen.«
»Warum schreibst du keine nobelpreisverdächtige Kurzge-

schichte oder so was Ähnliches?«, fragte sie gleichgültig. Die Dielenbretter knarrten und ächzten unter ihrem Gewicht, als sie zur Treppe watschelte. »Wir schulden dem Optiker immer noch Geld für meine Lesebrille, und für den Betamax sind wir auch eine Rate im Rückstand. Warum verdienst du nicht endlich etwas mehr Geld?«

»Ich weiß es nicht, Lina«, sagte Richard. »Aber heute Abend habe ich ein paar tolle Ideen. Wirklich.«

Sie drehte sich um und schien wieder eine sarkastische Bemerkung auf der Zunge zu haben – irgendwas in der Art, dass bisher keine seiner tollen Ideen ihnen viel eingebracht hatte, sie aber trotzdem bei ihm ausharrte –, verkniff sie sich aber. Vielleicht wurde sie durch sein eigenartiges Lächeln verunsichert. Sie ging die Treppe hinauf. Richard stand da und lauschte ihren dröhnenden Schritten. Er spürte, dass seine Stirn schweißnass war. Er fühlte sich krank, zugleich aber auch in Hochstimmung.

Er kehrte in sein Arbeitszimmer zurück.

Als er die Anlage diesmal einschaltete, gab die CPU weder ein Summen noch ein Dröhnen von sich; sie stieß einen ungleichmäßigen Heulton aus. Aus dem Bildschirmgerät stieg fast unverzüglich jener Geruch des überhitzten Eisenbahntransformators auf, und sobald er auf die EXECUTE-Taste drückte und damit Jons Geburtstagsglückwunsch verschwinden ließ, begann das Gerät zu rauchen.

Nicht viel Zeit, dachte er. *Nein . . . das ist falsch. Überhaupt keine Zeit. Jon wusste es und jetzt weiß auch ich es.*

Er hatte nur zwei Möglichkeiten. Seth mit Hilfe der INSERT-Taste zurückzubringen (er war sicher, dass er das tun konnte; es würde so leicht sein wie das Herbeizaubern der Münzen) oder die Sache zu Ende zu führen.

Der Geruch wurde stärker, durchdringender. In wenigen Minuten, wenn nicht noch früher, würde auf dem Bildschirm die Information OVERLOAD aufblinken.

Er tippte rasch:

MEINE FRAU IST ADELINA MABEL WARREN HAGSTROM.

Er drückte auf DELETE.

Er tippte:

ICH BIN EIN MANN, DER ALLEIN LEBT.

Jetzt begann das Wort in der oberen rechten Ecke des Bildschirms zu blinken: OVERLOAD OVERLOAD OVERLOAD.

Bitte. Bitte lass es mich zu Ende bringen. Bitte, bitte, bitte . . .

Der Rauch, der durch die Schlitze des Bildschirmgeräts drang, wurde dichter und von intensiverem Grau. Dann sah er, dass jetzt auch aus den Öffnungen in der heulenden CPU Rauch aufstieg . . . und unten in dem Rauch konnte er einen roten Funken erkennen.

Magischer Ball, werde ich gesund, reich und klug sein? Oder werde ich allein leben und vielleicht aus Gram Selbstmord begehen? Bleibt mir noch genügend Zeit?

DAS KANN ICH JETZT NICHT SAGEN! VERSUCH'S SPÄTER NOCH EINMAL.

Nur dass es hier *kein* Später gab.

Er drückte auf INSERT und der Bildschirm wurde dunkel, bis auf die ständige Information OVERLOAD, die jetzt in immer kürzer werdenden Abständen aufleuchtete.

Er tippte:

ABGESEHEN VON MEINER FRAU BELINDA UND MEINEM SOHN JONATHAN.

Bitte, bitte.

Er drückte auf EXECUTE.

Der Bildschirm blieb leer, bis auf OVERLOAD, das jetzt in so kurzen Intervallen aufblinkte, dass es fast konstant dazuste-

hen schien. Etwas im Innern der CPU knallte und zischte und Richard stöhnte.
Es kam ihm wie eine Ewigkeit vor, bis die grünen Buchstaben geheimnisvoll auf dem dunklen Hintergrund auftauchten:
ICH BIN EIN MANN, DER ALLEIN LEBT, ABGESEHEN VON MEINER FRAU BELINDA UND MEINEM SOHN JONATHAN.
Er drückte zweimal auf die EXECUTE-Taste.
Jetzt, dachte er. *Jetzt werde ich eingeben:* ALLE ELEMENTE IN DIESEM TEXTCOMPUTER WAREN PERFEKT AUSGEARBEITET, ALS MR. NORDHOFF IHN HERBRACHTE. Oder ich werde tippen: ICH HABE IDEEN FÜR MINDESTENS ZWANZIG BESTSELLER-ROMANE. Oder ich werde tippen: MEINE FAMILIE UND ICH WERDEN VON NUN AN IMMER GLÜCKLICH SEIN. Oder ich werde tippen . . .
Aber er tippte gar nichts. Seine Finger schwebten albern über der Tastatur, während er spürte – buchstäblich *spürte* –, dass sämtliche Stromkreise in seinem Gehirn unterbrochen waren, dass sozusagen alles stillstand wie bei einem Verkehrsstau in Manhattan von katastrophalem Ausmaß.
Der Bildschirm füllte sich plötzlich mit dem Wort:
OVERLOADOVERLOADOVERLOADOVERLOADOVERLOADOVER
LOADOVERLOADOVERLOA
Dann knallte es wieder und die C.P.U. explodierte. Flammen schlugen aus dem Gehäuse, erloschen aber gleich wieder. Richard lehnte sich auf seinem Stuhl zurück und schirmte sein Gesicht mit den Händen ab, für den Fall, dass auch das Bildschirmgerät explodieren würde. Aber das passierte nicht. Der Bildschirm wurde einfach dunkel.
Richard saß da und starrte auf den dunklen Bildschirm.
ICH KANN'S NICHT MIT SICHERHEIT SAGEN. FRAG SPÄTER NOCH EINMAL.
»Dad?«

Er drehte sich auf seinem Stuhl hastig um. Sein Herz klopfte zum Zerspringen.
Jon stand da, Jon Hagstrom, und sein Gesicht war noch das alte und doch irgendwie anders – es war ein feiner, aber merklicher Unterschied. Vielleicht, so dachte Richard, war dieser Unterschied auf die Unterschiede zwischen zwei Brüdern zurückzuführen. Vielleicht bestand die Veränderung aber auch nur darin, dass jener wachsame, melancholische Ausdruck aus Jons Augen verschwunden war, die durch dicke Brillengläser vergrößert wurden (Richard bemerkte, dass der Junge jetzt eine Brille mit modischer Fassung trug und nicht jene hässliche Hornbrille, die Roger ihm immer gekauft hatte, weil sie 15 Dollar billiger war).
Vielleicht ließ es sich auf einen ganz einfachen Nenner bringen: Jener tragische Ausdruck war aus den Augen des Jungen verschwunden.
»Jon?«, sagte er heiser und fragte sich, ob ihm das tatsächlich noch nicht genügt hatte, ob er tatsächlich darüber hinaus noch andere Wünsche gehabt hatte. Es war lächerlich, aber trotzdem war es wohl so gewesen. Vermutlich waren Menschen nun einmal immer unersättlich. »Jon, bist du's? Bist du's wirklich?«
»Wer denn sonst?« Jon deutete auf den Textcomputer. »Hast du dich verletzt, als dieses Ding da in die Luft geflogen ist, Dad?«
Richard lächelte. »Nein. Mir ist überhaupt nichts passiert.«
Jon nickte. »Es tut mir Leid, dass es nicht funktioniert hat. Ich weiß überhaupt nicht, was in aller Welt mich dazu bewogen hat, all diese blödsinnigen Einzelteile zu verwenden.« Er schüttelte den Kopf. »Ehrlich, ich hab nicht die geringste Ahnung. Es war so, als *müsste* ich es tun. Na ja, es war eben mehr oder weniger nur ein Kinderspielzeug.«

»Macht nichts«, sagte Richard. Er ging zu seinem Sohn und legte ihm einen Arm um die Schultern. »Vielleicht gelingt es dir nächstes Mal besser.«

»Vielleicht. Oder ich probier irgendwas anderes aus.«

»Das wäre auch nicht schlecht.«

»Mom sagt, sie hätte Kakao für dich, wenn du welchen möchtest.«

»Gern«, sagte Richard, und Vater und Sohn gingen gemeinsam auf ein Haus zu, in das nie ein tiefgefrorener, beim Bingospielen gewonnener Truthahn gekommen war. »Eine Tasse Kakao wäre jetzt genau das Richtige.«

»Ich werd das Ding morgen ausschlachten, so weit es sich lohnt, und es dann auf den Müll werfen«, sagte Jon.

Richard nickte. »Ja, lösch es aus unserem Leben«, sagte er und sie gingen lachend ins Haus, wo es verführerisch nach heißem Kakao duftete.

KNUT HAMSUN

Das Gespenst

Mehrere Jahre meiner Kindheit verbrachte ich bei meinem Onkel auf dem Pfarrhof im Nordland. Es war eine harte Zeit für mich, viel Arbeit, viel Prügel und selten eine Stunde zu Spiel und Vergnügen. Da mein Onkel mich so streng hielt, bestand allmählich meine einzige Freude darin, mich zu verstecken und allein zu sein; hatte ich ausnahmsweise einmal eine freie Stunde, so begab ich mich in den Wald oder ich ging auf den Kirchhof und wanderte zwischen Kreuzen und Grabsteinen herum, träumte, dachte und unterhielt mich laut mit mir selber.

Der Pfarrhof lag ungewöhnlich schön, dicht bei der Glimma, einem breiten Strom mit vielen großen Steinen, dessen Brausen Tag und Nacht, Nacht und Tag ertönte. Die Glimma floss einen Teil des Tags südwärts, den übrigen Teil nordwärts, je nachdem Flut oder Ebbe war – immer aber brauste ihr ewiger Gesang und ihr Wasser rann mit gleicher Eile im Sommer wie im Winter dahin, welche Richtung es auch nahm.

Oben auf einem Hügel lagen die Kirche und der Kirchhof. Die Kirche war eine alte Kreuzkirche aus Holz und die Gräber waren ohne Blumen; hart an der steinernen Mauer aber pflegten die üppigsten Himbeeren zu wachsen, die ihre Nahrung aus der fetten Erde der Toten sogen. Ich kannte jedes Grab und jede Inschrift und ich erlebte, dass Kreuze, die ganz neu aufgestellt wurden, im Laufe der Zeit sich zu neigen begannen und schließlich in einer Sturmnacht umstürzten.
Waren da auch keine Blumen auf den Gräbern, so wuchs doch im Sommer hohes Gras auf dem ganzen Kirchhof. Es war so hoch und so hart, dass ich oft da saß und dem Winde lauschte, der in diesem sonderbaren Grase sauste, das mir bis an die Hüften ging. Und mitten in dies Gesause hinein konnte die Wetterfahne auf dem Kirchturm knarren und dieser rostige, eiserne Ton klang jammernd über den Pfarrhof hin. Es war, als ob dies Stück Eisen mit den Zähnen knirschte.
Wenn der Totengräber bei der Arbeit war, hatte ich oft eine Unterhaltung mit ihm. Er war ein ernster Mann, er lächelte selten, aber er war sehr freundlich gegen mich, und wenn er so dastand und Erde aus dem Grabe aufschaufelte, kam es wohl vor, dass er mir zurief ein wenig aus dem Wege zu gehen, denn jetzt habe er ein großes Stück Hüftknochen oder den Schädel eines Toten auf dem Spaten.
Ich fand oft Knochen und Haarbüschel von Leichen auf den Gräbern, die ich dann wieder in die Erde eingrub, wie es der Totengräber mich gelehrt hatte. Ich war hieran so gewöhnt, dass ich kein Grausen empfand, wenn ich auf diese Menschenreste stieß. Unter dem einen Ende der Kirche befand sich ein Leichenkeller, wo Unmengen von Knochen lagen, und in diesem Keller saß ich gar oft, spielte mit den Knochen und bildete aus dem zerbröckelten Gebein Figuren auf dem Boden.

Eines Tages aber fand ich einen Zahn auf dem Kirchhof.
Es war ein Vorderzahn, schimmernd weiß und stark. Ohne mir weiter Rechenschaft darüber abzulegen, steckte ich den Zahn zu mir. Ich wollte ihn zu etwas gebrauchen, irgendeine Figur daraus zurechtfeilen und ihn in einen der wunderlichen Gegenstände einfügen, die ich aus Holz schnitzte.
Ich nahm den Zahn mit nach Hause.
Es war Herbst und die Dunkelheit brach früh herein. Ich hatte noch allerlei anderes zu besorgen und es vergingen wohl ein paar Stunden, bis ich mich in die Gesindestube hinüberbegab, um an meinem Zahn zu arbeiten. Indessen war der Mond aufgegangen; es war Vollmond.
In der Gesindestube war kein Licht und ich war ganz allein. Ich wagte nicht, ohne weiteres die Lampe anzuzünden, ehe die Knechte hereinkamen; aber mir genügte das Licht, das durch die Ofenklappe fiel, wenn ich tüchtig Feuer anmachte. Ich ging deshalb in den Schuppen hinaus, um Holz zu holen.
Im Schuppen war es dunkel.
Als ich mich nach dem Holz vorwärts tastete, fühlte ich einen leichten Schlag, wie von einem einzelnen Finger, auf meinem Kopf.
Ich wandte mich hastig um, sah aber niemand.
Ich schlug mit den Armen um mich, fühlte aber niemand.
Ich fragte, ob jemand da sei, erhielt aber keine Antwort.
Ich war barhäuptig, griff nach der berührten Stelle meines Kopfes und fühlte etwas Eiskaltes in meiner Hand, das ich sofort wieder losließ. Das ist doch sonderbar!, dachte ich bei mir. Ich griff wieder nach dem Haar hinauf – da war das Kalte weg.
Ich dachte: Was mag das wohl gewesen sein, das von der Decke herunterfiel und mich auf den Kopf traf?
Ich nahm einen Arm voll Holz und ging wieder in die Gesin-

destube, heizte ein und wartete, bis ein Lichtschein durch die Ofenklappe fiel.

Da klopfte es an das Fenster.

Ich sah auf. Vor dem Fenster, das Gesicht fast an die Fensterscheibe gedrückt, stand ein Mann. Er war mir ein Fremder, ich kannte ihn nicht, und ich kannte doch das ganze Kirchspiel. Er hatte einen roten Vollbart, eine rote wollene Binde um den Hals und einen Südwester auf dem Kopfe. Worüber ich damals nicht nachdachte, was mir aber später einfiel: Wie konnte sich mir dieser Kopf so deutlich in der Dunkelheit zeigen, namentlich an einer Seite des Hauses, wo nicht einmal der Vollmond schien? Ich sah das Gesicht mit erschreckender Deutlichkeit, es war bleich, beinahe weiß, und seine Augen starrten mich an.

Es verging eine Minute.

Da fing der Mann an zu lachen.

Es war kein hörbares Lachen, sondern der Mund öffnete sich weit und die Augen starrten wie vorher, aber der Mann lachte.

Ich ließ fallen, was ich in der Hand hatte, und ein riesiger Schauer durchrieselte mich vom Scheitel bis zur Sohle. In der ungeheuren Mundhöhle des lachenden Gesichts vor dem Fenster entdeckte ich plötzlich ein schwarzes Loch in der Zahnreihe – es fehlte ein Zahn.

Ich saß da und starrte in meiner Angst geradeaus. Das Gesicht wurde stark grün, dann wurde es stark rot; das Lachen aber blieb. Ich verlor die Besinnung nicht, ich bemerkte alles um mich herum; das Feuer leuchtete ziemlich hell durch die Ofenklappe und warf einen kleinen Schein bis auf die andere Wand hinüber, wo eine Leiter stand. Ich hörte auch aus der Kammer nebenan, dass eine Uhr an der Wand tickte. Ganz deutlich sah ich alles; ich bemerkte sogar, dass der Südwester, den der Mann vor dem Fenster aufhatte, oben im Kopfstück

von schwarzer, abgenutzter Farbe war, dass er aber einen grünen Rand hatte.
Da senkte sich der Kopf nach unten, ganz langsam, immer weiter, sodass er sich schließlich unterhalb des Fensters befand. Es war, als gleite er in die Erde hinein. Ich sah ihn nicht mehr.
Meine Angst war entsetzlich, ich fing an zu zittern. Ich suchte auf dem Fußboden nach dem Zahn, wagte aber nicht, die Augen von dem Fenster zu entfernen – vielleicht konnte das Gesicht ja wiederkehren.
Als ich den Zahn gefunden hatte, wollte ich ihn gleich wieder nach dem Kirchhof bringen, hatte aber nicht den Mut dazu. Ich saß noch immer allein und konnte mich nicht rühren. Ich hörte Schritte draußen auf dem Hof und meinte, dass es eine der Mägde sei, die auf ihren Holzpantoffeln geklappert kam; ich wagte aber nicht, sie anzurufen, und die Schritte gingen vorüber. Eine Ewigkeit verging. Das Feuer im Ofen fing an auszubrennen und keine Rettung zeigte sich mir.
Da biss ich die Zähne zusammen und stand auf. Ich öffnete die Tür und ging rückwärts aus der Gesindestube heraus, unverwandt nach dem Fenster starrend, an dem der Mann gestanden hatte. Als ich auf den Hof hinausgekommen war, rannte ich nach dem Stall hinüber, um einen der Knechte zu bitten mich nach dem Kirchhof hinüberzubegleiten. Die Knechte befanden sich aber nicht im Stall.
Jetzt unter freiem Himmel war ich kühn geworden und ich beschloss, allein nach dem Friedhof hinaufzugehen; dadurch würde ich es auch vermeiden, mich jemandem anzuvertrauen und dann später in des Onkels Finger zu geraten.
So ging ich denn allein den Hügel hinan.
Den Zahn trug ich in meinem Taschentuch.
Oben an der Kirchhofspforte blieb ich stehen – mein Mut

versagte mir seinen ferneren Beistand. Ich hörte das ewige Brausen der Glimma, sonst war alles still. In der Kirchhofspforte war keine Tür, nur ein Bogen, durch den man hindurchging; ich stellte mich voller Angst auf die eine Seite dieses Bogens und steckte den Kopf vorsichtig durch die Öffnung, um zu sehen, ob ich es wagen könne, weiterzugehen.

Da sank ich plötzlich platt auf die Knie.

Ein Stück jenseits der Pforte stand mein Mann mit dem Südwester. Er hatte wieder das weiße Gesicht und er wandte es mir zu, gleichzeitig aber zeigte er vorwärts nach dem Kirchhof hinauf.

Ich sah dies als Befehl an, wagte aber nicht, zu gehen. Ich lag lange da und sah den Mann an, ich flehte ihn an und er stand unbeweglich und still.

Da geschah etwas, das mir wieder ein wenig Mut machte; ich hörte einen der Knechte unten am Stallgebäude geschäftig umhergehen und pfeifen. Dieses Lebenszeichen bewirkte, dass ich mich erhob. Da entfernte sich der Mann ganz allmählich, er ging nicht, er glitt über die Gräber dahin, immer vorwärts zeigend. Ich trat durch die Pforte. Der Mann lockte mich weiter. Ich tat einige Schritte und blieb dann stehen; ich konnte nicht mehr. Mit zitternder Hand nahm ich den weißen Zahn aus dem Taschentuch und warf ihn mit aller Macht auf den Kirchhof. In diesem Augenblick drehte sich die eiserne Stange auf dem Kirchturm und der schrille Schrei ging mir durch Mark und Bein. Ich stürzte zur Pforte hinaus, den Hügel hinab und nach Hause. Als ich in die Küche kam, sagten sie mir, mein Gesicht sei weiß wie Schnee.

Es sind jetzt viele Jahre seitdem vergangen, aber ich entsinne mich jeder Einzelheit. Ich sehe mich noch auf den Knien vor der Kirchhofspforte liegen und ich sehe den rotbärtigen Mann.

Sein Alter kann ich nicht einmal ungefähr angeben. Er konnte zwanzig Jahre alt sein, er konnte auch vierzig sein. Da es nicht das letzte Mal sein sollte, dass ich ihn sah, habe ich auch später noch über diese Frage nachgedacht; aber noch immer weiß ich nicht, was ich über sein Alter sagen soll.
Manchen Abend und manche Nacht kam der Mann wieder. Er zeigte sich, lachte mit seinem weit geöffneten Munde, in dem ein Zahn fehlte, und verschwand. Es war Schnee gefallen und ich konnte nicht mehr auf den Kirchhof gehen und ihn in die Erde legen. Und der Mann kam wieder und wieder, aber mit immer längeren Zwischenräumen, den ganzen Winter hindurch. Meine haarsträubende Angst vor ihm nahm ab; aber er machte mein Leben sehr unglücklich, ja unglücklich bis zum Überdruss. In jenen Tagen war es mir oft eine gewisse Freude, wenn ich daran dachte, dass ich meiner Qual ein Ende machen könnte, indem ich mich in die Glimma stürzte ...
Dann kam der Frühling und der Mann verschwand gänzlich. Gänzlich? Nein, nicht gänzlich, aber für den ganzen Sommer. Den nächsten Winter stellte er sich wieder ein. Nur einmal zeigte er sich, dann blieb er lange Zeit fern. Drei Jahre nach meiner ersten Begegnung mit ihm verließ ich das Nordland und blieb ein Jahr fort. Als ich zurückkehrte, war ich konfirmiert und, wie ich selber meinte, groß und erwachsen. Ich wohnte nun nicht mehr bei meinem Onkel auf dem Pfarrhof, sondern daheim bei Vater und Mutter.
Eines Abends zur Herbstzeit, als ich gerade schlafen gegangen war, legte sich eine kalte Hand auf meine Stirn. Ich schlug die Augen auf und erblickte den Mann vor mir. Er saß auf meinem Bett und blickte mich an. Ich lag nicht allein im Zimmer, sondern mit zweien von meinen Geschwistern zusammen; aber ich rief sie trotzdem nicht. Als ich den kalten Druck gegen meine Stirn fühlte, schlug ich mit der Hand um mich und sagte:

»Nein, geh weg!« Meine Geschwister fragten aus ihren Betten, mit wem ich spräche.
Als der Mann eine Weile still gesessen hatte, fing er an den Oberkörper hin und her zu wiegen. Dabei nahm er mehr und mehr an Größe zu, schließlich stieß er beinahe an die Decke, und da er offenbar nicht viel weiter kommen konnte, erhob er sich, entfernte sich mit lautlosen Schritten von meinem Bett, durch das Zimmer, nach dem Ofen, wo er verschwand. Ich folgte ihm die ganze Zeit mit den Augen.
Er war mir noch nie so nahe gewesen wie diesmal; ich sah ihm gerade ins Gesicht. Sein Blick war leer und erloschen, er sah zu mir hin, aber wie durch mich hindurch, weit in eine andere Welt hinein. Ich bemerkte, dass er graue Augen hatte. Er bewegte sein Gesicht nicht und er lachte nicht. Als ich seine Hand von meiner Stirn wegschlug und sagte: »Nein, geh weg!«, zog er seine Hand langsam zurück. Während der Minuten, die er auf meinem Bett saß, blinzelte er niemals mit den Augen.
Einige Monate später, als es Winter geworden und ich wieder von Hause gereist war, hielt ich mich eine Zeit lang bei einem Kaufmann auf, dem ich im Laden und auf dem Kontor half. Hier sollte ich dem Mann zum letzten Mal begegnen.
Ich gehe eines Abends auf mein Zimmer hinauf, zünde die Lampe an und entkleide mich. Ich will wie gewöhnlich meine Schuhe für das Mädchen hinaussetzen, ich nehme die Schuhe in die Hand und öffne die Tür.
Da steht er auf dem Gang, dicht vor mir, der rotbärtige Mann. Ich weiß, dass Leute im Nebenzimmer sind, daher bin ich nicht bange. Ich murmele: »Bist du schon wieder da!« Gleich darauf öffnet der Mann seinen großen Mund wieder und fängt an zu lachen. Dies macht keinen erschreckenden Eindruck mehr auf mich; und diesmal merke ich: Der fehlende Zahn ist wieder da! Er war vielleicht von irgendjemand in die Erde hineingesteckt

worden. Oder er war in diesen Jahren zerbröckelt, hatte sich in Staub aufgelöst und mit dem übrigen Staub vereint, von dem er getrennt gewesen war. Gott allein weiß das.
Der Mann schloss seinen Mund wieder, während ich noch in der Tür stand, wandte sich um, ging die Treppe hinab und verschwand.
Seither habe ich ihn nie wieder gesehen. Und es sind jetzt viele Jahre vergangen.
Dieser Mann, dieser rotbärtige Bote aus dem Lande des Todes, hat mir durch das unbeschreibliche Grauen, das er in mein Kinderleben gebracht, sehr viel Schaden zugefügt. Ich habe mehr als eine Vision gehabt, mehr als eine seltsame Begegnung mit dem Unerklärbaren – nichts aber hat mich so tief bewegt wie dies.
Und doch hat er mir vielleicht nicht nur Schaden zugefügt – dieser Gedanke ist mir oft gekommen. Vielleicht ist er eine der ersten Ursachen gewesen, dass ich gelernt habe die Zähne zusammenzubeißen und mich zu bezwingen. In meinem späteren Leben habe ich hin und wieder Verwendung dafür gehabt.

Dino Buzzati

Nächtlicher Alpdruck

Nahe dem Stadtrand, in einem Villenviertel, lag das Häuschen der Brüder Giovanni und Carlo Morro; Giovanni zählte zwanzig Jahre, Carlo fünfzehn. Die Villa war von einem kleinen Garten umgeben, und obwohl viele Autos durch die Allee fuhren, an der sie lag, machte sie den Eindruck völliger Einsamkeit.

An jenem Abend, einem düsteren Spätwinterabend, war Carlo zu Bett gegangen, ohne etwas zu essen; denn er fühlte sich nicht wohl. In seinem Zimmer brannte nur eine kleine Lampe; sie stand in einer Ecke, und dorthin setzte sich Giovanni, der lesen und dem Bruder Gesellschaft leisten wollte. Das hin und wieder vernehmliche Hupen der vorbeisausenden Autos störte die Stille nicht. Das kleine Haus lag jetzt in tiefem Nachtfrieden.

Plötzlich schreckte Carlo aus seiner Benommenheit hoch und fragte den Bruder: »Sag mal, Giovanni, ist eigentlich die Haustür abgeschlossen worden?«

»Maria hat sie vorhin zugeschlossen«, sagte der Bruder; »ich habe gehört, dass sie sie auch von innen verriegelt hat.«
»Giovanni«, beharrte Carlo nach längerem Schweigen, »tu mir doch den Gefallen und geh nachschauen, ob die Tür wirklich abgeschlossen ist; ich fühle, dass es zieht.«
Das war nur eine Ausflucht gewesen. In Wirklichkeit stand die Luft förmlich im Zimmer. Aber der Junge hatte die befremdliche Empfindung, die Tür sei offen geblieben.
»Ich sage dir, sie ist abgeschlossen«, antwortete Giovanni. »Aber wenn dir daran liegt, will ich mal nachschauen.«
Er stand auf, ging aus dem Zimmer, und aus dem Nebenzimmer erklangen seine etwas unsicheren Schritte, bis er den Schalter gefunden hatte und zu hören war, wie er das Licht anknipste. Kurz darauf war vom Flur her das charakteristische Geräusch des Verriegelns einer Tür zu vernehmen. Beunruhigt setzte sich Carlo im Bett hoch.
»Siehst du wohl, dass sie offen war? Siehst du wohl?«, rief der Junge, noch ehe der Bruder wieder im Zimmer war.
»Die Sache ist mir unverständlich«, sagte Giovanni, der übrigens nicht allzu beeindruckt schien. »Maria sagt, sie habe die Tür um halb acht abgeschlossen, und trotzdem habe ich sie offen gefunden.«
»Und glaubst du, dass sie sie nicht zugeschlossen hat?«
»Selbstverständlich hat sie sie nicht zugeschlossen. Meinst du etwa, es seien Diebe hereingekommen? Sie hat sie offen gelassen, als der Milchmann da gewesen ist, und jetzt sucht sie nach einer Entschuldigung. Stell dir doch mal vor . . .«
Der Junge legte sich wieder hin und zog die Decken hoch, Giovanni nahm wieder sein Buch zur Hand und las weiter. Alles im Haus schien still zu sein und ein Gefühl der Sicherheit zu geben.
»Giovanni, sag mal«, ließ sich der Junge wieder vernehmen; er

wälzte sich im Bett hin und her. »Könnte nicht jemand da gewesen sein?«
»Wo denn?«, fragte Giovanni zerstreut.
»An der Tür natürlich! Kann nicht jemand da gewesen sein, der sie aufgemacht hat?«
»Nun aber Schluss, Carlo!«, erwiderte der Bruder ungeduldig. »Beruhige dich jetzt und versuch zu schlafen. Was sind das für dumme Gedanken? Was hast du dir bloß der Tür wegen in den Kopf gesetzt?«
Doch der Junge konnte sich nicht beherrschen.
»Es ist jemand da, sei sicher, es ist jemand da, der hereinwill!«, rief er flehentlich. »Bitte, bitte, geh nachschauen!«
»Was fällt dir nur ein? Wer sollte es denn sein? Wie sollte er denn hereinkommen können? Wenn die Tür aufgebrochen würde, müsste man doch wohl den Lärm hören! Du hast Fieber, das ist es; schließlich bin ich doch hier ... Hast du etwa Schritte gehört?«
»Nein«, sagte Carlo, »keine Schritte, aber ich fühle, dass wer da ist.«
»Aber wo denn, wo denn nur, um des Himmels willen?« Giovanni hatte jetzt tatsächlich die Geduld verloren.
Der Junge gab keine Antwort, aber er riss im Halbdunkel die Augen weit auf.
»Wo, meinst du, soll er denn sein? Los, sag es, dann will ich noch mal nachschauen gehen!«, sprach Giovanni schließlich. Auch ihn verlangte jetzt nach Beruhigung.
»Hinter der Tür steht er und wartet«, sagte der Kleine leise. »Hinter der Tür, ich weiß es genau.«
Giovanni sprang auf und warf dabei das Buch auf den Tisch. »Los, los«, sagte er scherzend, »dann wollen wir mal nachschauen. Und danach hörst du dann auf Angst zu haben wie ein kleines Mädchen!«

»Nein, nein«, bat Carlo flehentlich. »Tu mir die Liebe, mach nicht die Tür auf, mach sie bitte nicht auf; wenn er hereinkommt, ist es aus.«
Giovanni beachtete ihn nicht. Mit ärgerlichen Schritten ging er hinaus, durchschritt das Wohnzimmer, ohne das Licht anzuknipsen, und schaltete nicht mal das Licht im Flur an, bevor er die Tür spaltbreit öffnete.
Mit dem dicken Kopfende der Türkette in der Hand blieb er ein paar Sekunden unschlüssig stehen. »Wer ist da?«, fragte er dann mit instinktiver Vorsicht und war erstaunt, dass seine Stimme so seltsam schwach klang. Niemand antwortete.
»Wer ist da?«, wiederholte er nach einer Weile. Aber noch immer Schweigen.
Da nahm er schließlich die Kette weg und machte einen der beiden Türflügel auf.
»Barmherziger Gott!«, flüsterte Giovanni und spürte, wie ein langsames Zittern ihn von oben bis unten durchlief: Auf dem Absatz der Treppe draußen stand unbeweglich ein fremder Mann.
Es ließ sich ohne weiteres feststellen, dass es sich um jemanden aus gehobenen sozialen Schichten handelte, obwohl Giovanni außer Stande war sein Augenmerk auf Einzelheiten der Kleidung zu richten. Die Farbe des Mantels vermittelte, obwohl sie nicht schwarz war, einen allgemeinen Eindruck von Trauer. Er mochte ungefähr fünfzig Jahre alt sein; aber es war schwer, das Alter mit Sicherheit abzuschätzen, da das faltenlose Gesicht nicht von der Zeit berührt zu werden schien.
Er sprach kein Wort; mit eisiger Lässigkeit schickte er sich an einzutreten. Giovanni trat ein paar Schritte zurück und knipste das Licht an; er war sich völlig klar, dass Widerstand hier nutzlos sei. Nicht, dass der Besucher bewaffnet gewesen wäre oder besonders kräftig. Es war eben so und dagegen ließ sich

nichts ausrichten. Giovanni war sich vom ersten Augenblick an klar darüber gewesen, dass es dem Fremden unter allen Umständen gelungen wäre, hereinzukommen.
Danach ging der Mann, ohne den Mantel auszuziehen, mit dem Hut in der Hand, langsamen Schrittes auf das Zimmer des Knaben zu. Der ältere Bruder wollte ihm zuvorkommen und Carlo vorbereiten; allein der andere machte ihm ein kleines Zeichen, als wolle er ihm damit bedeuten, das erübrige sich, weil der Junge bereits um ihn wisse.
»Mein Gott!«, flüsterte der flach im Bett liegende Carlo mit schmerzlicher Ergebenheit, als er den Unbekannten eintreten sah. Nichts sonst sagte er und ließ den Kopf seitlich aufs Kissen sinken.
Der Mann legte seinen Hut auf die Kommode und dann setzte er sich mit ungemeiner Zurückhaltung schweigend auf einen Stuhl neben dem Bett, und von dort aus blickte er den kranken Knaben unentwegt an.
Beim ersten Hinschauen schien auf seinem Gesicht etwas wie ein Lächeln zu liegen; aber nach einer kleinen Weile ließ sich darauf eisige Ironie ablesen. Seinen Augen wohnte eine böse Macht inne.
Oh, es war gänzlich nutzlos, sich aufzulehnen! Mit leiderfüllter Miene schaute der Knabe ihn an, unfähig zu einer Reaktion, indessen der Bruder dastand, sich auf die Kommode stützte und stumm und traurig die Szene beobachtete.
Mit einer nahezu instinktiven Bewegung knipste Giovanni in einem gewissen Augenblick die Deckenlampe in der Zimmermitte an, und bei dem hellen Licht merkte er, dass der Mann eine Aktenmappe, die keinem der Brüder bislang aufgefallen war, auf den Knien hielt und gerade aufmachte.
Mit seiner langen, schmalen Hand zog der Unbekannte eine buntfarbene Zeichnung aus der Aktentasche und legte sie

langsam auf die Bettdecke, sodass der Junge sie gut sehen konnte. Der Kleine warf auch einen Blick darauf und versuchte dann mit einem leisen Klagelaut den Blick nach der anderen Seite zu kehren. Aber es war stärker als er: Nach einigen Sekunden begann er, unwiderstehlich angezogen, das Blatt anzustarren.

Es war eine unbegreifliche Zeichnung und dennoch besaß sie eine arglistige Anziehungskraft. Linien, Kurven, Farbflecke, hingeworfene Andeutungen absurder Bilder, bei denen Darstellungen von Augen vorherrschen – alles ging ineinander über wie in einem phantastischen Tanz, und wenn man sie länger anschaute, sah man die einen gegen die anderen rollen, in einem Rhythmus, der anmutete, als sei er ewig.

Giovanni stand noch immer neben der Kommode und konnte die Zeichnung nicht sehen, wogegen Carlo sie unentwegt anstarrte.

So mochten ungefähr fünfzehn Minuten vergangen sein. Dann nahm der Unbekannte eine andere Zeichnung aus seiner Aktentasche, die der ersten fast gleich und dennoch völlig verschieden von ihr war, und zwar des ausgeprägt Bösartigen wegen, das sie ausstrahlte.

»Genug, genug!«, flehte der Knabe, der durch diese Quälerei außer sich geriet. »Giovanni, schick ihn doch fort!«

Der Unbekannte wandte sich und dabei wurde sein honigsüßes Lächeln noch ausdrucksvoller, zu Giovanni hin und schüttelte den Kopf, um dadurch sein Mitleid auszudrücken, gleich als könne eben nur der größere Bruder ihn verstehen. Er schüttelte indessen den Kopf nicht so, wie es die Menschen für gewöhnlich tun; es war vielmehr ein mechanisches Hinundherschaukeln. Giovanni zuckte nicht mit der Wimper; er war gelähmt vor Schmerz, dem Bruder nicht helfen zu können. So verstrichen zwei Stunden in tiefstem Stillschweigen, das

lediglich von den Jammerlauten des Knaben unterbrochen wurde. Dann verfiel Carlo langsam in einen betäubenden Schlaf, der mit Anfällen heftiger Unruhe abwechselte. Der Unbekannte – inzwischen hatte Giovanni das Deckenlicht wieder ausgeschaltet – nahm abermals seine Zeichnungen zur Hand (zu seinem größten Erstaunen konnte Giovanni nichts wahrnehmen als zwei Blätter blendend weißen Papiers) und sein Verhalten wurde nach und nach immer mehr das eines Mannes, der im Begriff steht sich zu verabschieden.
Um drei Uhr nachts lag der kleine Junge in unruhigem Schlaf. Mit unveränderter Miene stand der Mann auf, glitt durch das Zimmer und verschwand im Dunkeln.
Auch am folgenden Tag konnte Carlo nicht aufstehen. Als die Brüder einander Guten Morgen sagten, wagte keiner von ihnen, als Erster auf den traurigen Besuch am Vorabend anzuspielen, und so rückte schon die Abenddämmerung heran, ohne dass darüber gesprochen worden wäre. Erst als es Nacht war, sagte Giovanni:
»Ich selber habe heute Abend die Tür abgeschlossen, weißt du. Also darfst du ganz sicher sein, dass niemand hereinkommen kann. Und so wirst du gut schlafen können.«
»Ach, das nützt nichts!«, meinte der Kleine resigniert. »Es nützt nichts, die Tür zuzumachen! Wenn er wiederkommen will, kommt er trotzdem herein.«
»Red keine Dummheiten!«, erwiderte der Bruder und versuchte zu lachen. Und dennoch wusste auch er, dass dem so war. Indessen hatte es den Anschein, als werde die Nacht vorübergehen, ohne dass in dem kleinen Haus etwas geschehe. Der Knabe wurde nach und nach immer lebendiger, anstatt zu schlafen; es streifte ihn ein leichter Hauch von Hoffnung. Vielleicht würde wirklich in dieser Nacht niemand kommen, und vielleicht auch die folgende Nacht nicht und vielleicht nie

wieder. Daran musste der Kleine denken und er malte sich die kommenden Tage aus, die Schule, die Sonne, den Frühling, eine heile, glückliche Welt. Und allmählich schlief er sanft ein. Giovanni jedoch blieb wach und las. Er fühlte sich alles andere als ruhig. Durch die Spalten der Fensterläden gewahrte er, dass die Schatten der Bäume im Garten sich ab und zu bewegten, obwohl nicht der leiseste Wind wehte. Aus den anderen Zimmern drang zugleich mit dem Ticken der Uhren ein ungewöhnliches Knistern. Und zweimal war ein kurzes, metallisches Schnappen zu vernehmen; woher es kam, blieb unerklärlich.

Giovanni las eine Liebesgeschichte, aber es gelang ihm nicht, seine Gedanken von dem Zimmer, in dem er saß, zu lösen. Draußen auf der Stadt sausten immer seltener die Autos vorbei und der Lärm der Straße wich immer mehr der Ruhe der Nacht; hin und wieder hallten auf der Straße die Schritte eines einsamen Passanten; dann begann Giovannis Herz stark zu klopfen.

Dann gab auch er sich der Schläfrigkeit hin, bis er, oh mein Gott, mit einer Deutlichkeit, die keine Hoffnung zuließ, hörte, wie die Zimmertür leise geöffnet wurde.

Er drehte sich fügsam um und sah ihn. Mit der gleichen Gemessenheit wie am Vorabend legte der Mann seinen Hut auf die Kommode und setzte sich ans Bett. Zum Glück schläft Carlo, dachte der Bruder, und wird nichts merken.

Aber der Mann beugte sich über den Kleinen und berührte ihn, das heißt, er strich ihm ganz sacht mit einer Hand über den Kopf. Carlo schreckte hoch, riss die Augen weit auf und stieß einen langen Klagelaut aus.

Da sprach der Unbekannte und betonte dabei jede einzelne Silbe:

»Alle schlafen«, sagte er feierlich, »alle schlafen jetzt. In den

Nachbarhäusern sind alle eingeschlafen, und in der ganzen Stadt . . . auch dein Bruder«, fügte er nach einer Pause hinzu; doch das stimmte gar nicht, aber im Halbdunkel konnte Carlo den Bruder, der dastand und mit dem Rücken an der Wand lehnte, nicht sehen. »Alle schlafen . . .«, wiederholte er, als wolle er einen Bann ausüben, »alle dürfen sich ausruhen; alle schlafen, alle schlafen . . .«

Dann verstummte er und tiefes Schweigen herrschte. Carlo sank wieder in den Schlaf.

»Außer dir . . .«, fuhr der Spukhafte mit erhobener Stimme fort, indem er den Knaben abermals berührte und ihn aufweckte.

»Alle schlafen, schlafen, schlafen . . .«, murmelte der Unbekannte immerfort wie eine Litanei. Und kaum fielen dem Jungen die Augen wieder zu, wurde er wiederum angerührt, um ihn am Einschlafen zu hindern. Der Mann berührte ihn mit einer ungemein höflichen Geste; sie war mit mathematischer Genauigkeit berechnet. Und dann wiederholte er: »Außer dir.«

Alle schlafen, ausgenommen ich, dachte der Knabe. Wird das auch morgen Abend so sein, und auch übermorgen, immer?

Ein unterdrücktes Schluchzen war im Zimmer zu hören. Giovanni schwieg, stand starr und reglos da, da er nichts unternehmen konnte.

»Um wie viel Uhr er wohl heute Abend kommen mag?«, fragte Carlo vom Bett aus. Er fragte es jetzt ohne Gequältheit, nur mit bitterer Ergebung in sein Schicksal. Seit dem ersten Besuch des Unbekannten waren inzwischen vierzehn Tage verflossen und jede Nacht war er regelmäßig wiedergekommen. Eines Abends hatte Giovanni ihn entdeckt, wie er wartend im Dunkel auf dem Diwan im Flur saß; ein andermal hatte er ihn auf der Straße auf und ab gehen hören, bevor er ins Haus

eintrat; aber zumeist war er ins Zimmer geglitten, ohne dass auch nur das leiseste Zeichen sein Kommen angekündigt hätte.
Wieder einmal warteten die Brüder auf ihn. Es hatte bereits neun Uhr geschlagen. In der Ecke brannte die Lampe; Giovanni hatte die Liebesgeschichte zu Ende gelesen und las jetzt ein neues Buch, das vom Krieg handelte.
»Um wie viel Uhr er wohl heute Abend kommen mag?«, fragte Carlo vom Bett her; er war jetzt von seiner Krankheit ganz abgezehrt.
»Du wirst sehen, heute Abend kommt er nicht«, sagte Giovanni, um ihn zu trösten. »Schon letzte Nacht ist er nur ganz kurz hier geblieben. Du wirst schon sehen, dass jetzt alles überstanden ist. Und morgen geht es dir dann besser.«
Wie oft schon hatte er diese gut gemeinten Worte gesprochen! Wie oft, und immer vergeblich! Während dem Anschein nach sämtliche Häuser der Stadt um eine gewisse Stunde schlafend dalagen, ein Fenster nach dem anderen dunkel wurde und sich in Tausenden von Wohnungen Träume niedersenkten, um die müden Menschen zu trösten, schlich sich in die kleine Villa der grausame Zauberer.
»Immer sagst du das«, entgegnete Carlo, »immer sagst du das und dann kommt er doch. Oh Mama!« Und er überließ sich dem Schluchzen.
»Sei ruhig«, versuchte es der größere Bruder mit anderen Worten, »sei ruhig und denk nicht dran. Du brauchst doch nicht daran zu denken; ja, denk einfach, er sei nie gekommen . . .«
»Giovanni!«, schrie der Junge plötzlich in jäher Erregung. »Giovanni, sieh da den Schatten! Es ist wer im Garten! Er ist es, er kommt, verlass dich drauf!«
»Beruhige dich doch um Gottes willen«, bat der Bruder. »Siehst

du denn nicht, dass es der Wind ist? Hörst du ihn nicht? Es ist Nordwind, der bringt schönes Wetter.«
»Nein, das ist nicht wahr«, sagte der Junge, den die Kleinmütigkeit überkommen hatte. »Der Wind macht ein anderes Geräusch. Ich weiß ganz genau, dass der Wind die Bäume nicht so bewegt ... Und hörst du denn nicht«, nahm er das Gespräch mit erneuter Aufregung auf, »hörst du denn nicht die Schritte auf dem Kies?«
»Dein Denken wird jetzt ganz und gar von dieser Zwangsvorstellung beherrscht!«, sagte Giovanni. »Ich höre keine Schritte, ich schwöre es dir. Es wird eine Maus gewesen sein und nichts sonst. Du weißt doch, wie viele es im Garten gibt . . .«
»Früher waren viele da, jetzt nicht mehr. Die Katze hat sie ... Es war wirklich der Schritt eines Menschen.«
Einige Minuten schwieg er, dann setzte er sich mit einem Ruck im Bett auf, drehte den Kopf nach einer Seite und lauschte angestrengt. »Da, da!«, rief er.
»Aber das ist doch Maria!«, sagte Giovanni und atmete vor Erleichterung tief auf, als er den Kopf des hereinäugenden Dienstmädchens erblickte. »Gott sei Dank!«
Es schien den beiden Brüdern, als hätten sie auf diese Weise eine Art Atempause erlangt. Der Alpdruck hatte einen Aufschub erfahren. Aber für wie lange?
Das Ticken der Uhr kündigte das Voranschreiten der Nacht an, die sich mühselig durch die Häuser der Stadt schlich. Ein auf den Boden geworfenes Kissen, eine auf dem Tisch liegende Zeitung, das gelöschte Deckenlicht, die auf dem Gestell in Reih und Glied stehenden Bücher – alles war schon in Schlaf versunken. Giovanni las, ab und zu den Kopf hebend, um den kleinen Bruder, der ihn qualvoll ansah, durch einen Blick zu trösten. Ab und zu wurde er von der Versuchung ergriffen, den Blick zur Tür hinzuwenden, von der ihm schien, als werde sie

langsam geöffnet; doch er beherrschte sich aus Scheu, den Kleinen aufzuregen.
Elf Uhr war vorbei, halb zwölf – und noch immer war niemand gekommen. Von irgendeiner fernen Kirche drang melancholisch der Stundenschlag her. Nach und nach erwachte in der Tiefe der Nacht leise die Hoffnung. »Es ist beinahe Mitternacht«, sagte Carlo; es verlangte ihn, sich der Selbsttäuschung hinzugeben. »Noch nie ist er so spät gekommen. Wenn er heute Nacht wenigstens nur kurz bleiben würde . . .«
»Du wirst sehen, er kommt nicht. Jetzt ist das Schlimmste überstanden«, entgegnete Giovanni, um ihn zu beruhigen. Er sagte es, aber gerade er glaubte nicht daran. Giovanni machte sich keine Illusionen und spürte im Grunde schon, wenn er sich auch nicht zu erklären vermochte, wieso, dass der Unbekannte nahe sei.
Es schlug Mitternacht und Giovanni blickte zu dem kleinen Bruder hinüber. Sein Kopf lag auf dem Kissen, endlich war er eingeschlafen und ein unschuldiges Lächeln umspielte seine Lippen. Gerade jetzt war er in das Reich der Träume gelangt, gerade jetzt, da der Unbekannte jeden Augenblick eintreten musste. Ja, Giovanni war sich jetzt sicher, dass der Mann sich im Hause befand. Dort, jenseits der Zimmerwände, spürte er seine Gegenwart. Wie absurd war es doch, noch etwas zu hoffen! Nachdem er vom Sessel aufgestanden war – er hatte es mit rührender Behutsamkeit getan, um ja kein Geräusch zu machen –, durchschritt er den Raum, öffnete langsam die Tür zum Wohnzimmer und schaute vor Angst schlotternd hinein.
Es war, wie er es gespürt hatte. Das Licht war eingeschaltet worden und unbeweglich auf einem Stuhl sitzend wartete der Unbekannte. Giovanni sah ihm fest in die Augen, aber die Blicke des anderen wichen den seinen aus; starr schaute er in die Weite.

Giovanni blieb eine Zeit lang auf der Türschwelle stehen; er meinte, der Unbekannte werde sich erheben, wieder zu dem Knaben hingehen und ihn quälen. Stattdessen bewegte sich der Verhasste auch nicht einmal um einen Millimeter. Da zog sich der Jüngling langsam wieder zurück.
Die Tür wurde geschlossen, die Klinke knackte leise und Carlo wachte aus tiefem Schlaf auf.
»Wo bist du gewesen?«, fragte er sofort und atmete schwer. »Hast du nachgesehen, ob er gekommen ist? Sag mir, hast du ihn gesehen?«
»Nein«, antwortete Giovanni, »ich habe mir ein Glas Wasser holen wollen. Nicht einmal gedacht habe ich an ihn. Jetzt, jetzt kommt er nicht mehr.«
Ein jäher Abglanz von Zufriedenheit erhellte Carlos Antlitz. Wie grausam ist es doch, ihn so zu betrügen, dachte der ältere Bruder und setzte sich von neuem hin, um zu lesen, ohne dass er ein weiteres Wort gesagt hätte.
Ticktack, machten die alten Uhren im Haus und die Minuten verrannen, eine nach der anderen. Carlo war nahe daran, wieder einzuschlafen, und in der Ferne war das Rattern eines Lastautos zu hören. Würde sich jetzt der Verfluchte endlich entschließen hereinzukommen oder nicht? Würde sich die Tür öffnen oder nicht? Schließlich war er ja gekommen; warum wartete er also noch draußen? Warum musste dem Kleinen bis zum letzten Augenblick etwas vorgetäuscht werden?
Es half nichts: Er musste noch einmal nachsehen, das war unbedingt nötig. Giovanni stand abermals auf, ging auf Zehenspitzen durchs Zimmer, öffnete spaltweit die Tür zum Wohnzimmer und schob den Kopf hindurch, um nachzuschauen.
Der Unbekannte saß nach wie vor da, in der gleichen Haltung, auf demselben Stuhl, unbeweglich wie zuvor, aber er schlief. Er schlief. Seine Augenlider waren gänzlich niedergesunken

und verschlossen den eisigen Blick; und sein Lächeln, sein perfides Lächeln, war im Schlaf erstorben. Der Mund war geschlossen, ausdruckslos und dennoch unerbittlich wie ein Siegel.

Er schlief. Es war kein friedlicher, menschlicher Schlaf. Die Brust hob und senkte sich nicht beim Atmen, oder aber, wenn sie es dennoch tat, war jene Bewegung unwahrnehmbar. Man hätte ihn für tot halten können; aber er war nur ein unsäglich traurig wirkendes Geschöpf.

»Bliebe es doch die ganze Nacht so!«, wünschte Giovanni und zog unendlich behutsam den Kopf zurück. Doch noch immer wagte er nicht zu hoffen. Leise schloss er die Tür. Leise, Fuß vor Fuß setzend, gelangte er wieder in sein Eckchen unter der Lampe, nahm das Buch zur Hand und verharrte unbeweglich in dieser Haltung; seine Ohren lauschten angestrengt auf den geringsten Laut.

Aber es drang nichts zu ihm als die üblichen Nachtgeräusche eines Hauses: Das Ticken der Uhren, ein Wassergurgeln in den Rohren, das Knacken eines Möbelstücks, das Knarren der Fensterläden bei einem Windzug; in dieser Nacht hörte es sich fast wie ein Jammern an. Und Carlo schlief ruhig weiter.

Jetzt senkte sich auch auf Giovanni der Schlaf bleiern nieder; der Kopf wurde ihm schwer und nach und nach fielen ihm die Augenlider zu. Seine Augen wollten sich schließen. Nur die Ohren blieben hellwach und horchten angestrengt in das Schweigen. Vielleicht war der Mann noch nicht aufgewacht.

Die Stimmen der Uhren, das hin und wieder vernehmbare Knacken und Knistern, der schwere Atem Carlos, das alles beherrschende, lastende Schweigen – all das wurde allmählich zu einem einzigen leisen Gesumm mit stetem Rhythmus, der in immer stärkerem Maße das ganze Zimmer erfüllte. Die Lampe schien auszugehen (Giovannis Augen hatten sich endlich geschlossen) und er fühlte sich mehr und mehr mit unwiderstehlicher Gewalt ins Reich der Träume entrückt.

Eine ungewisse Angst ließ ihn aufwachen und es fiel ihm nicht schwer, nachdem er bei klarem Bewusstsein war, den Grund dafür auf der Stelle zu durchschauen. Er blickte nach Carlos Bett hin. Er war sicher, dass die Trauer bringende Gestalt des Unbekannten dort sitzen werde, auf dem Stuhl, um dem Kranken die Ruhe zu nehmen.

Doch dem war nicht so. Carlo schlief und es war niemand sonst im Zimmer. Da wurde Giovanni klar, dass etwas Neues vor sich gehen würde. Es sogleich zu erfassen gelang ihm nicht; doch als er dann nach dem Fenster hinschaute, gewahrte er auf dem Laden eigentümliche weiße Striche.

Die Hoffnung! Mit fiebriger Hast riss Giovanni das Fenster auf, fasste nach dem Riegel des Ladens und stieß ihn zurück.

Der Tag, der Tag war angebrochen! Am äußersten Saum des herrlich klaren Himmels, zwischen den vom Wind ganz entblätterten Bäumen verströmte sich das Licht der aufgehenden Sonne.

»Carlo, Carlo!«, rief Giovanni und drehte sich um.

Der Knabe kam zu sich, richtete sich auf und blickte umher.

»Was ist denn? Was ist geschehen?«, fragte er erschrocken.

»Die Sonne ist aufgegangen!«, rief Giovanni, fast von Sinnen vor Freude. »Die Sonne ist aufgegangen und er ist nicht gekommen!«

Er brauchte sich nicht noch davon zu überzeugen. Er war sicher, ganz sicher, dass dort hinter der Tür, dort im Wohnzimmer, jetzt niemand mehr sei. Der neue Tag war angebrochen und der Unbekannte war verschwunden, vom Dunkel der Nacht verschlungen. Der Bann war gebrochen. Nie mehr würde er wiederkommen.

Die Stadt schlief noch; noch wusste sie nicht, dass die ersten Strahlen der Frühlingssonne leuchteten. Die Allee war noch menschenleer, die Fenster dicht geschlossen, die Häuser noch im Schlaf.
Ein zweifelndes Lächeln wagte sich auf die Lippen des Kindes, das ohne Hilfe aufstand und mit noch unsicheren Schritten auf das Fenster zuging, um hinauszuschauen.
Die Brüder standen beieinander, schweigend, fast erdrückt von der Freude; sie dachten an tausend beglückende Kleinigkeiten und tranken förmlich, wenn auch noch zitternd, die ersten Strahlen der Sonne.

H. P. Lovecraft

Die Musik des Erich Zann

Mit größter Sorgfalt studierte ich Pläne und Karten der Stadt, fand jedoch nie wieder jene Rue d'Auseil. Und es waren nicht nur moderne Pläne, die ich untersuchte; ich weiß, dass Straßennamen häufig Veränderungen unterworfen sind. Ich ließ es mir, im Gegenteil, nicht entgehen, die seltensten und ältesten Karten dieser bizarren Stadt durchzuforschen, ich unterließ nichts, in dieser immer währenden Dämmerung eine wenn auch noch so bescheidene Spur zu verfolgen, die mich vielleicht doch nach dieser verschollenen, traumversponnenen Straße hätte führen können; allein, was ich auch tat, meine Unternehmungen waren von Anfang an zum Misslingen verurteilt und es blieb mir nichts denn die demütige Erkenntnis, dass es für mich in aller Zukunft ein Ding der Unmöglichkeit sein würde, jemals dieses Haus, diese Straße, ja selbst die weitere Umgebung wieder zu finden, in der ich in den letzten Monaten meines Hungerlebens als Student der Metaphysik Erich Zanns Musik vernahm.

Es wundert mich keinesfalls, dass meine Erinnerung zerstört ist, denn meine Gesundheit, körperlich wie geistig, hatte während meines Aufenthaltes in der Rue d'Orsay schwer gelitten; auch entsinne ich mich nicht, jemals einen von den wenigen Bekannten, die ich hatte, dorthin mitgenommen zu haben. Dass ich jedoch diesen Ort nicht mehr aufzufinden vermag, erscheint mir einzig dastehend und verwirrend – war er doch keine halbe Stunde Wegs von der Universität entfernt, und außerdem gab es da einige besondere Einzelheiten, die einer, der die Gegend gesehen hatte, kaum mehr hätte vergessen können. Ich bin allerdings noch mit keinem Menschen zusammengetroffen, der die Rue d'Auseil gekannt hätte.

Die Rue d'Auseil lag jenseits eines finsteren, von uralten Lagerhäusern und Speichern begleiteten Flusses, der träge in ein nebliges Nichts zog. Irgendwo überspannte eine wuchtige Brücke aus schwarzem Stein seine Wässer. Diese Gegend um den Fluss lag fast immer während in einem Gedämmer aus Schatten und dem Rauch trauriger Ausdünstungen. Die vielen Fabriken, die seine Nachbarschaft ausmachten, schienen die Sonne schon von vornherein ausgeschlossen zu haben. Der Fluss selbst war voll von übel riechendem Dunst, einem eigenartigen Gestank, der mir sonst noch nirgendwo begegnet ist – und vielleicht wird mir dieser Umstand einmal dienlich sein die verlorene Straße wieder zu finden, da ich diesen eklen Geruch aus hundert anderen herauskennen würde. Auf der anderen Seite der Brücke befanden sich enge, bucklig gepflasterte Straßen mit Eisengeländern; und bald darauf erreichte man einen Anstieg, der sich zuerst gemächlich hochzog, dann aber, kurz bevor man in die Rue d'Auseil kam, unglaublich steil wurde. Ich habe in meinem Leben noch keine so enge Straße gesehen! Sie war nahezu für alle Fahrzeuge gesperrt, eine Klippe, die aus mehreren durch Stufen verbundenen Plätzchen

oder Etagen bestand, und sie wurde an ihrer höchsten Stelle von einer riesigen, mit grauem Efeu überwucherten Mauer abgeschlossen. Das Pflaster war unterschiedlich: hier breite Steinplatten, dort katzbuckliges, fest gefügtes Geröll, manchmal auch nur die bloße, von fahlgrünen, namenlosen Moosen und Gräsern bedeckte Erde. Die Häuser waren hoch, spitzgiebelig und unglaublich alt, hin und wieder beugten sie sich weit vor; man hätte meinen können, die Dachtraufen berührten einander, und man konnte den Himmel nicht mehr erkennen. Ja, man hatte sogar häufig das Gefühl, durch lang gestreckte Torbögen zu gehen, ein Umstand, der das Licht nahezu verbannte, und wenn ich mich recht entsinne, so war diese traurige Region aus Dunkelheit und Schemen an verschiedenen Stellen von kleinen Brücken, die Haus mit Haus verbanden, überspannt.
Auch die Bewohner dieser Straße übten auf mich einen sonderbaren Eindruck aus. Zuerst glaubte ich, sie seien nur schweigsam und verschlossen; später aber kam ich darauf, dass ich es mit sehr, sehr alten Menschen zu tun hatte. Was mich ursprünglich bewogen hatte in einer solchen Straße zu wohnen, habe ich vergessen; aber ich war, als ich dorthin zog, kaum mehr Herr meiner selbst. Ich hatte bereits in vielen, höchst elenden Vierteln gelebt, mein ständiger Geldmangel ließ mir keine andere Wahl, bis ich schließlich in diesem zerfallenen Haus in der Rue d'Auseil landete, das von Monsieur Blandot, einem halb gelähmten Greis, unterhalten wurde. Es war das dritte Haus von oben und bei weitem das höchste von allen.
Mein Zimmer lag im fünften Stock. Es war dort der einzige bewohnte Raum, das übrige Haus stand fast leer. In jener Nacht, in der ich einzog, vernahm ich vom Dachboden aus über mir seltsame Melodien und erkundigte mit am nächsten Mor-

gen bei Blandot nach ihrer Bedeutung. Er sagte mir, dass über mir ein alter Violinspieler wohne, ein Deutscher namens Erich Zann, der Abend für Abend im Orchester eines drittklassigen Tingeltangels sein Brot verdiene. Die so hoch gelegene Behausung habe er nur deshalb gemietet, weil er stets nach Beendigung der Vorstellung für sich selbst musiziere und dabei möglichst ungestört sein wolle. Das eine Giebelfenster, welches sein Raum besaß, war die einzige Stelle in dieser Gegend, von der aus man über die Mauer hinweg auf das dahinter liegende Panorama blicken konnte.

In der Folge hörte ich Zann jede Nacht spielen, und obgleich ich deshalb oft keinen Schlaf finden konnte, war ich von der Unheimlichkeit seiner Melodien begeistert. Ich verstehe kaum etwas von Musik, aber dennoch wurde mir bald bewusst, dass Zanns Musik auch nicht im Geringsten mit den Kompositionen, die ich bisher gehörte hatte, in Verbindung gebracht werden konnte. Dieses war der Grund, weshalb ich zu der Erkenntnis gelangte, dass Erich Zann ein Komponist von höchster Genialität sein müsse. Und je länger ich seinem Spiel lauschte, desto mehr war ich davon bezaubert. Nach einer Woche war ich so weit, dass ich mich entschloss die Bekanntschaft des alten Mannes zu suchen.

Als er eines Nachts heimkehrte, hielt ich ihn im Treppenhaus an, sagte ihm, dass ich ihn gern kennen lernen wolle, und bat ihn auch, einmal seinem Spiel zuhören zu dürfen. Er war ein kleiner, magerer, vornübergebeugter Mann, in schäbigen Kleidern, hatte blaue Augen, ein wunderliches Satyrsgesicht und war nahezu kahl. Anfangs schienen ihn meine Worte zu verärgern und zu erschrecken, aber schließlich brach meine offensichtliche Freundlichkeit das Eis und er bedeutete mir brummend, ihm über die knarrenden, quietschenden Dachbodentreppen zu folgen. Sein Zimmer – es gab deren nur zwei unter

dem hochgiebeligen Dach des Hauses – lag an der Westseite, also jener hohen Mauer gegenüber, die das obere Ende der steilen Straße bildete. Es war äußerst geräumig und schien durch seine große Kahlheit und Verwahrlosung noch größer zu wirken. Die spärliche Einrichtung bestand aus einer schmalen, eisernen Bettstatt, einem verschmutzten Waschständer, einem Tischchen, einem hohen Bücherregal, einem Notenpult und drei altmodischen Stühlen. Stöße von Notenblättern waren über die Dielen verstreut, gestapelt, die Wände hatten wahrscheinlich nie einen Verputz gesehen und die Unmenge von Spinnweben, die überall staubschwer herunterhingen, ließen diese Räumlichkeit eher verlassen als bewohnt erscheinen. Offensichtlich lag Zanns ästhetische Welt in irgendeinem unendlich fernen Kosmos seiner Imagination.
Der stumme Alte verschloss mit einem großen Holzriegel die Türe und gab mir ein Zeichen mich zu setzen. Dann entzündete er ein Wachslicht, um genauer sehen zu können, wen er da mitgebracht hatte. Er nahm sein Instrument aus einem mottenzernagten Tuch, setzte es ans Kinn und ließ sich auf dem Stuhl nieder, der ihm von den dreien am wenigsten unbequem schien. Er spielte ohne Noten, fragte mich auch nicht nach meinen Wünschen, sondern improvisierte frei drauflos und unterhielt mich über eine Stunde lang mit der wunderseltsamsten Musik; Melodien, die er sich gerade ausgedacht haben musste. Für den unerfahrenen Zuhörer, wie ich einer bin, ist die Eigenart dieser Harmonien nicht zu beschreiben. Es war eine Art Fuge, deren stets wiederkehrendes Thema durch seine unglaubliche Vollendung die Seele fesselte; allein in den Nächten zuvor, von meinem Zimmer aus, hatte ich noch ganz andere Klänge gehört – ich vermisste jetzt diese vollends unirdischen, unheimlichen Klänge, die der alte Mann in seiner Einsamkeit für sich selbst hervorzubringen pflegte.

Als nun der Geiger sein Instrument absetzte, bat ich ihn mir doch eines jener Stücke vorzuspielen, aus denen ich bereits seit Tagen Stellen vor mich hin pfiff oder ganz unbewusst summte. Bei diesen Worten verlor das runzlige Satyrsgesicht mit einem Male die dumpfe Gelassenheit, die ihm während des Spieles wie eine Maske angelegen hatte, um einer ähnlichen Mischung aus Furcht und Ärger Platz zu machen, wie ich sie zuvor im Treppenhaus an ihm beobachtet hatte. Ich dachte zuerst daran, ihm gut zuzureden; alte Leute, so schien es mir, sind ziemlich leicht umzustimmen; auch überlegte ich, ob es nicht angebracht sei, einige Fetzen dieser merkwürdigen Musik zu pfeifen. Das allerdings gab ich sogleich wieder auf, denn das Gesicht des stummen Musikers verzerrte sich plötzlich zu einer unmöglich zu beschreibenden Grimasse; seine lange, kalte, knochige Hand fuchtelte mir vor dem Mund herum, um meine plumpe Imitation zu ersticken. Gleichzeitig warf er einen angsterfüllten Blick nach dem verhängten Fenster, als fürchte er irgendeinen Eindringling – ein Blick, der mir doppelt absurd schien, da doch dieses Fenster so hoch und unerreichbar über all den andern Giebeln und Dächern lag und, wie mir der Hausmeister erzählt hatte, selbst die ungeheure Mauer überragte.

Der verstohlene Blick des Alten rief mir wieder Blandots Bemerkung ins Gedächtnis zurück und in mir wurde der Wunsch wach, selbst einmal über die mondüberglänzten Dächer zu schauen. Ich trat auf das Fenster zu und hätte den Vorhang weggezogen, wäre mir nicht Erich Zann mit noch größerem Zorn als zuvor in den Arm gefallen. Und während er sich mühte mich mit beiden Händen vom Fenster wegzuzerren, deutete er mit dem Kopf nach der Türe. Nun vollends angewidert vom Betragen meines Gastgebers, befahl ich ihm mich loszulassen, da ich auf der Stelle gehen wolle. Sein knochiger Griff, der meine Handgelenke umspannte, ließ nach, und da er meines Ekels und meiner Betroffenheit gewahr wurde, verminderte sich sein eigener Zorn. Gleich darauf verstärkte er aber wieder seinen Griff, diesmal jedoch in einer herzlichen Art, und nötigte mich zum Sitzen; dann, mit einem Ausdruck leiser Traurigkeit, begab er sich an den unaufgeräumten Tisch, nahm einen Bleistift und schrieb in der ungelenken Art, wie sie Ausländern eigen ist, Sätze in Französisch auf ein Blatt Papier.

Die Mitteilung, die er mir schließlich hinschob, war eine Bitte um Nachsicht und Verzeihung. Zann brachte darin zum Ausdruck, dass er alt und einsam sei, von seltsamen Ängsten, Nervositäten befallen, die mit seiner Musik und gewissen anderen Dingen zusammenhingen. Er habe sich über mein Zuhören gefreut und sähe gerne, dass ich wieder käme, wenn ich mich nicht zu sehr an seinem exzentrischen Benehmen störte. Die unheimlichen Melodien könne er jedoch unmöglich für einen anderen spielen, er könne es nicht ertragen, dass sie ein Zweiter höre, noch litte er es, dass ein Fremder etwas in seinem Zimmer berühre. Zann hatte bis zu unserem Gespräch im Treppenhaus keine Ahnung davon gehabt, dass man sein Musizieren vernehmen könne, und fragte mich nun, ob mir Blandot nicht ein tiefer gelegenes Zimmer beschaffen könne; er habe es nicht gerne, wenn man ihn bei seinem Spiel belausche. Für die Differenz der Miete, so schrieb er in seiner Mitteilung, würde er ohne weiteres aufkommen.

Als ich so dasaß und das jämmerliche Französisch zu entziffern versuchte, fühlte ich mich dem alten Manne gegenüber schon erheblich milder gestimmt. War er doch, wie ich, Opfer physischer Leiden und nervöser Bedrückungen, und meine metaphysischen Studien hatten mich gelehrt tolerant zu sein. Vom Fenster her drang ein schwacher Laut durch die Stille – wahrscheinlich hatte sich ein Fensterladen im Nachtwind bewegt, und aus irgendeinem Grund fuhr ich fast ebenso heftig zusammen wie Erich Zann. Nachdem ich fertig gelesen hatte, schüttelte ich meinem Gastgeber die Hand und schied als Freund. Tags darauf gab mir Blandot ein besseres Zimmer im dritten Stock. Es befand sich zwischen den Wohnungen eines Geldverleihers und eines achtbaren Tapezierers. Der vierte Stock war unbewohnt.

Es dauerte nicht lange und ich fand heraus, dass Erich Zann gar nicht so sehr an meiner Gesellschaft gelegen war, wie es zuerst den Anschein gehabt hatte, als er mich überredete aus dem fünften Stock auszuziehen. Er bat mich nicht mehr um meinen Besuch, und als ich dann doch zu ihm ging, spielte er unaufmerksam und eher verdrossen. Diese Besuche waren stets nur zur Nacht möglich – tagsüber schlief er und ließ niemanden zu sich. Dadurch wuchs meine Zuneigung zu ihm nicht gerade, aber dieses Dachzimmer und die unheimliche Musik übten immer noch eine seltsame Faszination auf mich aus. Ich hatte große Lust, einmal durch dieses Fenster zu blicken, über die hohe Mauer hinweg, hinter der, wie ich dachte, die Türme und Dächer der Stadt schimmern müssten. Einmal schlich ich mich hinauf – Zann war gerade im Theater –, aber ich fand die Türe abgeschlossen vor.

Mehr Glück hatte ich beim Belauschen des nokturnen Spiels. Auf Zehenspitzen tappte ich durch die zitternde Dunkelheit zu meiner früheren Wohnung hinauf, wurde aber bald kühn genug, über die knarrenden Treppen bis vor das Zimmer des Alten zu steigen. Dort, in dem engen Vorraum, stand ich an der verriegelten, schlüssellochverhangenen Türe und lauschte den Klängen, die mich manchmal mit einer bizarren, unerklärbaren Furcht durchdrangen – mit einer Furcht aus nebelhaften

Wundern und brütenden Geheimnissen. Nicht, dass die Musik an sich Furcht erregend gewesen wäre, das kann man wirklich nicht behaupten – aber irgendetwas lag in ihren Schwingungen, das nicht aus dieser Welt sein konnte. Ja, hin und wieder erreichte das Spiel symphonische Qualität, von der man sich nur schwer vorstellen konnte, dass sie von einem einzigen Musiker hervorgebracht wurde. Eines stand jedenfalls fest: Erich Zann war ein Genius von wilder Kraft. Im Laufe der folgenden Wochen wurde sein Spiel immer ungebärdiger, während er selbst in zunehmendem Maße körperlich verfiel, sodass es ein Jammer war, ihn anzusehen. Er wollte mich erst überhaupt nicht mehr zu sich lassen und wich mir aus, wenn wir einander auf der Treppe begegneten.

Als ich eines Nachts wieder an seiner Türe lauschte, türmten sich die Klänge der schrillenden Violine zu einem chaotischen Babel von Harmonien; an mein Ohr drang ein wahnwitziges Pandämonium, das mich an meinem eigenen Verstand hätte zweifeln machen können, hätte nicht plötzlich ein Schrei aus dem Zimmer des Alten bewiesen, dass dieser Horror kein Traum war – ein ungeheuerlicher Schrei in höchster Furcht und grausigstem Schrecken, unartikuliert, wie ihn nur ein Stummer hervorbringen kann. Ich trommelte mit den Fäusten gegen die Türfüllung, erhielt aber keine Antwort. Vor Grauen und Kälte zitternd, wartete ich, ich weiß nicht, wie lange, in der Dunkelheit des Vorraumes, bis ich endlich vernahm, wie sich drinnen der arme Musiker mit schwachen Kräften an einem Stuhl hochzuziehen versuchte. Da ich vermutete, dass er gerade aus einer Ohnmacht erwacht sei, pochte ich abermals und rief ihn beim Namen. Ich vernahm, wie Zann ans Fenster taumelte und es verschloss. Dann kam er an die Türe, um mich einzulassen. Diesmal war seine Freude, mich bei sich zu haben, aufrichtig; denn ein Ausdruck der Erleichterung

leuchtete aus seinen verzerrten Gesichtszügen und er klammerte sich wie ein Kind an meine Kleider.
Heftig zitternd, drückte er mich auf einen Stuhl, setzte sich selbst auf einen anderen, neben dem achtlos hingeworfen Violine und Bogen lagen. Er verharrte untätig eine Zeit lang, es war mir aber dennoch, als lausche er bang in die Stille hinein. Nach und nach schien er sich zu fassen, schließlich wandte er sich zum Tisch und schrieb etwas auf einen Zettel. Seine kurze Notiz beschwor mich um Gottes willen so lange zu warten – und sei es nur, um meine Neugier zu befriedigen –, bis er mir einen vollständigen Bericht über die Wunder und Schrecken, von denen er besessen sei, in deutscher Sprache abgefasst habe. Ich wartete und der Bleistift des Stummen flog über das Papier. Es war etwa eine Stunde später und die fieberhaft bekritzelten Blätter des alten Musikers waren allmählich zu einem Stapel angewachsen, als ich bemerkte, wie Zann plötzlich hochfuhr, von eisigem Schreck durchzuckt. Seine Augen waren starr auf das Fenster gerichtet, er wand sich förmlich vor Schauder; dann war mir plötzlich, als hörte ich ein feines Klingen, fand es aber keineswegs Furcht erregend – es war eher eine Harmonie, die mir unglaublich zart und endlos ferne schien. Ich hielt es für Geigenspiel in einem benachbarten Haus oder in irgendeiner Wohnung, die hinter dieser Mauer lag, über die ich noch niemals hatte blicken können. Auf Zann aber hatte es eine schreckliche Wirkung; er ließ seinen Bleistift fallen, erhob sich mit einem Ruck, griff nach Violine und Bogen und spielte die ganze Nacht so besessen und wild, dass ich diese Musik nur mit der von mir heimlich belauschten vergleichen konnte.
Es wäre ein vergebliches Unterfangen, das Spiel Erich Zanns in jener schrecklichen Nacht beschreiben zu wollen. Es war grauenvoller als alles, was ich je in meinem Leben gehört habe,

und ich sah zum ersten Mal den Ausdruck seines Gesichts während des Spiels, ein Antlitz, aus dem ich lesen konnte, dass diesmal blanke Furcht das Motiv war. Er versuchte etwas zu übertönen, das von draußen her einzudringen drohte – was es aber war, konnte ich mir nicht erklären, doch fühlte ich instinktiv seine Schrecklichkeit. Das Spiel wurde immer phantastischer, fiebriger und hysterischer, drückte aber bis ins kleinste Detail das Genie des alten Mannes aus. Nun erkannte ich auch die Melodie – es war eine wilde ungarische Zigeunerweise und mir wurde für einen Augenblick bewusst, dass ich zum ersten Mal Zann das Werk eines anderen Komponisten spielen hörte.
Lauter und immer toller stieg das Schreien und Wimmern des vom Wahnsinn ergriffenen Instrumentes. Sein Spieler schien sich in unheimlichem Schweiße aufzulösen, verrenkte sich wie ein Affe und starrte in sich steigernder Panik nach dem verhängten Fenster. Ich sah in seinen irrsinnsnahen Klangfetzen förmlich bacchanalisch tanzende Satyrn, die in einem delirischen Reigen durch brodelnde, kochende Schlünde und Wolkenschluchten, durch Blitze und infernalische Dämpfe wirbelten. Und dann war mir, als hörte ich dazwischen einen fremden, schrilleren Ton – lang gezogen schwoll er an: ein ruhiger, wohl überlegter, zweckbedingter, spöttischer Klang von fern her aus dem Westen.
In diesem Augenblick begannen die Fensterläden in einem heulenden Nachtsturm, der draußen unvermittelt eingesetzt hatte, wie irrsinnig zu rütteln, als wollten sie dem Geigenden damit antworten. Zanns Violine brachte nun Töne hervor, wie ich sie in einem solchen Instrument niemals vermutet hätte. Die Fensterläden klapperten immer lauter und wilder, rissen sich endlich los und schlugen mit aller Gewalt gegen die Scheiben. Dann zerbarst das Glas und der frostige Sturm stieß

in das Zimmer, brachte die Kerzenflamme fast zum Verlöschen und fuhr jaulend in die Blätter, auf die Zann sein furchtbares Geheimnis zu schreiben begonnen hatte. Ich blickte zu ihm hinüber und sah, dass er bereits die Grenzen des klaren Bewusstseins überschritten hatte. Seine wasserblauen Augen traten unnatürlich hervor, sie starrten glasig und trübe wie verfaulte Holzäpfel, sein aberwitziges Geigenspiel aber war in eine blinde, unkontrollierte mechanische Orgie übergegangen, die keine Feder wiederzugeben vermag.
Ein jäher Luftstrom, der alle vorhergegangenen übertraf, erfasste die beschriebenen Blätter und trieb sie dem Fenster zu. Ich griff verzweifelt nach ihnen, aber noch ehe ich sie fassen konnte, waren sie durch die zerbrochenen Scheiben ins Freie gerissen. Wieder stieg in mir mein alter Wunsch hoch, einmal durch dieses Fenster zu spähen, durch das einzige Fenster, das von hier aus den Blick auf den Abhang hinter der Mauer, auf die sich ausbreitende Stadt freigeben musste. Es war sehr dunkel draußen, aber die Lichter der Stadt würden immerhin brennen, jedenfalls hoffte ich sie durch Wind und Regen zu sehen. Als ich aber durch dieses höchste aller Giebelfenster blickte, bot sich mir kein freundlich schimmerndes Licht, ich sah keine Stadt, die sich unter mir ausbreitete, sondern die Lichtlosigkeit eines unermesslichen Alls, ein schwarzes unvorstellbares Chaos, das von einer völlig außerirdischen Musik erfüllt war. Ich stand da und blickte in namenlosem Grauen in die Nacht hinaus. Der Wind hatte nun die beiden Kerzen gelöscht, ich befand mich in einer tobenden, undurchdringlichen Finsternis: vor mir das dämonische Chaos, hinter mir der infernalische Wahnsinn der rasend gewordenen Violine. Ich tappte in die Dunkelheit zurück, Streichholz hatte ich keines, stieß gegen den Tisch, warf einen der Stühle um und erreichte schließlich die Stelle, wo die schreckliche Musik ertönte.

Wenigstens mich und Zann aus dieser ungeheuren Bedrohung zu retten wollte ich nicht unversucht lassen! Plötzlich fühlte ich, wie mich eine schauerliche Kälte überrieselte, und ich schrie entsetzt auf, aber mein Schrei ging in diesem Pandämonium der irrsinnigen Geige unter. Da traf mich unversehens der wie toll sägende Geigenbogen aus der Dunkelheit. Ich wusste nun, dass ich neben dem Alten stand; ich griff aufs Geratewohl ins Ungewisse, berührte die Lehne von Zanns Stuhl, bekam ihn selbst an der Schulter zu fassen und schüttelte ihn, um ihn wieder zur Besinnung zu bringen.

Er aber reagierte nicht, seine Violine schrillte unvermindert weiter. Ich hielt mit der Hand das mechanische Nicken seines kahlen Schädels an, dann schrie ich ihm ins Ohr, dass wir vor diesen unbekannten Dingen der Nacht fliehen müssten. Er aber antwortete nicht, ließ auch nicht im Mindesten von seinem unaussprechlichen Musizieren ab, während durch das offene Fenster seltsame Windströme fuhren und in diesem Tohuwabohu aus Dunkelheit und Grauen zu tanzen schienen. Als meine Hand zufällig sein Ohr berührte, durchzuckte mich ein kalter Schauer, obgleich ich nicht wusste, warum – bis ich endlich sein eisiges, nicht atmendes Gesicht berührte, dessen hervorquellendes Augenpaar in ein sinnloses Nichts starrte.

Und dann, wie durch ein Wunder, fand ich die Türe und den großen Holzriegel. Von einer wilden Panik gejagt, floh ich dieses glasäugige Etwas in der Dunkelheit, floh ich das ghoulische Geheule jener verfluchten Violine, deren Wüten noch zunahm, als ich in das finstere Treppenhaus hinausstürzte.

Ich rannte, sprang, flog diese nicht enden wollenden Stufen hinunter, durchquerte das verruchte Haus, raste wie besinnungslos auf die enge Straße hinaus; stolperte über das verkommene, buckelige Pflaster, lief den stinkenden Hafenkai entlang, hastete keuchend über die große, finstere Stein-

brücke – bis ich endlich die breiteren, gesünderen Straßen und Boulevards der Stadt erreichte, die wir alle kennen.
Das sind die grauenhaften Eindrücke, die noch immer meine Seele verfolgen und bedrängen. Und ich entsinne mich, dass es windstill war, ein schöner Mond stand am Himmel und die hellen Lichter der Stadt flimmerten wie eh und je.
Trotz der sorgfältigsten Nachforschungen und Untersuchungen ist es mir nie gelungen, jene Rue d'Auseil wieder zu finden. Aber ich bin darüber nicht so sehr betrübt; auch nicht darüber, dass jene eng beschriebenen Blätter, die allein Erich Zanns Musik hätten erklären können, von den unträumbaren Abgründen des schwärzesten Nichts verschlungen wurden.

MANFRED KLEIN

Der fahle Freund

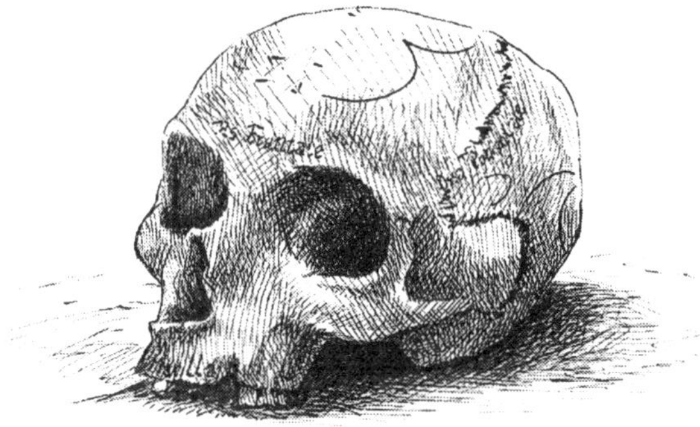

Als Justinas, Petras und Vincas sich an diesem Herbstabend bei den Erlen am Ausgang des Dorfes trafen, konnten sie nicht ahnen, wie viel Zeit bis zu ihrer Heimkehr verstreichen sollte. Auch im Dorf, unter den Strohdächern der Gehöfte, wusste man noch nichts vom Unheil der kommenden Tage und Wochen, an deren Ausgang schließlich drei viel versprechende Söhne dreier blühender Anwesen für verloren erkannt werden mussten. Wie es zu diesen Tagen des Schreckens, des zunächst bangend genährten Hoffens und endlich verzweifelnden Trauerns kam – von denen die drei Burschen übrigens zuallerletzt erfuhren –, sei hier nach den überlieferten Berichten aus dem alten Litauen mitgeteilt:

Die jungen Leute waren bester Stimmung, ging es doch ins Nachbardorf, wo, nach dem Brauch jener Zeit, auf einem der Höfe zum Tanz geladen worden war. Traf sich die bäuerliche Jugend im Sommer nachts bei den Pferdeweiden, wo man die wegen der Diebe und Wölfe notwendigen Nachtwachen mit Gesang und Erzählungen zum Vergnügen gestaltete, so waren es im Winter die »Vakaruskos«, die Tanzabende, die, reihum von den besser Gestellten ausgerichtet, Burschen und Mädchen bei Tanz, Gesang und allerlei offenbaren Heimlichkeiten vereinten.

Jetzt, im späten Herbst, wo die Feldarbeit ruhte, war zum ersten Male wieder zum Tanz gebeten worden und Justinas, Petras und Vincas beeilten sich der freundlichen Ladung Folge zu leisten. So nahmen sie den Weg unter die Füße, mancherlei erfreuliche Gedanken in den Köpfen und die üblichen draufgängerischen Redensarten auf den Lippen. Besonders Justinas tat sich hervor: Heute wollte er Raminta, der schon längst, wenn auch heimlich, Verehrten, schon zeigen, was für ein Kerl er sei. Ihr milder Spott vom letzten Sommer, seine Schüchternheit und scheinbar fehlenden Tanzkünste betreffend, saß tief und bedurfte der Genugtuung. Heute Abend wollte er beim Tanzen springen und Raminta im Kreise herumwirbeln, bis ihr der Atem ausginge. So still Justinas in der Regel vor einem Paar heiterer Mädchenaugen wurde, so lauthals und beredsam gab er sich vor den Freunden, die angesichts dieses Tatendurstes kaum noch zu Wort kommen konnten. An Mut fehle es ihm wahrhaftig nicht, bekräftigte Justinas, man werde es ja noch erleben können heute Abend.

Angeregt durch solche angenehmen Vorstellungen, waren die drei Freunde unterdessen an einer Stelle angelangt, die vielen Leuten aus der Gegend, die mit allem Jenseitigen auf vertrautem Fuße standen, zu nächtlicher Stunde nicht ganz behaglich war. Der sandige Weg senkte sich hier zu einem Hohlweg ab, an dessen Grunde es immer, auch im heißesten Sommer, ein wenig feucht blieb. Rechts davon stieg ein sanfter Hügel an, dessen Scheitel eine Gruppe von Birken zierte. Jetzt, in der abendlichen Dunkelheit, hörte man freilich nur ihr trockenes Laub im schon recht kalten Winde rascheln; vom Hohlweg aus sah man, über dessen Rand hinausblickend, nur einige schief stehende Holzkreuze am unteren Rand des Hügels – Überreste einer Begräbnisstätte, die, in heidnischer Zeit begründet, noch erste christliche Jahrhunderte erlebt hatte. Die Uralten in den Kleten* wollten sich noch an letzte Bestattungen auf diesem Totenhügel erinnern – es mochte aber sein, dass schon in ihren Köpfen nur Erinnerungen an Erzählungen der Voreltern spukten.

Vielleicht trug das schmale Rinnsal die Schuld daran, das vom Hügel herabsickerte und auch die Feuchtigkeit am Grunde des Weges verursachte, vielleicht wirkte der kaum je ruhende Wind daran mit, möglicherweise aber hatten auch die Altvorderen ihre Verstorbenen nicht allzu tief in die Erde gebettet – wie dem auch sei: Im Laufe der Zeit erschienen hier und da die knöchernen Überreste der Ahnen stückweise an der Oberfläche des lockeren Bodens und wurden dann auch wohl vom Regen hinab in den Hohlweg geschwemmt. Weiter war eigentlich nichts Nachteiliges von diesem Ort bekannt geworden, nie hatten sich die Abgeschiedenen in anderer Weise den Nachgeborenen bemerkbar gemacht. Gelegentlich erbarmte sich ein Frommer aus den Dörfern des verstreuten Gebeins, sammelte es ein und vergrub es wieder unter irgendeinem der morschen Kreuze, damit die Seelen doch ja ihre Ruhe halten sollten. Sicher sein konnte man ihrer bekanntlich nie ganz, zu viel wurde erzählt in jenen Gegenden von den Geistern ruheloser Toter und von erschreckenden Begegnungen der Lebenden mit ihnen.

Die drei munteren Burschen freilich hatten nicht allzu viel

* *Kleine Wohnhäuschen auf litauischen Höfen*

gegen den Platz einzuwenden, der ihnen von vielen Gängen von Dorf zu Dorf her vertraut war, und jeder von ihnen hatte ihn auch schon mehr als einmal allein passiert, gewiss auch bei Dunkelheit. Zu dritt nun gab es wirklich nichts zu fürchten, zumal Justinas noch immer weiter renommierte und fröhlich seine kühnen Pläne für die bevorstehenden Stunden vor den Freunden ausbreitete.
Doch plötzlich hielt er inne und blieb stehen; es war am Grunde des Hohlweges, dort, wo man sich wegen der Nässe etwas vorsehen musste, wohin man den Fuß setzte. Petras und Vincas, die einen Meter hinter ihm getrottet waren, traten zu ihm und schauten, wohin seine Fußspitze wies. Wahrhaftig, da lag, im schwachen Nachtlicht wie eine bleiche Kugel glänzend, ein menschlicher Schädel auf dem Boden. Die Freunde wandten die Augen gleichzeitig nach rechts, dem Totenhügel zu. Ja, von dort war er wohl herabgerollt und lag nun hier unnütz im Wege herum.
Vincas fröstelte etwas und zog die Ziegenfelljacke enger. »Kommt, lasst ihn«, meinte er und wollte den Weg fortsetzen. Doch Justinas, von den eigenen Reden und Vorhaben noch gut im Schwunge, versetzte dem Schädel mit der Fußspitze einen leichten Stoß, sodass er ein Stück vorausrollte, lief ihm nach und trat mit Wucht noch einmal dagegen. Es gab ein trockenes »Klack«, und das, was einst eines Menschen Haupt gewesen war, flog im Bogen durch die Luft und verschwand auf der anderen Seite des Weges im Gehölz. »Gute Reise, Alter!«, rief Justinas übermütig dem Schädel nach, wartetete auf die erschrockenen Freunde, schlug ihnen die Hände auf die Schultern und mahnte zum Weitergehen.
Sie hatten jedoch nur wenige Schritte getan, da glaubten sie alle drei deutliche Geräusche hinter sich zu hören. Sie wandten sich um und sahen, dass sie nun ihrer vier waren. Der neue

Weggefährte war ihres Alters, doch schien ihnen seine Kleidung sonderbar. Auch er trug eine Felljoppe wie sie über dem Festgewand, doch von altertümlich weitem Schnitt. Ganz und gar ungewöhnlich kam ihnen seine Wollmütze vor. Petras glaubte eine ähnliche vor Jahren einmal in der nachgelassenen Habe eines uralt verstorbenen Großknechtes gesehen zu haben. Weit mehr jedoch als alle Merkwürdigkeit der Kleidung zog das Gesicht des Fremden sie in Bann. Es schimmerte entsetzlich fahl in der Dunkelheit, leuchtete gleichsam von innen heraus, einem Pergament nicht unähnlich, hinter dem ein Licht entzündet wurde. Eine leichte Spur von Helligkeit schien um die ganze Gestalt zu fließen.

Reglos standen die Freunde und starrten die Erscheinung an – wer weiß wie lange. Da hob der Fremde den Kopf wie zu einer weisenden Geste, den Weg voraus deutend, den sie zu nehmen hatten.

Petras und Vincas blieben unbeweglich, doch Justinas schien verstanden zu haben; er wandte sich um, ergriff die Freunde bei den Armen und zerrte sie mit sich dem Nachbardorf entgegen. Er schien überhaupt vieles zu begreifen, weiß wie die Wand und stumm ging er in der Mitte, die Freunde bei den Händen haltend, die wie träumend neben ihm durch die Nacht stolperten. Von Zeit zu Zeit blickte er zur Seite, beschleunigte auch den Schritt und lief sogar eine Strecke, so schnell es mit den Burschen ging – unablässig und ohne sichtliche Mühe blieb der ungebetene Gast bei ihnen. Mal hinter, mal, wenn es der Weg zuließ, auch neben ihnen, schweigsam wie sie, schien er dem gleichen Ziel zuzustreben. Auch mussten sie sich wohl vorhin getäuscht haben, als sie gemeint hatten Schritte hinter sich zu hören; denn der Fremde ging ohne jedes Geräusch, als ob er den Boden nie berührte.

So langten sie zu viert im Nachbardorf an und betraten auch

vollzählig die Stuba* des Hofes, wo der Tanzabend für die Jugend ausgerichtet wurde. Wärme und Licht vom Herdfeuer und zahlreichen Kienspänen schlug ihnen entgegen, lärmende Fröhlichkeit des junges Volkes erfüllte den vom Rauch geschwärzten Raum, dessen Lehmboden, wie es sich für Festlichkeiten gehörte, sauber gefegt und mit Sand bestreut war. Auf einer der langen Bänke an der Wand drängten sich die Mädchen, ihnen gegenüber auf der anderen Bank die Burschen.
Bereitwillig rückten sie zusammen und machten Platz für Justinas, Petras, Vincas und den Vierten. Niemand kümmerte sich weiter um sie, auf die hingeworfenen Begrüßungen antworteten die Freunde nur einsilbig, der Fremde blieb gänzlich stumm. Die Musik setzte ein, der Tanz begann. Alle wirbelten und sprangen im Kreise zu Paaren, wie es üblich war, doch den dreien schien jede Lust am Tanz vergangen zu sein. Auch der unheimliche Freund vom Totenhügel verhielt sich still, schlug auch die freundlichen Aufforderungen der Gastgeber kopfschüttelnd aus.
Justinas starrte trübe in das Gewimmel. Dort flog Raminta vorüber. Ihre weizenblonden Zöpfe waren gewiss die dicksten und längsten in der ganzen Gegend, doch der Bursche schien keine Augen für die Pracht zu haben. Selbst einige spöttische Bemerkungen, im Vorüberwirbeln zugerufen, vermochten ihn nicht zum Tanz zu bewegen.
Als nach Sitte und Ordnung die Zeit gekommen war die Lustbarkeit zu beenden, fasste Justinas die beiden Freunde bei den Händen und stahl sich schnell und heimlich mit ihnen im Gewühl davon. Der fahle Freund schien ihre Flucht nicht zu bemerken und blieb reglos auf der Bank. Also liefen die drei draußen, so schnell sie konnten und so lange der Atem reichte,

** Großer Gemeinschaftsraum im Haupthaus litauischer Höfe*

dem Heimatdorfe zu. Schon glaubten sie den Unheimlichen abgeschüttelt zu haben – da, sie mochten gerade eine Werst gelaufen sein, ging er wieder neben ihnen wie zuvor. Enger fassten sich die Freunde und drängten sich im Gehen aneinander. Es geschah ihnen kein Leid, der andere gab sich ganz, als ob er zu ihnen gehöre seit jeher – nur still und stumm blieb er, stumm wie der Tod.
Doch dann, im Hohlweg am Totenhügel, wo er sich abends zu ihnen gesellt hatte, blieb ihr Weggefährte stehen und redete sie an, mit fern klingender Stimme, dunkel und matt, als ob sie aus dem Grabe spräche: »Hier ist der Ort, Freunde, wo ihr mich eingeladen habt. Ich war mit euch zum Tanz, nun kommt ihr mit mir. Aber tut genau so bei uns, wie ich bei euch getan habe – wenn euch das Leben lieb ist!« Damit fasste er Justinas bei der Hand, der erschauerte, noch nie glaubte er solch kalten Griff verspürt zu haben. Wie Eis lag es in seiner Hand, und doch konnte er sie schließen und hatte nichts darin. Sie hatten keinen einzigen Schritt zu gehen zum Fest des fahlen Freundes. Ohne dass sie wussten, wie, standen sie plötzlich in einer Stuba voller Musik, Gesang und Tanz. Auch hier war Jugend versammelt, auch hier saßen sie nach dem Brauch auf den Bänken, hier die Burschen, dort die Mädchen. Die Freunde kannten niemanden, doch Lieder und Tänze wollten ihnen vertraut vorkommen. Fremd erschien ihnen hingegen die Gewandung der Tänzer, sie glich der des Gesellen vom Hohlweg, rief auch wohl Erinnerungen an den fast vergessenen Inhalt alter Familientruhen auf den ehrwürdigsten Anwesen des Dorfes in ihnen wach.
Die drei folgten dem wohl gemeinten Rat, blieben beieinander auf der Bank und redeten kein Wort. Winkten die weißgesichtigen Tänzer ihnen einladend zu, so schüttelten sie nur die Köpfe.

Auch hier fand das Fest sein Ende, wie es Zucht und Sitte vorschrieben, der Wirt verabschiedete die Schar der jungen Gäste und der vierte Freund führte die drei Burschen aus dem Raum ins Dunkel. Dort ließ er sich wieder vernehmen: »Hier ist der Ort, von dem aus ich euch zum Tanz geführt habe. Nun geht, wohin ihr mögt, bald treffen wir uns wieder.« Damit verschwand er wie ein Nebelhauch vor dem Winde und sie standen im Hohlweg, gerade unterhalb des Totenhügels.
Justinas fasste sich als Erster und fand auch nach Stunden als Erster die Sprache wieder. »Fort, fort, nach Hause, es muss schon spät sein«, drängte er, und wie von Teufeln gehetzt, stürzten die Freunde dem heimatlichen Dorfe zu. Aber seltsam! Allzu rasch verloren sie den Atem, die Füße versagten alsbald den Dienst und ließen nur noch langsame Bewegung zu. Der Morgen graute schon, als sie sich den ersten Häusern entgegenschleppten, gebeugt und keuchend alle drei.
Vincas wollte als Erster seitwärts dem elterlichen Anwesen zu, blickte aber verwirrt und suchend. Dort stand zwar ein Hof, aber das war nicht der seines Vaters; größer war das Haus, prächtiger der Giebel und zahlreicher umgaben es die Kleten. Eben krähte der erste Hahn, da und dort stieg schon Rauch von einer Herdstelle auf, aber Vincas fand immer noch nicht das Haus seiner Eltern.
Auch Justinas und Petras standen und starrten ungläubig und verständnislos: Im frühen Licht des anbrechenden Tages sahen sie Vincas vor sich, die Dorfstraße hinauf- und hinabschauend. Aber das war nicht Vincas, ihr junger Freund. Mit eisgrauem Bart und dünnen weißen Haaren unter der Mütze stand dort gebeugt und zittrig ein steinalter Greis im viel zu weit schlotternden Gewand. Jetzt sah er ratlos aus wässerigen Augen zu ihnen hinüber – und streckte abwehrend beide Hände gegen sie aus. Justinas sah Petras an, der sich ihm zugekehrt hatte,

und erfasste die grausame Strafe des misshandelten Toten vom Hügel draußen: Lang, allzu lang hatte der Tanz gedauert, zu dem der fahle Freund sie gebeten hatte. Drei hilflose Greise tappten durch das Dorf, das sie zwar erkannten, das aber nicht mehr das ihre war; fremd waren die Höfe und fremd waren die Menschen, die nun aus den Häusern traten und sich über drei hinfällige Alte wunderten, die niemand kannte.
Der Rest der Geschichte ist bald erzählt. Mitleidige brachten die Verstörten zum Pfarrer, der ihre Namen und verworren klingenden Auskünfte aus ihnen herausbrachte. Die Namen klangen bekannt, es gab Familien im Dorfe, die sie gleichfalls führten. Hin und her wurde geschickt, das Kirchenbuch zu Rate gezogen und schließlich gefunden, dass vor gerade hundert Jahren drei junge Burschen, Justinas, Petras und Vincas aus den genannten Familien, auf dem Heimweg von einer Tanzerei im Nachbardorf spurlos verschwunden, nie mehr heimgekehrt und schließlich, nachdem alle Hoffnung aufgegeben, für verloren erklärt worden waren. Die drei Greise verfielen während dieser Untersuchungen zusehends, sosehr man sich auch um sie mühte, und starben noch in folgender Nacht kurz hintereinander.

Joseph Sheridan Le Fanu

Die Vision des Tom Chuff

Am Rande des melancholisch wirkenden Catstean-Moors im Norden Englands kauert ein Haus aus rohen Steinen und mit einem dicken Schornstein, umgeben von einem halben Dutzend uralter Pappeln mit knorrigen, altersgrauen Stämmen – einer von ihnen vor dreißig Sommern durch einen Blitz in der Mitte gespalten –, die durch ihre Höhe die Behausung in ihrer Mitte winzig erscheinen lassen. Küche und Schlafzimmer liegen im Erdgeschoss, und unter dem Schindeldach, über eine Leiter zugänglich, gibt es noch ein Dachgeschoss, das in zwei Räume unterteilt ist.

Der Besitzer war ein Mann von üblem Leumund. Tom Chuff war sein Name. Ein strubbelköpfiger, breitschultriger, vierschrötiger Mann, wenn auch etwas klein geraten, mit niedrigen Augenbrauen und mürrischem Blick. Er war Wilderer und bemühte sich kaum den Anschein zu erwecken, er verdiene seinen Lebensunterhalt durch ehrbaren Fleiß. Er war ein Trunkenbold. Er schlug seine Frau und hielt die Kinder in Angst und

Schrecken, wenn er daheim war. Es war ein Segen für seine verängstigte kleine Familie, wenn er, wie er es manchmal zu tun pflegte, eine Woche oder noch länger verschwand.

In der Nacht, von der hier die Rede ist, schlug er gegen acht Uhr mit seinem Knüttel gegen die Tür. Es war Winter und die Nacht war sehr dunkel. Wäre dieses Zeichen von einem Moorgespenst gekommen, die Insassen des kleinen Häuschens hätten es nicht mit größerem Schrecken vernehmen können. Seine Frau entriegelte die Tür voll Furcht und Hast. Ihre bucklige Schwester stand neben dem Herd und starrte auf die Schwelle. Dahinter duckten sich die Kinder.

Tom Chuff trat mit dem Knüttel in der Hand ein und ließ sich wortlos in einen Sessel gegenüber dem Feuer fallen. Er war zwei bis drei Tage fort gewesen. Er sah abgezehrt aus und seine Augen waren blutunterlaufen. Sie wussten, dass er getrunken hatte.

Tom stocherte mit seinem Stock das Torffeuer auf, dann legte er seine Füße in die Nähe des Feuers. Er wies auf den kleinen Geschirrschrank und nickte seiner Frau zu und sie wusste, dass er einen Becher wollte, den sie ihm schweigend reichte. Er zog eine Flasche Gin aus der Manteltasche, füllte die Teetasse fast bis zum Rand und schüttete den Schnaps in ein paar Schlucken hinunter.

Gewöhnlich erfrischte er sich mit zwei bis drei Quäntchen dieser Art, bevor er die Insassen seines Hauses verprügelte. Seine drei kleinen Kinder, die sich in einem Winkel duckten, lugten unter dem Tisch hervor nach ihm wie im Märchen der kleine Däumling nach dem Menschenfresser. Seine Frau Nell stand hinter einem Sessel, bereit ihn hochzuheben, um den Schlag mit dem Knüttel abzufangen, der jeden Augenblick auf sie heruntersausen konnte, und ließ den Blick nicht von ihm. In den großen Augen der buckligen Mary zeigte sich das Weiße, als sie, gegen die Eichenpresse gelehnt, ähnlich bereit

dastand. Ihr dunkles Gesicht war aus der Entfernung kaum von der braunen Täfelung dahinter zu unterscheiden.
Tom Chuff war gerade beim dritten Becher und hatte seit seinem Eintritt noch kein Wort gesprochen. Die Spannung wurde bereits unerträglich, als er plötzlich in seinen unbequemen Stuhl zurücksank. Der Knüttel fiel ihm aus der Hand, sein Gesicht färbte sich zu totenähnlicher Blässe.
Eine Zeit lang starrten ihn alle unverändert an. Ihre Furcht vor ihm war so groß, dass sie nicht wagten etwas zu sagen oder sich zu rühren, falls er nur eingeschlummert sein sollte und sich beim Erwachen anschickte, mit dem Stock seine Laune an ihnen auszulassen.
Binnen kurzem jedoch wirkte das Ganze so merkwürdig, dass seine Frau und Mary Blicke voller Zweifel und Staunen wechselten. Er hing so sehr über die Seitenlehne des Stuhles, dass er ihn zu Boden gerissen hätte, wäre er nicht von zyklopischer Ungeschlachtheit und Schwere gewesen. Eine bleierne Färbung verdunkelte die Blässe seines Gesichts. Die beiden Frauen machten sich Sorgen und schließlich überwand Nell ihre Furcht und rief schüchtern: »Tom!« Sie wiederholte den Namen, etwas schärfer, und wiederholte ihn schließlich laut, begleitet von dem erschrockenen Ausruf: »Er stirbt – er stirbt!« Ihre Stimme schwoll zu einem Schrei an, als sie entdeckte, dass weder Rufen noch Rütteln an der Schulter die geringste Wirkung zeigten und ihn nicht aus seiner Betäubung reißen konnten.
Getrieben von schierem, bisher nicht gekanntem Entsetzen, verband sich jetzt das schrille Gekreisch der Kinder mit dem Geschrei der Älteren, und falls Tom etwas aus seiner Lethargie hätte reißen können, dann der durchdringende Chor, der die einfache Stube der Behausung des Wilderers erfüllte. Tom jedoch blieb taub, er regte und bewegte sich noch immer nicht.

Seine Frau sandte Mary zum kaum eine Meile entfernten Dorf hinunter, um den Arzt, für dessen Familie sie als Wäscherin arbeitete, herbeizuholen, damit er sich ihren Mann ansehe, der im Sterben zu liegen schien.
Der Arzt, ein herzensguter Mensch, kam prompt. Den Hut noch auf dem Kopf, sah er sich Tom an, untersuchte ihn, und als er feststellte, dass das Brechmittel, das er auf gut Glück nach Marys Beschreibung mitgebracht hatte, keine Wirkung zeitigte, dass aus dem Lanzetteinstich kein Blut floss und im Handgelenk kein Puls zu spüren war, schüttelte er den Kopf und dachte bei sich:
Was, zum Teufel, weint die Frau so? Hätte sie für ihre Kinder und sich selbst einen größeren Segen ersehnen können als gerade dies?
Tom schien dahingegangen zu sein. Kein Atemhauch zeigte sich auf seinen Lippen. Der Arzt konnte keinen Puls feststellen. Hände und Füße waren kalt und Kälte kroch ihm den Körper hinauf.
Nach einem Aufenthalt von zwanzig Minuten hatte sich der Arzt wieder den Mantel zugeknöpft, den Hut ins Gesicht gezogen und sagte eben zu Mrs. Chuff, dass es keinen Sinn hätte, wenn er noch länger bliebe, als plötzlich ein kleines Blutgerinnsel von der Lanzettwunde in Tom Chuffs Schläfe zu rieseln begann.
»Das ist aber eigenartig«, meinte der Arzt. »Warten wir ein wenig.«
Ich muss jetzt erst mal das beschreiben, was Tom Chuff wahrgenommen hatte.
Den Ellbogen auf die Knie und das Kinn in die Hände gestützt, starrte er in die Glut, seinen Gin neben sich, als in seinem Kopf plötzlich alles verschwamm, er nichts mehr vom Feuer sah und ein Ton wie der Schlag einer lauten Kirchenglocke sein Hirn traf.

Dann vernahm er ein wirres Summen, das bleierne Gewicht seines Kopfes drückte ihn in den Stuhl zurück und er verlor das Bewusstein.

Als er zu sich kam, lehnte er frierend an einem riesigen unbelaubten Baum. Die Nacht war mondlos, und als er emporblickte, glaubte er niemals so große und helle Sterne noch einen so schwarzen Himmel gesehen zu haben. Die Sterne schienen sich überdies im Wechsel mit größeren dunklen Abschnitten heftiger und strahlender flimmernd vom Himmel abzuheben und, wie er vage dachte, schweigende Bedrohung und Wut zu zeigen.

Er hatte eine verschwommene Erinnerung, dass er hierher gekommen war, oder eher, dass er, wie auf den Schultern eines Menschen, rasch fortgetragen worden war. Dieser Eindruck war jedoch sehr undeutlich, war lediglich eine Wahrnehmung, an die er sich vage erinnerte. Unterwegs hatte er weder etwas gesehen noch etwas gehört.

Er blickte sich um. In der Nähe gab es nicht das geringste Anzeichen eines Lebewesens. Und er begann mit einem Gefühl der Ehrfurcht den Ort zu erkennen.

Der Baum, an den gelehnt er stand, war eine der edlen alten Buchen, die in unregelmäßigen Abständen den Friedhof von Shackleton umgeben, dessen grüner und gewellter Schoß sich am Rand des Moors von Catstean erstreckt, auf dessen anderer Seite die roh gebaute Hütte steht, in der er just das Bewusstsein verloren hatte. Bis zu seiner Behausung waren es sechs oder mehr Meilen über das Moor. Die schwarze Fläche lag vor ihm und verschwand trostlos in der Dunkelheit, sodass, wenn er geradeaus sah, Himmel und Erde in einer ununterscheidbaren und entsetzlichen Leere verschmolzen.

Über dem Ort lag ein ganz und gar unnatürliches Schweigen. Das ferne Gemurmel das Baches, das er so gut kannte, war verstummt, nicht ein Rascheln war in den Blättern über ihm zu vernehmen. Luft, Erde, alles im Umkreis und darüber war unbeschreiblich still und er spürte jenes Pochen des Herzens, das den Eintritt von etwas Entsetzlichem anzukündigen scheint. Er wäre zur Rückkehr übers Moor aufgebrochen, hätte ihn nicht eine undefinierbare Vorahnung beschlichen, dass etwas auf ihn lauerte, an dem vorbeizugehen er nicht wagte.

Die altersgraue Kirche von Shackleton mit ihrem Turm stand wie ein Schatten im Hintergrund. Seine Augen hatten sich an die Dunkelheit gewöhnt und er konnte gerade ihre Umrisse ausmachen. Sein Gedächtnis bewahrte keine tröstlichen Erinnerungen an sie, nichts als Bedrohung und Angst. Seine frühe Ausbildung zu einem gesetzlosen Beruf war genau an dieser Stelle erfolgt. Hier pflegte sein Vater zwei andere Wilderer zu treffen, seinen Sohn, damals noch ein Junge, nahm er zu den Treffen mit.

Vor dem Kirchenportal pflegten sie gegen Morgen das erlegte Wild zu teilen, die am Vortag getätigten Verkäufe abzurechnen, das Geld aufzuteilen und ihren Gin zu trinken. Hier hatte er früher Unterricht im Trinken, Fluchen und gesetzlosen Lebenswandel erhalten. Das Grab seines Vaters war kaum acht Schritt von seinem Standort entfernt. Kein anderer Ort auf Erden hätte seine Furcht im gegenwärtigen Zustand entsetzlicher Niedergeschlagenheit derart steigern können.

Ganz in der Nähe war etwas, das seine Schwermut noch verstärkte. Ungefähr einen Meter weiter, hinter dem Baum und hinter seinem Rücken, befand sich zur Linken ein offenes Grab. Auf der anderen Seite war die lockere Erde des Aushubs aufgetürmt. Zu Häupten des Grabes stand die Buche, ihr tonnenförmiger Stamm ragte wie eine riesige monumentale Säule in die Höhe. Er kannte jede Linie und jede Furche auf der glatten Oberfläche. Die Anfangsbuchstaben seines eigenen Namens, die er vor langer Zeit in die Rinde eingeschnitten hatte, waren auseinander gezogen worden und krümmten sich wie die grotesken Großbuchstaben eines phantasiebegabten Graveurs, sie blickten jetzt unheimlich bedeutungsvoll auf das offene Grab, als wollten sie seine stumme Frage beantworten: »Für wen ist dieses Grab ausgehoben worden?« Er fühlte sich noch immer ein wenig betäubt und in seinen Gelenken regte sich ein schwaches Zittern, das ihm jede Neigung nahm sich anzustrengen. Auch hatte er die vage Befürchtung, dass rings um ihn, welche Richtung er auch einschlüge, eine Gefahr lauerte, schlimmer, als wenn er blieb, wo er war.

Plötzlich begannen die Sterne heftiger zu blinken, ein schwaches, unregelmäßiges Licht lag für eine Minute auf der düsteren Landschaft und vom Moor her sah er eine Gestalt in einer Art schaukelndem Trott laufen, die einmal oder auch öfter im Zickzack hüpfte, wie es Menschen tun, die gewohnt sind solche Orte zu überqueren, um gelegentlich Schlamm und Morast auszuweichen. Diese Gestalt ähnelte der seines Vaters und pfiff wie er durch die Finger, um beim Näherkommen ein Zeichen zu geben. Das Pfeifen klang jedoch nicht schrill und scharf wie in alten Zeiten, sondern unendlich weit weg und schien in Toms Kopf seltsam zu singen. Aus Gewohnheit oder Furcht pfiff Tom als Antwort auf das Signal, wie er es vor fünfundzwanzig Jahren oder mehr zu tun pflegte, obwohl ihm eine unirdische Furcht bereits kalt den Rücken hinaufkroch.

Ebenfalls wie sein Vater hielt die Gestalt den Sack hoch, den sie beim Näherkommen in der linken Hand trug, wobei sein Vater die Gewohnheit hatte, laut zu rufen, was sich darin befand. Sie können sicher sein, dass ein unnatürlich schwacher Zuruf den Zuschauer nicht eben beruhigte, als das Gespenst

den Sack in der Luft baumeln ließ und er schwach, aber deutlich die Worte vernahm: »Tom Chuffs Seele!«
Kaum fünfzig Meter von der niedrigen Friedhofsmauer entfernt, an der Tom stand, öffnete sich eine breitere Spalte im Torf, dort brach ein Gestrüpp von Schilf und Binsen hervor, in das sich die näher kommende Gestalt, wie es der alte Wilderer bei plötzlicher Gefahr zu tun pflegte, niederwarf.
Aus diesem Gestrüpp von hohem Schilf und Binsen kam etwas hervor, das er zunächst für diese Gestalt hielt, die auf allen vieren kroch, aber bald erkannte er, dass es sich um einen riesigen schwarzen Hund mit einem zottigen Fell wie das eines Bären handelte, der zunächst herumschnupperte und dann in einem anscheinend verspielten langsamen Trott näher kam. Er zeigte fürchterliche Augen, die wie glühende Kohlen aussahen, und stieß aus der monströsen Tiefe seines Rachens ein erschreckendes Knurren aus.
Die Bestie schien ihn packen zu wollen. Tom wich in Panik zurück und fiel in das offene Grab hinter ihm. Der Rand, an dem er sich beim Sturz festhielt, gab nach und Tom fiel hinunter in der Erwartung, beinahe im selben Augenblick auf dem Boden zu landen. Aber nie hatte es einen Fall wie diesen gegeben! Der Abgrund schien bodenlos zu sein. Hinunter, hinunter, hinunter, mit unmessbarer und noch immer wachsender Geschwindigkeit, durch völlige Dunkelheit, das Haar wehte hinter ihm schnurgerade nach oben. Atemlos schoss er dahin, ein Luftschwall brandete gegen ihn, dessen Gewalt ihm die Arme emporriss, Sekunde um Sekunde, Minute um Minute flog er durch die Kluft nach unten, der eisige Schweiß des Grauens bedeckte seinen Leib, und plötzlich, als er erwartete völlig zerschmettert und vernichtet zu werden, wurde sein Fall mit einem ungeheuren Ruck auf der Stelle abgebremst, ohne dass er für einen Augenblick das Bewusstsein verloren hätte.

Er blickte sich um. Der Ort ähnelte einer rußgeschwärzten Höhle oder Katakombe, deren Decke sich, mit Ausnahme eines hier und da schwach sichtbaren Rippenbogens, in der Schwärze verlor. Aus mehreren grob gehauenen Gängen, wie Stollen eines titanischen Bergwerks, die von einer Zentralkammer ausgingen, strahlte ein stumpfes Glühen wie von Holzkohle und das war das einzige Licht, in dessen Schein er die Gegenstände in seiner unmittelbaren Nähe undeutlich wahrnehmen konnte.
Was wie ein Stück Gestein aussah, das an der Ecke eines dieser verschwommenen Eingänge hervorragte, bewegte sich plötzlich und erwies sich als menschliche Gestalt, die ihm winkte. Er näherte sich und erblickte seinen Vater. Er erkannte ihn kaum, so sehr war er ins Ungeheuerliche verändert.
»Ich habe nach dir Ausschau gehalten, Tom. Willkommen daheim, Junge, komm mit nach Hause.«
Tom sank das Herz, als er diese Worte hörte, die mit einer hohlen und, wie er glaubte, verächtlichen Stimme gesprochen wurden, die ihn erzittern ließ. Aber er konnte nicht anders, er musste diesem bösen Geist folgen, der ihn an einen Ort führte, aus dem er im Vorbeigehen – es klang, als käme es aus dem Gestein – entsetzliche Schreie und Bitten um Gnade vernahm.
»Was ist das?«, fragte er.
»Tut nichts zur Sache.«
»Wer ist das?«
»Neuankömmlinge wie du, mein Junge«, antwortete der Vater teilnahmslos. »Mit der Zeit lassen sie ab davon, denn sie kommen darauf, dass es nichts nützt.«
»Was soll ich tun?«, fragte Tom voller Pein.
»Das ist egal.«
»Aber was soll ich tun?«, wiederholte Tom, in jedem Nerv und jedem Gelenk zitternd.

»Lache und nimm es hin, würde ich sagen.«
»Um Gottes willen, wenn ich dir als dein eigenes Kind je etwas bedeutet habe, so lass mich hier heraus.«
»Es gibt keinen Weg hinaus.«
»Wenn es einen Weg herein gibt, gibt es auch einen hinaus. Lass mich um Himmels willen hinaus.«
Die entsetzliche Gestalt gab jedoch keine Antwort mehr und glitt an seiner Schulter vorbei nach hinten. Dafür tauchten andere im Blickfeld auf, jeder von einem schwachen roten Schein umgeben, und starrten ihn mit fürchterlichen Augen an, Bilder der entsetzlichsten Vielfalt ewiger Wut und Verachtung. Er wurde, so schien es, unter dem Glotzen so vieler Augen verrückt, sie nahmen ständig an Zahl zu und kamen näher und zur gleichen Zeit riefen ihn Myriaden und Abermyriaden von Stimmen beim Namen, einige weit weg, andere nah, einige von diesem Punkt, andere von einem anderen, einige hinter ihm, nah an seinen Ohren. Diese Schreie nahmen an Zahl und Lautstärke zu und mischten sich mit Gelächter, mit Gotteslästerungen, mit abgerissenen Beleidigungen und Verspottungen, denen andere folgten und sie erstickten, noch bevor er ihren Sinn halbwegs erfassen konnte.
Die ganze Zeit über kroch ihm ein Zucken des Grauens ins Gehirn, so lebhaft und eindringlich wie diese Anblicke und Geräusche. Mit einem lang gezogenen Entsetzensschrei verlor er das Bewusstsein.
Als er wieder zu sich kam, befand er sich in einem Kämmerchen aus Stein mit einer gewölbten Decke und einer massiven Tür. Ein einziger Lichtpunkt in der Wand erhellte diese Zelle mit einem seltsamen Glanz.
Ihm gegenüber saß ein Ehrfurcht gebietender Greis mit schneeweißem Bart von ungeheurer Länge, ein Bild erhabener Reinheit und Strenge. Er trug ein Gewand aus grobem Stoff,

vom Gürtel hingen ihm drei große Schlüssel. Er mochte der Vorstellung entsprechen, die man von einem aus alten Zeiten stammenden Wächter eines Stadttors hatte, solch spiritueller Städte, möchte ich sagen, wie sie John Bunyan mit Vorliebe beschrieb.

Die Augen dieses alten Mannes strahlten erhaben, und da sie auf ihn gerichtet waren, glaubte sich Tom Chuff hilflos in der Gewalt des Alten. Schließlich hub er zu sprechen an:

»Es ist der Befehl ergangen, Ihnen Gelegenheit für eine weitere Bewährungsprobe zu geben. Wenn sich aber herausstellt, dass Sie wieder mit Trunkenbolden verkehren und Ihre Mitmenschen verprügeln, werden Sie durch die Pforte, durch die Sie gekommen sind, zurückkehren und nicht mehr hinauskommen.«

Bei diesen Worten fasste ihn der Alte am Handgelenk und führte ihn durch die erste Tür. Nachdem er eine weitere Tür aufgeschlossen hatte, die sich in der Höhle befand, schlug er Tom Chuff heftig auf die Schulter und die Tür schloss sich mit einem Dröhnen hinter ihm, Donnerschlag um Donnerschlag, nah und fern, rings um ihn und über ihm, bis er sich allmählich in Schweigen verlor. Es war völlig dunkel, aber es gab einen Strom frischer Luft, der ihn überwältigte. Er fühlte, dass er sich wieder in der Oberwelt befand.

Einige wenige Minuten später begann er Stimmen zu hören, die er kannte. Vor seinen Augen zeigte sich ein schwacher Lichtpunkt. Allmählich erkannte er die Flamme der Kerze und danach die vertrauten Gesichter von Frau und Kindern, und er vernahm schwach, was sie sprachen, auch wenn er noch nicht fähig war zu antworten.

Er erblickte auch den Arzt wie eine vereinzelte Gestalt im Dunkeln und hörte ihn sagen:

»Hier, jetzt haben Sie ihn zurück. Er wird davonkommen, glaube ich.«

Seine ersten Worte, sobald er sprechen konnte und alles deutlich um sich sah, das Blut auf Hals und Hemd spürte, waren:
»Weib, vergib mir. Ich bin ein anderer Mensch geworden. Lassen Sie ihn kommen, Sir.«
Das sollte heißen: »Lassen Sie den Pfarrer kommen.«
Als der Geistliche eintraf und die kleine Schlafkammer betrat, in welcher der erschrockene Wilderer, dessen Seele abgestorben war, noch immer schwach und krank im Bett lag, mit einem Gemüt, das vor Angst gelähmt war, bedeutete Tom Chuff den anderen matt, den Raum zu verlassen. Als die Tür hinter ihnen geschlossen war, hörte der gute Pfarrer die seltsame Beichte und mit nicht geringerem Erstaunen die ernst gemeinten und aufgeregten Besserungsschwüre und die hilflose Bitte, dem Kranken mit Rat und Hilfe zur Seite zu stehen.
Diesem Verlangen wurde natürlich freundlich entsprochen und der Pfarrer kam eine Zeit lang häufig zu Besuch.
Eines Tages, als er Tom Chuffs Hand ergriff, um sich zu verabschieden, ließ der Kranke sie nicht mehr los und sagte:
»Sie sind der Pfarrer von Shackleton, Sir, und wenn ich Sie bitten darf, versprechen Sie mir eines, so wie ich Ihnen bereits vieles versprochen habe. Ich habe versprochen nie mehr die Frau, die Kinder noch sonst jemanden zu verprügeln oder ihnen etwas zu Leide zu tun, und Sie werden mich auch nicht mehr unter den Säufern finden. Tom wird auch nicht mehr den Abzugshahn drücken noch je eine Falle aufstellen, sondern auf ehrliche Weise sein Brot verdienen. Also erweisen Sie mir nicht nutzlos eine Wohltat. Da Sie, ich sagte es, Pfarrer von Shackleton sind und tun können, was Ihnen beliebt, werden Sie es nicht zulassen, dass sie mich in weniger als guten zwanzig Metern Abstand von den alten Buchen zur letzten Ruhe betten, die den Friedhof von Shackleton umsäumen.«

»Ich verstehe; Sie möchten, dass Ihr Grab, wenn Ihre Zeit wirklich gekommen ist, eine gute Strecke von dem Platz entfernt ist, wo das Grab lag, von dem Sie träumten.«

»So ist es! Da läge ich lieber auf dem Grund einer Mergelgrube! Und ich würde mich auch auf einem anderen Friedhof begraben lassen, bloß um meine Furcht davor loszuwerden, wären nicht alle meine Angehörigen drüben in Shackleton begraben. Sie geben mir Ihr Versprechen und werden Ihr Wort nicht brechen.«

»Ich verspreche es, natürlich. Es ist nicht wahrscheinlich, dass ich Sie überlebe. Sollte das jedoch der Fall sein und sollte ich dann noch immer Pfarrer von Shackleton sein, so sollen Sie so nahe der Mitte des Friedhofs begraben werden, als sich Platz finden lässt.«

»Das genügt mir.«

Und so trennten sie sich zufrieden.

Die Wirkung der Vision auf Tom Chuff war gewaltig und versprach von Dauer zu sein. Mit schmerzlicher Anstrengung vertauschte er sein Leben unsteten Abenteuers und Müßiggangs mit einem solchen regelmäßigen Fleißes. Er gab das Trinken auf, er wurde so freundlich zu Frau und Familie, wie es eine ursprünglich griesgrämige Natur nur sein konnte, er besuchte den Gottesdienst. Bei schönem Wetter gingen sie über das Moor zur Kirche von Shackleton. Der Pfarrer glaubte, dass er dorthin ging, um sich die Szenerie seiner Vision zu betrachten und durch die Erinnerung seine guten Vorsätze zu festigen.

Eindrücke auf das Gemüt sind jedoch nur vorübergehend und ein schlechter Mensch, der aus Furcht handelt, ist nicht Herr seiner selbst. Sein wahrer Charakter kommt nicht zum Vorschein. Wenn die Bilder der Phantasie schwinden und die Furcht abnimmt, fordern die Grundeigenschaften des Menschen wieder ihr Recht.

Nach einiger Zeit begann also Tom Chuff seines neuen Lebens überdrüssig zu werden. Er verfiel wieder in Faulheit und die Leute begannen ihm nachzusagen, dass er Hasen in der Schlinge fing und seine alte, gesetzlose Lebensweise wieder aufgenommen hatte.
Eines unfreundlichen Abends kehrte er heim. In seiner stockenden Rede und der gewalttätigen Stimmung zeigte sich, dass er getrunken hatte. Am nächsten Tag tat es ihm Leid oder er fürchtete sich, jedenfalls zeigte er Reue und eine Woche lang oder mehr kehrte etwas von dem alten Schrecken zurück und er verhielt sich wieder einmal artig. Nach kurzer Zeit kam es jedoch zu einem Rückfall, zu erneuter Reue und zu einem neuerlichen Rückfall.
Nach und nach kehrten seine alten Gewohnheiten zurück und er nahm seine alte Lebensweise wieder auf, wurde nur noch gewalttätiger und gedrückter, so wie die Erinnerung an seine gering geschätzte, aber entsetzliche Warnung ihn in Angst und Schrecken versetzte.
Mit der alten Lebensweise zog auch wieder das Unglück in die Hütte ein. Das Lächeln, das sich mit dem unerwarteten Sonnenschein gezeigt hatte, war nicht mehr zu sehen. Das Gesicht der armen Frau trug stattdessen wieder das alte bleiche und herzzerreißende Aussehen. Die Hütte verlor die Atmosphäre von Sauberkeit und Fröhlichkeit, und die Melancholie der Vernachlässigung trat zu Tage. Leute, die zufällig vorbeikamen, hörten des Nachts Weinen und Seufzen aus der unter einem schlechten Stern stehenden Behausung. Tom Chuff war nun oft betrunken und selten in seinen vier Wänden, außer wenn er auftauchte, um seinem armen Weib ihren Verdienst abzunehmen.
Den ehrlichen alten Priester hatte Tom schon lange aus den Augen verloren. Zu seiner Verkommenheit gesellte sich die

Scham. Er hatte noch genügend Anstand, dass er einen Bogen schlug, wenn er die hagere Gestalt des hochwürdigen Herrn die Straße entlangkommen sah, um ihm nicht zu begegnen. Der Geistliche schüttelte den Kopf und seufzte manchmal, wenn Toms Name erwähnt wurde. Sein Entsetzen und sein Mitgefühl galten mehr dem armen Weib als dem rückfälligen Sünder, denn ihr Fall war wirklich Mitleid erregend.

Ihr Bruder Jack Everton, der von all diesen Geschichten gehört hatte, kam von Hexley herüber, fest entschlossen Tom wegen der schlechten Behandlung seiner Schwester halb totzuprügeln. Möglicherweise zum Glück für alle Betroffenen war Tom auf einem seiner ausgedehnten Streifzüge unterwegs und die arme Nell, von Angst gepackt, bat ihren Bruder sich nicht einzumischen. Er verabschiedete sich also und kehrte grimmig murmelnd nach Hause zurück.

Ein paar Monate später wurde Nell Chuff krank. Sie hatte sich schon seit geraumer Zeit nicht mehr wohl gefühlt, wie es bei Leuten mit gebrochenem Herzen der Fall ist. Jetzt war ihr Ende gekommen.

Nach ihrem Tod gab es eine gerichtliche Leichenschau, denn der Arzt hatte Zweifel, ob nicht ein Schlag ihr Hinscheiden zumindest beschleunigt hatte. Die Untersuchung erbrachte jedoch keine schlüssigen Beweise. Tom Chuff hatte seine Behausung mehr als zwei Tage vor dem Tod seiner Frau verlassen. Als die Leichenschau vorgenommen wurde, war er noch immer in seinen gesetzlosen Geschäften unterwegs.

Jack Everton kam von Hexley herüber, um an der traurigen Totenfeier für seine Schwester teilzunehmen. Er war mehr als je zuvor über den liederlichen Mann in Rage, der auf die eine oder andere Art Nellys Tod beschleunigt hatte. Die Untersuchung war am Morgen zu Ende. Der Ehemann war nicht erschienen.

Ein gelegentlicher Gefährte – vielleicht sollte ich sagen Komplize – Chuffs kam zufällig vorbei. Er hatte sich an der Grenze zu Westmoreland von ihm getrennt und sagte, dass Tom möglicherweise am nächsten Tag zurück sein werde. Everton wollte es jedoch nicht glauben. Er behauptete, dass es Tom Chuff vielleicht heimliche Befriedigung bereite, die Geschichte seines liederlichen Ehelebens mit einem Skandal zu krönen, indem er beim Begräbnis seines vernachlässigten und ausgenutzten Weibes fehlte.
Everton hatte die traurige Aufgabe der Vorbereitungen übernommen. Er hatte befohlen, auf dem Friedhof von Shackleton, jenseits des Moores, für die Schwester ein Grab neben dem ihrer Mutter auszuheben. Um, wie ich sagte, die hartherzige Vernachlässigung durch ihren Mann zu brandmarken, verfügte er, dass das Leichenbegängnis noch am Abend stattfinden sollte. Sein Bruder Dick hatte ihn begleitet und sie und ihre Schwester mit Mary und den Kindern sowie einigen Nachbarn bildeten den bescheidenen Leichenzug.
Jack Everton sagte, dass er zurückbleiben und auf Tom Chuff warten wolle, für den Fall, dass dieser rechtzeitig käme, damit er ihm mitteilen könne, was geschehen war. Dann würde er ihn über das Moor zum Begräbnis begleiten. Seine wahre Absicht, glaube ich, bestand darin, dem Schuft die Abreibung zu verpassen, die er ihm schon seit langem zugedacht hatte. Er war aber entschlossen rechtzeitig das Moor zu überqueren, um vor dem Begräbnis auf dem Friedhof zu sein und ein paar Worte mit dem Pfarrer, dem Schreiber und dem Küster zu wechseln, alles alte Freunde, denn die Pfarre Shackleton war sein Geburtsort und die Stätte seiner Kindheitserinnerungen.
Tom Chuff erschien an diesem Abend jedoch nicht zu Hause. Er war auf dem Heimweg, in verdrießlicher Laune und ohne einen Shilling in der Tasche. Eine Flasche Gin, seine letzte

Anschaffung, steckte halb geleert in seiner Manteltasche, der Flaschenhals ragte heraus wie gewöhnlich bei einer solchen Heimkehr.
Sein Weg führte ihn über das Moor von Catstean, und der Ausgangspunkt, von dem ihm der Übergang am besten vertraut war, lag beim Friedhof von Shackleton. Er sprang über die niedrige Mauer, welche die Grenze des Friedhofs bildete, und schritt über die Gräber und so manchen umgestürzten, halb versunkenen Grabstein zu jener Seite des Friedhofs hin, die dem Catstean Moor am nächsten lag.
Die alte Kirche von Shackleton mit ihrem Turm ragte nahe zu seiner Rechten wie ein schwarzer Schatten zum Himmel auf. Es war eine mondlose, aber klare Nacht. Jetzt hatte er schon die niedrige Umgrenzungsmauer auf der anderen Seite erreicht, von wo aus man die weite Fläche des Catstean-Moors überblickt. Er blieb an einer der riesigen alten Buchen stehen und lehnte sich mit dem Rücken gegen den glatten Stamm. Hatte er je den Himmel so schwarz gesehen und die Sterne so leuchtend und so lebendig blinkend? Eine todesähnliche Stille lag über der Szenerie, wie die Atempause, die bei schwülem Wetter dem Donner vorausgeht. Die Fläche vor ihm verlor sich in völliger Schwärze. Ein seltsames Herzflattern nahm ihm den Mut. Das waren der Himmel und die Szenerie seiner Vision! Dasselbe Entsetzen und bange Vorgefühl. Dieselbe unbezähmbare Furcht, sich von der Stelle zu rühren, wo er stand. Er hätte gebetet, wenn er es gewagt hätte. Sein sinkender Mut verlangte irgendein Gegenmittel und er griff nach der Flasche in der Manteltasche. Als er sich dabei nach links wandte, erblickte er die aufgehäufte lockere Erde eines offenen Grabes, dessen oberes Ende nahe der Wurzel des Baumriesen aufklaffte, an dem er lehnte.
Er stand wie erstarrt. Sein Traum kehrte wieder und ver-

schlang ihn langsam. Alles, was er sah, fügte sich zu dem Gewebe seiner Vision. Kaltes Entsetzen erfasste ihn.
Ein schwaches Pfeifen drang schrill und klar über das Moor und er sah eine Gestalt, die sich im schaukelnden Trott im Zickzack näherte, sie hüpfte bald hier-, bald dorthin, wie es Männer auf einem Boden tun, der sie zu achtsamen Schritten zwingt.
Die Gestalt kämpfte sich durch das Dickicht von Schilf und Binsen, und mit demselben unerklärlichen Impuls, der ihn in seinem Traum gezwungen hatte, beantwortete er das Pfeifen der voranschreitenden Gestalt.
Auf das Signal hin kam sie geradewegs auf ihn zu. Sie stieg auf die niedrige Mauer und blickte in den Friedhof.
»Wer hat mir geantwortet?«, wollte der Ankömmling von seinem Beobachtungsposten aus wissen.
»Ich«, erwiderte Tom.
»Wer sind Sie?«, fragte der Mann auf der Mauer.
»Tom Chuff, und für wen ist dieses Grab ausgehoben?« Er antwortete ungestüm, um seine heimliche Panik zu überspielen.
»Ich werde dir das schon sagen, du Schuft!«, rief der Fremde und stieg von der Mauer herab. »Ich habe nah und fern nach dir gesucht und lange gewartet. Jetzt habe ich dich endlich gefunden.«
Da er nicht wusste, was er von der Gestalt halten sollte, die auf ihn zukam, wich Tom Chuff zurück, stolperte und fiel rücklings in das offene Grab. Im Fallen wollte er sich an den Seiten festhalten, konnte aber seinen Sturz nicht verhindern.
Eine Stunde später, als der von Lichtern begleitete Sarg eintraf, fand man den Leichnam des Tom Chuff in der Grube.
Er war mit dem Kopf aufgeprallt und hatte sich den Hals gebrochen. Er musste auf der Stelle tot gewesen sein. So ging sein Traum in Erfüllung.

Der Fremde, der über das Moor gekommen war und sich dem Friedhof genähert hatte, genau aus der Richtung, aus der die Erscheinung seines Vaters in seiner Vision zu kommen schien, war sein Schwager.
Zum Glück für Jack Everton gingen der Küster und der Schreiber von Shackleton, von ihm unbemerkt, gerade quer über den Friedhof zum Grab der Nelly Chuff, als der Wilderer Tom stolperte und fiel. Sonst hätte den erzürnten Bruder unweigerlich der Verdacht getroffen, er hätte mit Gewaltanwendung nachgeholfen. So zog das Unglück keine gerichtlichen Weiterungen nach sich.
Der brave Pfarrer hielt sein Wort und die alten Leute in Shackleton zeigen noch immer das Grab Tom Chuffs in der Mitte des Friedhofs. Diese gewissenhafte Erfüllung der Bitte, welche der von Panik erfasste Mann bezüglich seines Begräbnisortes geäußert hatte, betonte auf seltsam schreckliche und höhnische Art die eigenartige Verknüpfung von Umständen, mit der das Schicksal seine Vorsichtsmaßnahme umgangen und den Ort seines Todes festgelegt hatte.
Die Geschichte wurde so manches Jahr und wird, wie wir glauben, noch immer am Herd so mancher Hütte erzählt, und obwohl sie etwas anspricht, was viele mit der Bezeichnung Aberglauben belegen würden, klang sie doch in den Ohren einer schlichten und einfachen Zuhörerschaft wie eine aufregende und, wie man hoffen darf, nicht gänzlich fruchtlose moralische Erbauung.

Mary Hottinger

Der Ring

Das Haus hatte mich auf den ersten Blick bezaubert. Für seine Höhe war es ziemlich lang gestreckt, mit weißen Wänden und einer kleinen, grünen Veranda. In seinem Innern befand sich ein herrlicher Raum mit Fenstern nach Süden und Westen, wie geschaffen für Jim zum Arbeiten, und ein Wohnzimmer, das sich von der Vorderfront bis zur Rückseite des Hauses hinzog. Jim hatte zuerst gemurrt – es wäre zu groß, zu weit von der Stadt entfernt, er wäre zu sehr von seinen Geschäftsverbindungen abgeschnitten und ich würde mich einsam fühlen; außerdem hätte ich endlose Meter Fußboden in den breiten und langen Korridoren zu reinigen. Er, der so bitterlich geklagt hatte, dass er in London keinen Frieden finden könnte, wollte es auf einmal nicht verlassen. Aber dieses eine Mal wollte ich meinen Willen durchsetzen – dieses Haus oder keins! Also sagte ich nur: »Typisch Mann!«, und traf meine Vorbereitungen. Das Zimmer im Südwesten war genau, wie Jim es sich immer gewünscht hatte, und die Küche war mit dem neuesten Dauerbrandherd auf den letzten Stand gebracht worden. Und was die Fußböden betraf – der Häusermakler hatte mir versichert, dass es im Dorfe Frauen gebe, die gern für uns arbeiten würden (und noch mehr über uns klatschen, meinte Jim grimmig).

Das Haus hatte mich in der Tat so völlig in seinen Bann gezogen, dass ich während der Zeit, da wir uns noch nicht darüber geeinigt hatten, nächtelang in unserer Londoner Wohnung wach lag und von der Zukunft träumte, in der es uns gehören und mehr als ein Heim sein würde: eine Art Gefährte, fast ein lebendes Wesen. Dort würde ich mich während der langen Stunden, die Jim in seinem Arbeitszimmer verbrachte, wohl fühlen und glücklich sein.

Schließlich gab Jim mit einem Achselzucken nach und wir zogen ein. In den ersten Tagen nach unserem Einzug konnte man kaum behaupten, dass es uns gehörte, denn das Haus verhielt sich uns gegenüber sehr reserviert. Es machte es uns nicht leicht. Nicht etwa, dass ich dies bedauerte. Ich wünschte sogar es nicht zu schnell kennen zu lernen und begann mich langsam mit ihm anzufreunden: mich mit all den kleinen Geräuschen vertraut zu machen, die der intimste Ausdruck der Persönlichkeit eines Hauses sind. Ich begann seiner Sprache zu lauschen und zu lernen, wie ich antworten musste. Ich gestehe offen, dass ich diese Sache mit dem Haus etwas zu leicht nahm und zu wenig auf sein Murren und seine gleichgültige, halb ablehnende Haltung achtete, da Jim es nur meinetwegen gemietet hatte.

Wir hatten uns noch nicht ganz eingerichtet, als Jim für einige Tage in unsere Londoner Wohnung fahren musste, um einige Bücher einzusehen und endgültige Vereinbarungen mit seinem Verleger zu treffen. Ich war ganz froh bei dem Gedanken,

ein paar Tage allein zu bleiben; denn teils war ich noch müde vom Umzug und teils wollte ich auch das Haus ganz für mich haben, damit wir uns ungestört näher kommen könnten.
Doch als ich Jim auf Wiedersehen gewinkt hatte und durch den Garten zurückging, fühlte ich mich ein wenig unbehaglich und verlassen. Denn ich hatte noch nie allein in einem Haus geschlafen, schon gar nicht in einem fremden, und ziemlich verschämt prüfte ich das Schloss an der Vordertür und die Riegel an den Fenstern. Sie sahen stabil genug aus, aber trotzdem zitterte ich etwas, wenn ich daran dachte, dass ich heute Abend allein am Kaminfeuer im Wohnzimmer sitzen, allein die Treppe hinaufgehen, mich ausziehen und allein im Bett liegen und den fremdartigen Geräuschen des Hauses lauschen musste.
Es war ein stiller, sonnenüberglänzter Nachmittag im Oktober, und um mein unbehagliches Gefühl abzuschütteln, begann ich mich im Garten zu beschäftigen. Die Beeren der Passionsblumen an der weißen Wand funkelten durch die dunkelgrünen Blätter, die Herbstastern standen in voller Pracht und die chinesischen Sonnenblumen warfen strahlend den Sonnenschein zurück. Es gab eine Menge zu tun; abgestorbene Blüten mussten abgeschnitten und ganze Stauden im Überfluss wuchernder Blumen zurückgebunden werden. Ich wollte alles in Ordnung gebracht haben, bevor das Gold sich verfärbte und die Pracht dahinschwand.
Gerade kämpfte ich mit einem besonders üppig gewachsenen Busch Herbstastern, um ihn zurechtzustutzen, da entdeckte ich am Erdboden einen glitzernden Gegenstand, der offensichtlich nicht hierher gehörte. Es kostete mich etwas Mühe, ihn herauszuangeln, aber als ich ihn dann endlich in der Hand hielt, sah ich, dass es ein Ring war. Ein recht seltsamer Ring übrigens, denn obwohl er für eine Frauenhand geschaffen schien, krönte ihn ein

sehr schweres Siegel von ungewöhnlicher Form: Es war eines jener kleinen Messinggewichte, wie sie früher einmal von Apotheken benutzt wurden. Ich rieb ihn an meinem Ärmel und die Gravierung kam klar zum Vorschein – ein Reichsapfel mit einem Kreuz. So schwer und plump er auch aussah, war er doch ungewöhnlich faszinierend und ich steckte ihn an den Finger vor meinen Trauring. Er passte genau, und während ich so dastand und ihn von verschiedenen Seiten betrachtete, überlegte ich, wo er wohl herstammen könnte, und beschloss den Makler zu bitten, mit den früheren Bewohnern in Verbindung zu treten und festzustellen, ob er ihnen gehörte.

Plötzlich ertönte eine Stimme hinter mir:

»Kann ich bitte meinen Ring haben?«

Mein Herz setzte ein paar Schläge aus, denn ich hatte niemand kommen hören. Mit einem Ruck drehte ich mich zu dem Sprecher um. Eine Frau stand vor mir, die auf den ersten Blick nicht sehr anziehend wirkte. Ich schätzte sie auf etwa fünfunddreißig; dichtes schwarzes Haar umrahmte ihr Gesicht. Sie trug ein ziemlich lose herabhängendes Kleid, das mit Erfolg jede Schönheit der Figur verhüllte, die sie vielleicht besitzen mochte, und das mich zurückweichen ließ wie vor einem jener Frauentypen, deren kunstgewerblerische Art ich nie ausstehen konnte. Aber sie hielt ihre Augen auf mich geheftet – große, dunkle, klare und unverwandt blickende Augen. Ich zweifelte nicht im Geringsten daran, dass ihr der Ring gehörte; aber in jenem Bruchteil einer Sekunde, in dem einem angesichts einer gänzlich unvermuteten Situation die Gedanken durch den Kopf rasen, überwog nur der eine: Hatte sie mich die ganze Zeit beobachtet? Ich hasste diesen Gedanken. Außerdem war mir der befehlsmäßige Ton ihrer Frage zuwider – als ob sie dachte, ich wollte den Ring behalten! Ärger wallte in mir auf und ich antwortete kühl:

»Selbstverständlich, hier ist er.«
Sie nahm ihn, besah ihn sich genau und steckte ihn an den Finger.
»Danke«, sagte sie; dann zögerte sie einen Augenblick. »Übrigens – hätten Sie wohl etwas dagegen, wenn ich einmal durch das Haus ginge? Ich habe hier früher gewohnt.«
Ich war unschlüssig. Im Augenblick wünschte ich eigentlich keinen Fremden in meinem Haus – es störte das Besitzgefühl. Doch der Gedanke, jemand hier zu haben, mit dem ich besser darüber sprechen könnte als mit Jim und der vor allem das Haus gut kannte, bewegte mich tiefer, als ich erwartet hatte, und beinahe eilfertig antwortete ich:
»Aber natürlich, bitte, kommen Sie herein.«
Sobald wir im Haus waren, übernahm sie die Führung. Ohne nach rechts und links zu blicken, ging sie geradewegs in das Zimmer, das Jim gehören sollte, dieses wunderschöne Zimmer mit Fenstern nach Süden und Westen, wo er endlich den Frieden finden würde, nach dem er so lange geschrien hatte.
»Oh!«, sagte sie mit einem tiefen Atemzug, als sie die Schwelle überschritt. »Es ist so verändert – und doch gleich geblieben.«
Sie ging durch das Zimmer, ließ ihre Finger zärtlich über eine Sessellehne gleiten und blieb vor dem geöffneten Fenster stehen. Bei allem, was sie tat, war sie sehr ruhig; aber jetzt, wie sie so dastand, schien sie sich verändert zu haben. Während sie sich klar gegen das Fenster abhob, strahlte sie etwas Besonderes aus. Die plötzliche, heftig schmerzende Erkenntnis überkam mich, dass hier etwas Seltenes war, ein Ausdruck der Erfahrung, die mir immer versagt bleiben würde, und ich fühlte mich unbeholfen und gehemmt in der Gegenwart dieser Frau, die ich noch vor kurzem als unansehnlich und gekünstelt abgetan hatte.
Sie wandte sich mir wieder zu.

»Sie sind sehr freundlich zu mir«, sagte sie.
»Nicht der Rede wert«, antwortete ich heiter und hasste mich gleichzeitig wegen meiner Heiterkeit. »Wenn Sie in diesem Hause gelebt haben, kann ich sehr gut Ihren Wunsch verstehen, zurückzukommen.«
Sie heftete wieder ihre Augen auf mich.
»Meinen Wunsch, zurückzukommen?«, fragte sie. »Ja – ich glaube, das ist es – ich wollte zurückkommen.«
»Möchten Sie nicht ein bisschen bleiben, wo Sie doch einmal hier sind?«, fragte ich. »Ich werde den Kamin im Wohnzimmer anzünden und uns etwas Tee machen.«
Niemand war überraschter über diesen Vorschlag als ich selbst, aber sie antwortete sogleich:
»Aber gern, wenn ich darf. Aber keinen Tee. Ich habe Tee nie gemocht. Doch ich will gern neben Ihnen am Kamin sitzen und Ihnen beim Teetrinken zusehen.«
»Nun, das wird nicht sehr interessant für Sie sein«, lachte ich, »aber ich versäume nicht gern meinen Tee.«
Ich hielt ein Streichholz an den Holzstoß – bald prasselte das Feuer und leuchtete hell. Als ich das Zimmer verließ, stand sie davor und blickte mit der ihr eigenen, mir das Herz brechenden Anmut darauf herab; traurig und uneins mit mir selbst ging ich in die Küche.
Ich kam mit meinem Tee zurück und setzte ihn auf ein niedriges Tischchen vor dem Kamin. Sie hatte sich, mit dem Rücken zum Fenster, in einen hohen Lehnstuhl neben dem Feuer gesetzt.
»Haben Sie lange hier gewohnt?«, fragte ich.
»Nein, nicht sehr lange – zweieinhalb Jahre.«
»Sie müssen traurig gewesen sein, als sie auszogen.«
Sie hob ihren Blick vom Feuer und sah mich an.
»Traurig gewesen? Ja. Das wird es wohl gewesen sein. Man

sagt, dass Emily Brontë traurig war, als ihre kleine Katze starb.«

Sie starrte wieder in das Feuer.

»Und jetzt werden Sie mit Ihrem Mann hier leben?«, fragte sie.

»Eine Zeit lang bestimmt. Er muss ein Buch zu Ende schreiben und in London hat er dazu keine Ruhe. Ein bekannter Schriftsteller findet niemals Ruhe.«

»Wo ist er jetzt?«

»Er musste in die Stadt fahren, um verschiedene Dinge zu erledigen. In ein oder zwei Tagen wird er zurück sein.«

»Oh, er wird zurückkommen«, sagte sie im Ton einer Feststellung; dann starrte sie wieder in das Feuer. Die Abenddämmerung fiel herein, die Schatten im Raum wurden tiefer und die Glut des Feuers lag zwischen uns. Der Schmerz nagte immer noch an meinem Herzen und ich wusste, warum – ich beneidete einfach diese Frau, die aus einem feineren Stoff gewebt war als ich.

Ihre nächste Frage warf mich fast aus dem Gleichgewicht.

»Waren Sie jemals verliebt?«, fragte sie plötzlich.

Ich lachte abwehrend, sie zurückweisend.

»Selbstverständlich«, sagte ich, »ich habe Jim geheiratet.«

»Natürlich«, sagte sie, »Sie haben Jim geheiratet; aber waren Sie jemals verliebt?«

»Warum sollte ich wohl Jim geheiratet haben, wenn ich nicht in ihn verliebt gewesen wäre?«, parierte ich. Und dann, fast gegen meinen Willen, fragte ich:

»Sind Sie nicht verheiratet?«

»Ich war es«, antwortete sie kurz.

»Dann müssen Sie wissen, wie es ist, verliebt zu sein.«

»Ja, ich habe es erfahren; aber erst nachher.«

»Ist er tot?«, fragte ich leise.

»Oh nein. Er verließ mich.«

»Verließ Sie?«, wiederholte ich einfältig.
»Ja. Und da wusste ich, was es bedeutet, verliebt zu sein. Die ganze Welt ist dann voller Musik und alles Scharfe, Verletzende hat keine Macht. Es ist nicht Frieden, dafür ist es zu übervoll. Es ist, als wäre man bis in die letzte Faser seines Seins davon erfüllt. Die Leute reden von der Seele – wie dumm! Hände erzählen viel mehr.«
Sie faltete ihre Hände und der Ring erglänzte im Licht des Feuers.
»Verliebt sein«, fuhr sie fort, »wie schön das klingt. In jemand verliebt sein – in jemand, das ist, als befände man sich in einem Hafen. Oh ja, man weiß, dass man eines Tages auf die See hinausmuss und dass diese See falsch und hinterlistig ist. Aber man ist im Hafen. Es gibt Tage, an denen man auf die Welt da draußen blickt wie Kinder, die in ihren Sommerferien durch die Straßen streifen. Man sieht Leute – Frauen, die umhergehen, Einkäufe machen, stehen bleiben, um sich zu unterhalten –, aber sie scheinen weit weg zu sein, als ob sie zu einer anderen Art von Lebewesen gehörten, und man wundert sich, wie sie so umhergehen können.«
Ich kämpfte gegen die Tränen, die mir in die Augen stiegen. Ich hätte sie anschreien können: »Geh! – Warum bist du hierher gekommen? Was habe ich mit dir zu tun? Sei still und geh!« Doch ich konnte nur sagen:
»Was war geschehen?«
»Ich sagte es Ihnen – er verließ mich!«
»Aber warum?«
»Ach, warum? Wenn man es nur wüsste! Aber dann ist man wirklich draußen auf hoher See und sie ist wie Blei, und keine Karte zeigt einem den Weg und es gibt keine grüne Insel, auf die man den Fuß setzen könnte – keine.«
»War jemand anders im Spiel?«, flüsterte ich.

»Natürlich.«
»Wie war sie?«
»Ich weiß es nicht. Ich habe sie nie gesehen. Und außerdem, auf sie kam es nicht an.«
»Ich glaube, ich hätte sie umgebracht!«, sagte ich wütend.
Sie blickte mir voll ins Gesicht. »Damit ist es auch nicht getan«, sagte sie, »und ich glaube nicht, dass Sie es tun werden.«
Sie sah wieder in das Feuer und fuhr dann mit ihrer eintönigen Stimme fort:
»Die Leute sagen, ich hätte nicht zu sterben brauchen. Ich war jung und kräftig und sie sagten, ich wäre begabt gewesen.«
»Oh, reden Sie bitte nicht so«, sagte ich eindringlich. »Das Leben muss doch etwas für Sie bewahrt haben.«
Sie blickte überrascht auf.
»Sie missverstehen mich«, sagte sie. »Ich bin tot. Wenn Sie morgen unter den Herbstastern nach meinem Ring suchen, werden Sie es wissen« – sie machte eine Pause –, »wenn Sie es tun. Die meisten tun es.«
Ich zitterte am ganzen Körper.
»Wer sind Sie?«, flüsterte ich.
Sie erhob sich, um zu gehen, und sah mich traurig an.
»Spielt es eine Rolle, wer wir sind?«, fragte sie. »Und Jim wird bald zurück sein, nicht wahr?«
»Selbstverständlich«, schrie ich, »Jim wird zurückkommen – selbstverständlich!«
Ich sah sie nicht gehen, denn die aufkeimende Angst in mir schlug plötzlich über mir zusammen wie eine Woge. Ich warf mich auf das Telefon und mit klappernden Zähnen stellte ich die Verbindung mit unserer Stadtwohnung her.
»Jim«, schluchzte ich in den Hörer, »komm zurück! Komm zurück und hol mich fort von diesem Haus! Komm zurück!«
Das Telefon läutete und läutete, aber es kam keine Antwort.

Wladyslaw Stanislaw Reymont

Eine sonderbare Geschichte

Soeben habe ich deinen Brief erhalten. Was ist geschehen?«
»Ich bin dir sehr dankbar, ich habe dich schon ungeduldig erwartet . . .«
»Doch nicht etwa ein Duell?«
»Nein, nein. Ich erzähle es dir später. Bleib bei mir, ich habe solche Angst vor dem Alleinsein, alles flößt mir Entsetzen ein . . . Mach kein Licht . . .«
Er brach ab, blickte ängstlich um sich, drückte sich tiefer in den Fauteuil hinein und stocherte mit dem Feuerhaken nervös in den glimmenden Kohlen.
Ich wagte nicht, das Schweigen zu brechen. Der rote Widerschein des Feuers flackerte in der Dunkelheit, warf zuckende Lichter auf Möbel und Fußboden, die Stille schleppte sich schläfrig und träge dahin, nur der Regen prasselte pausenlos an die Fensterscheiben, gluckste in den Traufen, auf den Dächern rumorte der Wind . . .
Eine Kirchuhr begann Mitternacht zu schlagen; durchdringen-

de, mächtige Klänge, als schlügen silberne Hämmer auf die Stille der Wohnung ein, sie schlugen rhythmisch, eintönig und erstarben in einem lang gezogenen, unheimlichen Röcheln, aber bevor der letzte Glockenschlag verklang, wurden die Fenster von ohrenzerreißenden Trompetentönen jäh erschüttert; irgendwo spielte eine Kapelle einen lärmenden Tusch, erhoben sich johlende, kreischende Stimmen.

»Neujahr!«, flüsterte er und blickte zu mir auf.

Ich öffnete das Fenster, auf der Straße wurde bereits getanzt, die ganze Place de la Sorbonne wimmelte von Menschen und Lampions, die wie bunte Schmetterlinge umherhuschten. Die Cafés waren voll gestopft, die Terrassen überfüllt, man saß sogar auf den Trottoirs unter Schirmen, überall wurde getrunken, unter ohrenbetäubendem Lärm und Gesang. Wirres, wüstes und trunkenes Gelächter brodelte, fortwährend kamen neue Gruppen hinzu, ein neues Gegröle begann, ein neues zügelloses Tanzen, der Trubel erreichte seinen Gipfel, man schlug mit Stühlen, Stöcken und Fäusten auf die Tische ein, blies in die Trompeten, ahmte Tierstimmen und Schiffssirenen nach und an der Ecke des Boulevards formierte sich ein Zug, der sich unter schrillem Kreischen und Pfeifen in Bewegung setzte.

»Mir ist schauderhaft kalt!«, seufzte er und rückte näher zum Feuer. Ich schloss das Fenster und setzte mich zu ihm.

»Weißt du, Karol ist gestorben«, flüsterte er kaum hörbar.

»Karol? Wann, wo?«

Die unerwartete Nachricht traf mich hart.

»Ich weiß nicht, wo, ich weiß nicht, wann, aber ich weiß, dass er gestorben ist.«

»Jemand muss es dir doch gesagt haben?«

»Er selbst hat es mir vor einigen Stunden gesagt.«

Unwillkürlich wich ich einige Schritte zurück.

»Er selbst! Sieh mir in die Augen, ich bin gesund und weiß, was ich sage.«

Ich war absolut überzeugt, dass er plötzlich verrückt geworden war.

»Auch ich hätte es nicht geglaubt, wenn es mir jemand erzählt hätte, gestern noch, sogar heute früh noch ... Jetzt aber weiß ich es, weiß es ganz sicher, und wenn das sicher ist, dann ist alles sicher.« Er sprach gleichsam zu sich selbst, mit einem sonderbaren Lächeln.

Ich schwieg, beobachtete aufmerksam sein Gesicht, und er schien mir so verändert, so ganz anders und fremd, dass in meinen Augen wohl Angst und Verwunderung gestanden haben mussten, denn er hob ruhig zu sprechen an: »Mach dir um mich keine Sorgen, ich bin völlig in Ordnung und Herr meiner Sinne, und dass ich erregt und tief erschüttert bin, ist wohl begreiflich – habe ich doch mit einem Toten gesprochen, habe in das unverhüllte Gesicht des Mysteriums geblickt ... Ist das wenig?«

Was konnte ich ihm erwidern? Ich lauschte nur und schaute beunruhigt in seine glühenden Augen.

Und er sagte: »In den letzten drei Tagen habe ich Karol dreimal gesehen. Ich sah ihn so, wie ich jetzt dich sehe, habe mit ihm gesprochen wie eben jetzt mit dir. Er war in diesem Zimmer und saß auf demselben Platz, auf dem jetzt ich sitze ... Meine Haushälterin hat ihn gesehen ... Vielleicht ist er noch hier ...«

Er verstummte und suchte mit den Augen das ganze Zimmer ab; ich gestehe, dass es mich fröstelte, mir war unheimlich zu Mute.

»Erzähl mir alles, ich werd's schon ertragen«, bat ich mit schlecht verhehlter Ergriffenheit.

»Zünde die Lampe an, vielleicht fällt es mir dann leichter ...«

Ich zündete in beiden Zimmern alle Lampen an.
»Am Dienstag habe ich ihn zum ersten Mal gesehen«, begann er etwas lebhafter, auf und ab gehend. »Ich kehrte aus der Oper heim, es war schon ziemlich spät, kalt und nass wie heute. Ich ging über die Brücke, mit meinen Gedanken noch ganz bei der soeben gehörten Musik, als plötzlich von der Plattform des vorbeifahrenden Omnibusses jemand deutlich rief: Janek! Eine Gestalt beugte sich heraus und winkte mir zu. Natürlich jagte ich dem Omnibus nach und sprang auf. Stelle dir mein Erstaunen vor, auf der Plattform stand niemand, drinnen dösten ein paar mir unbekannte Frauen.
Ich tat das Ganze als Frucht meiner Einbildung ab, und in meinem Wohnviertel angekommen, ging ich ins Kaffeehaus, in der Hoffnung, noch jemanden von meinen Bekannten zu treffen, doch obwohl keiner mehr da war, blieb ich bis zur Sperrstunde. Es war schon zwei Uhr nachts, als ich die Straße betrat, es goss in Strömen, ich lief schnell und schon von weitem sah ich jemanden vor meinem Haustor stehen, als warte er darauf, dass geöffnet werde.
Haben Sie schon geklingelt? fragte ich höflich.
Der Mann drehte sich zu mir um, blickte mir in die Augen und sagte leise, mir die Hand entgegenstreckend: Ich habe auf dich gewartet . . .
Vor mir stand Karol. Ich erkannte ihn sofort. Erstaunt über diese unvermutete Begegnung, zugleich aber ungemein erfreut, warf ich mich ihm in die Arme und überschüttete ihn mit Fragen. Er antwortete sonderbar einsilbig, und als das Tor aufging, schob er mich leicht nach vorne und sagte: Geh du voran, ich kenne diese Treppe nicht . . .
Ich schlug das Tor zu, nannte dem Hauswart meinen Namen, zündete ein Streichholz an und rief: Komm, Karol . . .
Im Hausflur war niemand, auch auf der Treppe nicht, ich

rannte sofort auf die Straße hinaus, in dem Glauben, er sei vielleicht vor dem Tor geblieben, doch die Straße war leer, keine Sterbensseele ...

Ich lief den ganzen Platz und alle umliegenden Gassen ab, alle Ecken und Enden, durchsuchte alle Haustore und Nischen, alles vergebens. Er war spurlos verschwunden, wie ein Steinchen, das ins Meer geworfen wurde ...

Von der Sorbonne her schlug die Kirchenuhr schon drei, als ich nach Hause kam. Ich war außer mir, schlug um mich wie ein Vogel im Käfig, fassungslos vor diesem unergründlichen Geheimnis ... Ich raste ... Wie denn, ich hatte ihn doch gesehen, ich betastete meinen eigenen Körper, spürte noch seine kühlen Hände und sein regennasses Gesicht, noch klang die mir so vertraute Stimme nach ... Ich konnte mich nicht getäuscht haben, das war keine Halluzination, unmöglich, das ich mir das alles nur eingebildet hatte ...

Ich würde meinen Kopf dafür geben, dass er da war und zerronnen ist wie ein Schatten.

In jener Nacht konnte ich nicht schlafen, ich marterte mich ab und suchte vergeblich nach einer Erklärung für dieses quälende Rätsel, und am nächsten Tag, gestern früh, machte ich mich auf die Suche. Ich suchte ihn überall, er war nirgends zu finden, niemand hatte ihn gesehen. Ich ging sogar zur Präfektur, sie schickten Polizisten aus, ich gab ihnen sein Bild, sie suchten den ganzen Tag und natürlich fanden sie ihn nicht.

Als der Abend dämmerte, kehrte ich heim, denn meine Kräfte versagten, manchmal dachte ich mir, das müsse der Anfang einer Geisteskrankheit sein – ich war gerade dabei, mich aufs Genaueste zu prüfen, als meine Haushälterin hereinkam und mir mitteilte, draußen vor der Tür stehe ein Herr.

Ich lief hinaus, von einer Vorahnung getrieben.

Da stand Karol, an die Wand gelehnt.

Ich führte ihn dicht zum Kamin, denn er war bis auf die Knochen durchnässt und blau vor Kälte.
Er ließ sich in den Fauteuil fallen, wie ein Toter, rührte sich nicht und sagte kein Wort, und als ich ihm erzählte, wie viel Sorge ich seinetwegen ausgestanden hatte, flüsterte er: Ich konnte gestern nicht länger bei dir bleiben . . .
Aber wie bist du so plötzlich und spurlos verschwunden?
Er antwortete nur mit einem Lächeln.
Morgen wirst du alles erfahren, setzte er etwas später hinzu.
Die Haushälterin brachte den Tee, er nahm eine Tasse, aber seine Hände zitterten so stark, dass er die Tasse auf den Tisch stellte und nur von Zeit zu Zeit daran nippte; dabei veränderte sich sein Gesicht so eigentümlich – jeden Augenblick war es ein anderes –, dass ich mitunter den deutlichen Eindruck hatte, vor mir säße ein wildfremder Mensch.
Du musst sehr müde sein?, fragte ich besorgt.
Ja, ich halte mich nur mit äußerster Mühe aufrecht. Auch seine Stimme war nicht wieder zu erkennen, es war die Stimme eines Fremden.
Leg dich gleich nieder, ruh dich aus, ich will dir nicht zur Last fallen . . .
Morgen . . . ja, morgen wirst du alles erfahren . . .
Eine unerklärliche Bangigkeit ergriff mich.
Wir saßen ziemlich lange in völligem Schweigen, nur manchmal trafen sich unwillkürlich unsere Augen, aber ich vermag dir seinen Blick nicht zu beschreiben, das waren nicht mehr die Augen eines Menschen, es waren das eine Mal schwarze weit aufgerissene Abgründe, darin ein Flackern und Flimmern, ein andermal glänzten sie weißlich wie Eisscheiben und dann wieder flammte eine solche Kraft in ihnen auf, sie blickten so kalt, so durchbohrend, dass mein Herz von wildem, rasendem Entsetzen gepackt wurde.

Plötzlich stand er auf und begann im Zimmer umherzugehen, berührte die Möbel, besah sich Buchtitel, aber mir war klar, dass er nichts davon wahrnahm, dass er dahinschlich wie ein verirrter Schatten, denn wie ein Schatten glitt er ohne das leiseste Geräusch dahin, als berührte er nicht den Fußboden. Ich starrte ihn mit einem unbeschreiblichen Gefühl des Grauens, der Verblüffung und der Angst an. Hundertmal wiederholte ich mir, dass es doch Karol war, der Gespiele meiner Kindheit, der nächste Freund und mir teuerste Mensch, und hundertmal wollte ich ihn schon an der Hand packen, ihn aus dieser schrecklichen Leblosigkeit wachrütteln und, wie früher, aufrichtig, einfach, freundschaftlich das Wort an ihn richten, aber ich wagte nicht einmal den Mund zu öffnen. Etwas Unbegreifliches stand zwischen uns. Er war so fremd, so verändert, so weit von mir entfernt, und dabei ging von ihm etwas so erschreckend Leichenhaftes aus, dass ich zurückscheute, als befände ich mich in einem Abgrund von Angst.
Er muss wohl meine Gedanken und Gefühle erraten haben, denn er sagte: Ich bin schon erlöst und deine Stunde hat noch lange nicht geschlagen, aber vielleicht finden wir einander noch . . .
Ich verstand seine Worte nicht, ich verstand überhaupt nichts mehr, ich sehnte mich nur heiß nach einem Augenblick des Alleinseins . . .
Und das muss er von meinem Gesicht abgelesen haben, denn er flüsterte begütigend: Lass dich von mir nicht stören, leg dich hin, du bist müde.
Er ergriff meine Hand, drückte sie fest und fügte hinzu: Vielleicht besuche ich dich wieder einmal . . .
Mich überlief es kalt, denn eisig waren seine Worte, eisig sein Händedruck und die Stimme dröhnte, als käme sie aus tiefsten Tiefen.

Ich überließ ihm mein Bett, selber ging ich ins Nebenzimmer, legte mich aufs Sofa und schlief fast augenblicklich ein.
Ich erwachte spät, erst gegen zehn Uhr.
Er aber war nicht mehr da, das Bett war unberührt, gewiss war er früher und so leise fortgegangen, dass ich davon nicht wach wurde.
Den ganzen Tag dachte ich über ihn nach, denn ich konnte weder seinen Zustand noch die sonderbare Veränderung, die mit ihm vorgegangen war, begreifen.
Heute, in der Abenddämmerung, als ich wieder am Dom vorbeiging, blieb ich eine Weile stehen, um diese in Nebel gehüllte und gleichsam in der Luft schwebende unsterbliche Hymne auf den menschlichen Glauben zu betrachten, als jemand meinen Arm ergriff.
Karol!, rief ich instinktiv.
Er stand vor mir, aber ich weiß nicht, war es die Dämmerung und der Nebel oder hat mir etwas den Blick verstellt, ich konnte ihn kaum sehen.
Erinnerst du dich an unser Gelübde?, fragte er.
Ich wusste nicht, wovon er sprach.
Dass derjenige von uns, der zuerst stirbt, es den anderen wissen lässt . . .
Ich lachte etwas spöttisch auf.
Sei still!, rief er streng. Siehst du mich?
Selbstverständlich sehe ich dich! Tatsächlich sah ich ihn nun ganz deutlich.
Schau, das ist mein Begräbnis . . . schau . . .
Ich erstarrte, denn mir schien, dass sich anstelle des Doms ein schneebedecktes unermessliches Feld vor mir ausbreitete, in das blutrote Licht des Sonnenuntergangs getaucht, und auf einem schmalen, von Sträuchern eingegrenzten Pfad bewegte sich langsam ein Bauernwagen vorwärts, mit einem Sarg da-

rauf, dem ein paar Menschen folgten, und ein Trauerlied erklang in der Einsamkeit . . .
Jetzt weißt du es endlich . . . Ich habe das Gelübde erfüllt . . .
Ich hörte in mir eine fremde, durchdringende Stimme. Ich blickte mich rasch um, aber niemand war da, der Platz war leer, nur der Dom strebte immer höher hinauf, als löse er sich von der Erde.
Und nun erkläre mir das alles, wenn du kannst!«
»Du bist krank, ich hole gleich einen Arzt.«

Aber einige Tage später erfuhren wir von Karols Tod. Wir überprüften alle Daten und Einzelheiten. Er war in dem Augenblick gestorben, als Janek ihn vor dem Haustor getroffen hatte.

Fredric Brown

Eine Durchsage unserer Direktion

Sieht man es von der einen Seite an, so könnte man sagen, dass es zu sehr vielen verschiedenen Malen im Verlauf von vierundzwanzig Stunden geschah; umgekehrt, dass es einmal und da in einem Zug passierte. Es geschah, wie sich's trifft, um acht Uhr dreißig abends, am Mittwoch, dem 9. Juni 1954. Das heißt, es kam natürlich zuerst auf den Marshallinseln, den Gilbertinseln und auf all den anderen Inseln – dazu auf all den Schiffen, die sich dort in See befanden – durch, die unmittelbar westlich der internationalen Datumsgrenze liegen. Auf den verschiedenen Inseln und Schiffen unmittelbar östlich davon ereignete es sich vierundzwanzig Stunden später.

Auf Schiffen natürlich, die während dieses Vierundzwanzig-Stunden-Zeitraums die Datumsgrenze von Osten nach Westen überquerten und die daher zweimal acht Uhr dreißig abends hatten, beide am 9. Juni, geschah es zweimal. Jene dagegen, die sie aus der anderen Richtung überquerten und die daher

kein acht Uhr dreißig abends hatten (oder ein Glas, um es nautisch auszudrücken), erlebten es überhaupt nicht.
Das mag kompliziert klingen, ist aber ganz einfach. Wirklich. Sagen Sie sich bloß, dass es um acht Uhr dreißig abends überall geschah, ungeachtet der Zeitzonen und streng in Übereinstimmung damit, ob das fragliche Gebiet Sommerzeit hatte oder nicht. Einfach dies: acht Uhr dreißig abends *überall.* Und acht Uhr dreißig ist überall ungefähr der beste Augenblick zum Radiohören, was unzweifelhaft etwas damit zu tun hatte. Wo nicht, machte sich jemand oder etwas schrecklich viel unnötige Mühe, die Zeiten so aus den Fugen zu bringen, dass sie einander auf der ganzen Welt entsprachen.
Selbst wenn Sie aber um acht Uhr dreißig am 9. Juni 1954 nicht Radio gehört haben – und Sie taten dies vermutlich –, so werden Sie sich gewiss daran erinnern. Die Welt befand sich am Rande des Krieges. Oh, sie hatte sich dort schon seit Jahren befunden, aber diesmal ragten ihre Zehen über diesen Rand vor und sie hielt mit Mühe ihr Gleichgewicht. Es gab Sondersitzungen im . . . aber wir kommen dazu noch später.
Nun, zum Beispiel Dan Murphy, versoffener Australier irischer Herkunft, der in einem Wirtshaus in Brisbane Rauflust verspürte. Und der Holländer, der als ›Dutch‹ bekannt war und dieses Gefühl nur zu sehr teilte. Das Radio plärrte. Der Barkeeper versuchte sie zu beruhigen, die anderen probierten sie aufeinander zu hetzen. Sie haben gesehen, wie das geht. Sie haben es gehört, außer Sie halten sich für gewöhnlich von Hafenkneipen fern.
Murphy war bereits ein paar Schritte von der Bar weg und wischte sich die Hände an seinem schmierigen Unterhemd ab. Er war mitten im Vorspiel und sagte: »Waaas, du . . .!«, und wartete auf die Entgegnung. Er wurde nicht enttäuscht.
». . . auch!«, sagte Dutch.

Das war, als es sich abspielte, neunundzwanzig Minuten und achtundzwanzig Sekunden nach acht, 9. Juni 1954. Dan Murphy nahm sich eine Sekunde oder zwei Zeit, um glücklich zu lächeln und seine Fäuste hochzunehmen. Dann geschah etwas mit dem Radio. Für den Bruchteil einer Sekunde – und nur so lange – fiel es aus. Dann sagte eine ganze ruhige, ganz gewöhnliche Stimme: »Und nun eine Durchsage unserer Direktion.« Und da war etwas – irgendetwas Unaussprechbares, Undefinierbares – in dieser Stimme, das jedermann im Raum aufmerken und zuhören ließ. Dan Murphy, der mit seiner Rechten zu einem mächtigen Schwinger ausholte; Dutch, der Holländer, mit den Beinen zum Kontern und mit dem Unterarm zum Abblocken bereit; der Barkeeper mit seiner Hand am Bierschlägel unter der Theke, leicht ins Knie gegangen und bereit über die Theke zu springen.

Eine volle, gefrorene Sekunde lang, und dann sagte eine andere Stimme, ebenfalls aus dem Radio: »Kämpft!«

Ein Wort, nur ein Wort. Vermutlich das einzige Mal in der Geschichte, dass *Eine Durchsage unserer Direktion* im Radio nur daraus bestand. Und ich werde nicht versuchen den Tonfall wiederzugeben; man hat ihn verschiedenartig beschrieben. Man wird Leute finden, die schwören, dass es bösartig gesagt wurde, hasserfüllt; andere, die ebenso sicher sind, dass es ruhig und kalt gesagt ward. Aber es war unzweifelhaft ein Befehl, in welchem Ton auch immer.

Und dann herrschte wieder einen Sekundenbruchteil Schweigen und dann war wieder das reguläre Programm da – im Falle des Radios in der Kneipe in Brisbane eine Instrumentalgruppe aus Hawaii.

Der Barkeeper, der den Apparat anstarrte, hatte den Bierschlägel losgelassen und sagte: ». . . mich am . . . Was war denn das für eine Werbedurchsage?«

»Lassen wir es einen Augenblick, Dutch«, meinte Dan Murphy. »Ich hab das blöde Gefühl, dass dieser . . . Radio zu *mir* red't. Persönlich. Und ich möcht doch wissen, wie zum . . . ein verfluchter Radioapparat dazu kommt, *mir* vorzuschreiben, was ich zu tun hab?«

»Ich auch«, sagte Dutch ehrlich, wenn auch ein wenig dunkel im Sinn.

Er stützte seine Ellbogen auf die Theke und starrte das Radio an. Dem entquoll aber nichts als das klagende, gleitende Gejammer eines Hawaii-Ensembles.

Dan Murphy kam neben ihn an die Theke und knurrte: »Weshalb zum Teufel haben wir uns überhaupt gestritten?«

»Du hast mich einen . . . geheißen«, erinnerte ihn Dutch. »Und ich sagte: . . . auch.«

»Oh«, erwiderte Murphy. »All right, in ein paar Minuten schlag ich dir die Nase ein. Aber momentan möchte ich ein wenig nachdenken. Wie wär's mit einem Drink?«

»In Ordnung«, meinte Dutch.

Aus irgendeinem Grund kamen sie niemals dazu, mit der Prügelei zu beginnen.

Nehmen wir, zweieinhalb Stunden später (aber immer noch um acht Uhr dreißig abends), die Unterhaltung zwischen Mr. und Mrs. Wade Evans aus Oklahoma City – im Augenblick auf ihrem Zimmer im Grandhotel in Singapur, gerade dabei, sich für einen Barbesuch in der ihrer Meinung nach romantischsten Stadt ihrer Weltreise anzukleiden. Das Zimmer-Radio war angestellt, aber ganz leise (Mrs. Evans hatte es leiser gedreht, damit ihrem Gatten kein Wort von dem entginge, was sie ihm zu sagen hatte, und das war *nicht wenig*). »Und die Art, wie du dich gestern Abend auf dem Schiff aufgeführt hast, mit dieser Miss – Mamsell Cartier – Ca-ti-yeh. Um die Hälfte jünger als du und eine *Französin*. Wirklich, Wade, ich begreife nicht, weshalb du *mich* auf dieser Reise überhaupt mitgenommen hast. Schöne zweite Hochzeitsreise!«

»Na, und *wie* habe ich mich mit ihr denn schon aufgeführt? Ich habe mit ihr getanzt, zweimal. Zweimal im Verlauf eines ganzen Abends. Zum Teufel, Ida, ich fange an diese Art von dir satt zu bekommen. Und außerdem . . .« Mr. Evans holte tief Atem, um weiterzureden, und verspielte damit seine Chance.

»Behandle mich nur wie ein Stück Dreck. Wenn wir zurückkommen . . .«

»All right. *All right.* Wenn du so darüber denkst, brauchen wir gar nicht zu warten, bis wir zurückkommen. Wenn du glaubst, dass es mir Spaß macht . . .«

Irgendwie ließ ihn diese Stille von einem Sekundenbruchteil im Radio einhalten. Und nun eine Durchsage unserer Direktion . . . Und eine halbe Minute später, als das Radio wieder Strauß spielte, starrte Wade Evans es noch immer in äußerster Verblüffung an. Schließlich sagte er: »Was war *das?*«

Ida Evans sah ihn mit weit aufgerissenen Augen an. »Also weißt du, ich hatte das komische Gefühl, dass das zu uns gesagt wurde, zu *mir!* Als ob man uns aufforderte w-weiterzumachen und zu streiten, wie wir's gerade angefangen hatten.«

Mr. Evans lachte etwas unsicher. »Ich auch. Als ob sie's *uns befohlen* hätten. Und das Lustige ist, jetzt mag ich gar nicht mehr . . .«

Er ging hinüber und stellte das Radio ab. »Höre, Ida, *müssen* wir eigentlich streiten? Schließlich sind es ja wirklich unsere zweiten Flitterwochen. Warum nicht – hör, Ida, willst du wirklich heute Abend in eine Bar gehen?«

»Well – ich möchte Singapur wirklich sehen, ein bisschen, und wir sind nur diese eine Nacht hier. Aber – es ist noch früh: Wir müssen ja nicht gleich weggehen.«

Nun, ich glaube natürlich nicht, dass jedermann, der diese

Radiodurchsage hörte, gerade körperlich oder mit Worten in einen Streit verwickelt war – oder dass er überhaupt an so etwas dachte. Und natürlich gab es ein paar Milliarden Menschen, die sie überhaupt nicht hörten, weil sie entweder kein Radio besaßen oder es nicht eingeschaltet hatten. Aber beinahe ein jeder *hörte davon.* Vielleicht nicht alle afrikanischen Zwergvölker und nicht alle Buschmänner Australiens, aber jede intelligente Person in einem zivilisierten oder halb zivilisierten Land hörte früher oder später davon, im Allgemeinen früher.

Und der Witz der Sache, wenn sie einen hat, ist der, dass die, die wirklich stritten, rauften, kämpften oder daran dachten, es zu tun, und sich dabei in Hörweite eines eingeschalteten Radios befanden . . .

Acht Uhr dreißig setzte seinen Weg rund um die Welt fort. Meist in Sprüngen von einer vollen Stunde von Zeitzone zu Zeitzone, dies aber nicht immer; einige Zeitzonen variieren diesbezüglich um eine halbe Stunde – wie Singapur; oder dreiundfünfzig Minuten wie Kalkutta. Indessen setzte das Phänomen der Durchsage, in regelmäßigen oder unregelmäßigen Abständen, seinen Weg von Osten nach Westen fort, um überall genau um acht Uhr dreißig aufzutreten.

Delhi, Teheran, Bagdad, Moskau. Der Eiserne Vorhang war 1954 stärker und undurchdringlicher als je zuvor, man wusste also zu der Zeit nichts von der dortigen Wirkung des Radioeffekts; später erfuhr man dann, dass der Lauf der Geschehnisse dort ein ganz ähnlicher wie in Washington D. C, Berlin, Paris, London usw. war.

Washington. Der Präsident befand sich in einer Sonderkonferenz mit mehreren Kabinettsmitgliedern und den Führern der Senatsmehr- und -minderheit. Der Verteidigungsminister sagte gerade ganz ruhig: »Gentlemen, ich wiederhole, dass unsere beste, vielleicht unsere einzige Chance zu siegen darin besteht, dass wir die Ersten sind. Sind wir es nicht, sind sie's. Alles deutet darauf hin. Die vertraulichen Berichte, die Ihnen vorliegen, Mr. President, sind der absolute Beweis für ihre Angriffsabsichten. Wir *müssen* . . .«

Ein leichtes Klopfen an der Tür ließ ihn mitten im Satz innehalten. »Das ist Walter«, sagte der Präsident, »wegen der Sache mit dem Rundfunk.« Und dann, lauter: »Kommen Sie herein.«

Der Geheimsekretär des Präsidenten trat ein. »Alles ist bereit, Mr. President. Sie wollten es selbst hören. Die anderen Herren . . .?« Der Präsident nickte: »Wir kommen alle.« Er erhob sich, nach ihm die anderen. »Wie viele Apparate, Walter?«

»Sechs. Wir haben sie auf verschiedene Sender eingestellt; zwei in dieser Zeitzone, Washington und New York; zwei in anderen Teilen unseres Landes, Denver und San Francisco; und zwei ausländische Sender, Paris und Tokio.«

»Ausgezeichnet«, sagte der Präsident. »Wollen wir uns also bitte diese geheimnisvolle Radiosendung anhören, die ganz Europa und Asien in Aufregung versetzt hat?«

Der Verteidigungsminister lächelte. »Wenn Sie es wünschen. Aber ich bezweifle, dass wir irgendetwas hören werden. Die Sender von hier aus zu kontrollieren . . .« Er zuckte die Achseln.

»Walter«, fragte der Präsident, »gibt es weitere Nachrichten aus Europa und Asien?«

»Nichts Neues, Sir. Seit acht Uhr dreißig Ortszeit ist dort nichts mehr geschehen. Indessen nehmen die bestätigenden Nachrichten in Bezug auf das, was sich dann ereignete, immer noch zu. Jedermann, der um acht Uhr dreißig irgendeinen Sender eingeschaltet hatte, hörte es, ob sich der Sender nun in seiner Zeitzone befand oder nicht. Ein Radioapparat in London zum Beispiel, der zufällig auf Athen in Griechenland eingestellt war, empfing die Meldung um acht Uhr dreißig Londoner, also Greenwich-Zeit. Die in Athen auf denselben Sender eingestellten Geräte hörten sie um acht Uhr dreißig Athener Ortszeit – um zwei Stunden früher.«

Der Führer der Senatsmehrheit zog die Stirn in Falten. »Das ist entschieden unmöglich. Es würde bedeuten . . .«

»Genau«, sagte der Präsident trocken. »Gentlemen, wollen wir uns bitte in den Raum vertagen, in dem die Radiogeräte aufgestellt sind. Noch fünf Minuten bis acht Uhr dreißig.«

Sie gingen durch die Halle und in einen Raum, der von einem schrecklichen Getöse aus sechs Empfangsgeräten, die sechs verschiedene Programme wiedergaben, erfüllt war. Drei Minuten, zwei Minuten, eine . . .

Plötzlich Stille auf einen Sekundenbruchteil. Aus sechs Apparaten gleichzeitig die unpersönliche Stimme: »Und nun eine Durchsage unserer Direktion.« Die Stimme im Befehlston gab den Ein-Wort-Befehl.

Dann plärrten die sechs Radios mit ihren sechs verschiedenen Programmen wieder weiter. Niemand versuchte in diesem Lärm zu sprechen. Man begab sich gruppenweise hintereinander in den Konferenzsaal zurück.

Der Präsident sah den Verteidigungsminister an. »Nun, Rawlins?«

Das Gesicht des Ministers war weiß wie die Wand. »Das Einzige, was ich mir als Erklärung dafür zurechtlegen kann . . .« Er hielt inne, bis ihn der Präsident mit einem zweiten »Nun?« zum Weitersprechen ermutigte.

»Ich räume ein, es klingt unglaublich, aber – ein Raumschiff? Ein Raumschiff, das um die Welt kreist, mit der genauen Geschwindigkeit der Erdumdrehung – ein wenig mehr als tausendsechshundert Kilometer in der Stunde. Über jedem Punkt, den es passiert – das würde überall zur selben Zeit sein – blockt es für

einen Augenblick alle Sender ab und blendet die eigene Durchsage ein.«
Der Senatsmehrheitsführer stieß einen Grunzlaut aus: »Warum ein Raumschiff? Es gibt Flugzeuge, die eine solche Geschwindigkeit erreichen.«
»Jemals von Radar gehört? Mit unseren neuen Stationen entlang der Küste scheint alles, was drüberfliegt, bis zu einer Höhe von hundertfünfzig Kilometer auf dem Radarschirm auf. Und glauben Sie, dass Europa nicht auch Radar besitzt?«
»Und würden sie es uns *auch mitteilen,* wenn sie etwas feststellen?«
»England ja, auch Frankreich. Und was ist mit unseren Schiffen auf hoher See, die das Ding bereits überflogen hat?«
»Aber ein *Raum*schiff!«
Der Präsident hob die Hand. »Gentlemen! Streiten wir uns nicht, bevor wir die Tatsachen haben. Berichte aus vielen Quellen kommen sogar im Augenblick herein, werden gesiebt und ausgewertet. Wir haben uns jetzt darauf mehr als fünfzehn Stunden vorbereitet – ich werde mich davon überzeugen, was wir bereits besitzen, wenn Sie mich entschuldigen.« Er hob den Hörer des Telefons an seinem Ende des langen Konferenztisches ab, sprach kurz und horchte dann ein paar Minuten zu, bevor er »Danke« sagte und den Hörer wieder auflegte.
Dann sah er die Mitte des Konferenztisches gerade hinunter, während er sprach. »Keine Radarstation hat etwas Ungewöhnliches festgestellt, nicht einmal ein schwaches oder unscharfes Bild.« Er zögerte. »Die Durchsage, Gentlemen, wurde einheitlich in allen Gebieten der östlichen Zeitzone gehört, welche Sommerzeit haben. Sie wurde einheitlich *nicht* vernommen in Gebieten, die keine Sommerzeit haben und wo es jetzt sieben Uhr dreißig abends ist!«

»Unmöglich«, sagte der Verteidigungsminister.
Der Präsident nickte bedächtig. »Genau. Und doch führten uns gewisse Berichte von den Zeitzonengrenzen Europas zu dieser Annahme, die wir sorgfältig überprüften. Radioempfänger wurden paarweise an den Grenzen gewisser Zonen aufgestellt. So zum Beispiel an den Stadtgrenzen von Baltimore, der eine vierzig Zentimeter innerhalb, der andere vierzig Zentimeter außerhalb der Stadtgrenze. Es waren völlig gleiche Geräte, gleichermaßen auf denselben Sender eingestellt, mit derselben Kraftquelle betrieben. Ein Empfänger fing die Durchsage unserer Direktion auf, der andere nicht. Das Experiment wird noch eine Stunde lang durchgeführt werden. Aber ich zweifle nicht daran, dass« – er sah auf seine Armbanduhr – »in fünfundvierzig Minuten, also um acht Uhr dreißig, die Situation in den Nicht-Sommerzeit-Zonen gerade umgekehrt sein wird; die Durchsage wird von dem Empfänger außerhalb der Sommerzeit-Zonengrenze und nicht von dem gleich eingestellten innerhalb derselben empfangen werden.«
Er sah rings am Tisch von einem zum anderen und sein Gesicht war entschlossen und blutleer. »Gentlemen, was heute Abend auf der ganzen Welt geschieht, entzieht sich der Wissenschaft – unserer Wissenschaft auf jeden Fall.«
»Das *darf* doch nicht wahr sein«, sagte der Arbeitsminister. »Zum Teufel, Mr. President, da muss es doch eine Erklärung geben.«
»Weitere Experimente – viel feinere und entscheidendere – werden vorbereitet, besonders für die Nicht-Sommerzeit-Gebiete der Pazifischen Zeitzone, wo uns noch vierundzwanzig Stunden Vorbereitungszeit bleiben. Die besten Wissenschaftler von Kalifornien haben diese Aufgabe übernommen.«
Der Präsident zog ein Taschentuch heraus und wischte sich damit die Stirn ab. »Sollen wir also, Gentlemen, da wir ihre

Analysen und Berichte noch nicht besitzen, uns bis morgen früh vertagen?«
Der Verteidigungsminister runzelte die Stirn. »Mr. President, der Zweck unserer Konferenz heute Abend war doch nicht, diese geheimnisvolle Durchsage zu diskutieren. Können wir nicht auf das ursprüngliche Problem zurückkommen?«
»Glauben Sie wirklich, dass irgendein Schritt auch nur ins Auge gefasst werden sollte, bevor wir wissen, was heute Abend geschah – besser gesagt: heute Abend geschieht?«
»Wenn wir den Krieg *nicht beginnen,* Mr. President, muss ich noch einmal darauf hinweisen, wer es dann *tun wird?* Und der ungeheure – praktisch entscheidende Vorteil des ersten Schrittes, der die Offensive für sich entscheidet?«
»Also dem Befehl in der Durchsage gehorchen?«, grollte der Arbeitsminister.
»Warum nicht? Waren wir nicht ohnehin daran, genau das zu tun, weil wir mussten?«
»Herr Minister«, sagte der Präsident langsam, »dieser Befehl war nicht spezifisch an uns gerichtet. Diese Durchsage wurde – wird – auf der ganzen Welt gehört, in allen Sprachen. Aber selbst wenn man sie nur hier gehört hätte und nur in unserer eigenen Sprache, so würde ich sicherlich zögern einem Befehl zu folgen, solange ich nicht wüsste, von wem er kommt. Gentlemen, sind Sie sich voll und ganz im Klaren über die Tragweite des Umstands, dass unsere besten Wissenschaftler, bis heute jedenfalls, nicht im Stande waren, die Bedingungen dieser Sendung zu erstellen? Das bedeutet eines von beiden: Dass wer immer auch das Phänomen zu Stande brachte, im Besitz einer Wissenschaft ist, welche die unsere übertrifft – oder aber, dass dieses Phänomen übernatürlicher Herkunft ist.«
Der Handelsminister sagte leise: »Oh, mein Gott.«

Der Präsident sah ihn an. »Nur dann, wenn Ihr Gott entweder Mars oder Satan ist, Mr. Weatherby.«
Die Stunde acht Uhr dreißig abends hatte, mehrere Stunden zuvor, die internationale Datumsgrenze erreicht und überschritten. Es war noch immer irgendwo acht Uhr dreißig abends, aber nicht am 9. Juni 1954. Die geheimnisvolle Durchsage war vorüber.
Der Morgen graute in Washington. Der Präsident war noch immer dabei, in seinem Privatbüro einen nach dem anderen die lange Reihe von Experten zu befragen, die für diesen Zweck nach Washington berufen und mit schnellen Flugzeugen dorthin gebracht worden waren.
Sein Gesicht war vor Müdigkeit eingefallen, seine Stimme ein bisschen heiser. »Mr. Adams«, sagte er eben zu einem Besucher, »Sie sind, wie man mir sagt, der Spitzenfachmann auf dem Gebiet der Elektronik – besonders, was ihre Anwendung im Radiowesen betrifft – in unserem Lande. Können Sie mir irgendeine vorstellbare physikalische Erklärung der von X angewandten Methode geben?«
»X?«
»Ich hätte erklären sollen; wir verwenden nunmehr diese Bezeichnung zur Erleichterung, um den – hm – Urheber der Durchsage, sei er Einzahl oder Mehrzahl, menschlich, außerirdisch oder übernatürlich – teuflisch oder göttlich –, zu benennen.«
»Ich verstehe, Mr. President, es könnte nicht mit *unserem* wissenschaftlichen Wissen getan worden sein. Das ist alles, was *ich* dazu sagen kann.«
»Und Ihre Schlussfolgerung?«
»Ich habe keine.«
»Dann sagen Sie mir Ihre *Vermutung*.«
Der Besucher zögerte. »Meine Vermutung, Mr. President,

ungeheuerlich, wie sie scheint, ist die, dass irgendwo auf der Erde eine Verschwörung von Wissenschaftlern existiert, von denen wir nichts wissen, die geheim gearbeitet und die Elektronik einen Schritt – oder mehrere Schritte – über das hinaus vorgetrieben haben, was allgemein bekannt ist.«

»Und ihre Absicht?«

»Ich würde sagen, wieder vermuten: Sie beabsichtigen die Welt in einen Krieg zu stürzen, um die Macht übernehmen und sie regieren zu können. Zweifellos hätten sie andere – und tödlichere – Erfindungen für späteren Gebrauch, nachdem uns ein Krieg geschwächt hätte.«

»Dann glauben Sie also nicht, dass ein Krieg anzuraten sei?«

»Um Gottes willen, nein, Mr. President!«

»Mr. Everett«, sagte der Präsident, »Ihre Annahme einer wissenschaftlichen Verschwörung entspricht der eines Kollegen von Ihnen, die ich gerade vor ein paar Minuten gehört habe. Bis auf eins: Er glaubt, dass ihr Ziel böse ist – Krieg auszulösen, damit sie die Macht übernehmen können. Sie glauben, wenn ich Sie richtig verstehe, dass sie einen guten Zweck verfolgen.«

»Genau, Sir. Denn da ist eines: Wenn sie in der Elektronik so weit sind, dann sind sie wahrscheinlich auf anderen Gebieten genauso gut. Dann hätten sie es nicht *nötig,* einen Krieg auszulösen, um die Macht zu übernehmen. Ich glaube, sie arbeiten heimlich an der Verhinderung des Krieges, um der Menschheit eine Chance zum Fortschritt zu geben. Aber sie kennen die menschliche Natur zur Genüge, um zu wissen, dass Menschen mit einer großen Vorliebe zu einer Sache das Gegenteil von dem tun, was man ihnen sagt. Das ist aber Psychologie, nicht mein Gebiet. Sie befragen ja auch einige Psychologen, glaube ich?«

»Ja«, antwortete der Präsident müde.

»Wenn ich Sie also richtig verstehe, Mr. Corby«, sagte der Präsident, »so glauben Sie, dass der Kampfbefehl zu dem Zweck geplant wurde, um den gegenteiligen Effekt hervorzurufen, wer immer ihn auch erteilt haben mag?«
»Gewiss, Sir. Aber ich muss zugeben, dass keiner meiner Kollegen mit mir darin einer Meinung ist. Sie machen Ausnahmen geltend.«
»Wollen Sie mir die bitte darlegen.«
»Die größere ist die Möglichkeit, dass die Radiodurchsage außerirdischer Herkunft ist. Ein Außerirdischer könnte genug oder auch wieder nicht genug von menschlicher Psychologie verstehen, um sich darüber im Klaren zu sein, dass der fragliche Befehl wahrscheinlich – wenn nicht sicher – die gegenteilige Wirkung haben wird. Eine geringere Möglichkeit ist die, dass – wenn eine Gruppe von Wissenschaftlern der Erde, die geheim operiert, die Durchsagen produziert hat –, sie sich auf die Naturwissenschaften konzentriert haben und in einem Ausmaß nichts von Psychologie verstehen, dass sie eben gerade das Gegenteil erreichen.«
»Mit ihrer Absicht, einen Krieg auszulösen?«
»Das ist nicht meine Meinung, Mr. President. Nur eine Überlegung. Ich glaube, sie versuchen den Krieg *zu verhindern.*«
»In welchem Falle der Befehl psychologisch angebracht wäre.«
»Ja. Und das ist nicht nur meine Meinung, Mr. President. Menschen haben die Nacht hindurch nicht nur hier, sondern auf der ganzen Welt Friedensgesellschaften gegründet.«
»Auf der *ganzen Welt?*«
»Well – wir wissen natürlich nicht, was hinter dem Eisernen Vorhang vorgeht. Und die Verhältnisse sind dort anders. Meiner Meinung nach wird aber auch dort eine Friedensbewegung entstanden sein, wenn auch vielleicht keine organisierte wie anderswo.«

»Nehmen Sie an, Mr. Corby, Ihre Idee von einer Gruppe wohlwollender Wissenschaftler – oder von solchen, die sich für wohlwollend halten – steckt tatsächlich dahinter. Was dann?«

»*Was dann?* Dann sollten wir *lieber keinen* Krieg beginnen – noch irgendjemand anders. Wenn sie schon jetzt so gut in der Elektronik sind, dann haben sie noch anderes Zeug auf Lager. Welches Land dann zuerst einen aggressiven Zug macht – nun, das werden sie eben – eher denn nicht – von Grund auf zerstören.«

»Und wenn ihre Absicht bösartig ist?«

»Scherzen Sie, Mr. President? Dann würden wir ihnen schlechtweg in die Hände spielen, wenn wir einen Kampf begännen. Wir würden ihn nicht zehn Tage durchhalten!«

»Mr. Lykow, Sie sind mir als Spitzenfachmann für Psychologie des russischen Volkes unter dem Kommunismus empfohlen. Wie wird es Ihrer Meinung nach auf die Geschehnisse der vergangenen Nacht reagieren?«

»Sie werden's für eine kapitalistische Verschwörung halten. Sie werden glauben, dass wir's gewesen sind.«

»Welche Absicht könnten sie uns dabei denkbarerweise unterstellen?«

»Dass wir sie damit in eine Kriegsfalle locken wollen. Natürlich hatten sie ohnehin die Absicht, einen Krieg zu beginnen – es war nur eine Frage, wer von uns beiden ihn zuerst vom Zaun bricht, nun, da sie Atomwaffen entwickeln und seither die Zeit hatten ein A-Bomben-Lager aufzubauen – aber sie denken jetzt aus irgendeinem Grund, wir *wollten* sie dazu bringen, den ersten Zug zu machen. Sie werden ihn also nicht machen; oder zumindest erst nach einigem Zuwarten.«

»General Wilkinson«, sagte der Präsident. »Ich weiß, dass Sie

noch nicht viele Berichte von unseren Spionageagenten in Europa und Asien erhalten haben können, die wenigen aber, die Sie bekamen – was geht daraus hervor?«
»Dass sie genau das tun, Sir, was *wir* tun. Nämlich abwarten und sich den Kopf zerbrechen. Es hat keine Truppenbewegungen gegeben, weder nach den Grenzen noch ins Landesinnere.«
»Ich danke Ihnen, General.«

»Dr. Burke«, sagte der Präsident, »man hat mir mitgeteilt, dass der Rat der Vereinigten Kirchen die ganze Nacht getagt hat. Aus der Tatsache, dass Sie so müde aussehen, wie ich bin, schließe ich, dass das stimmt.«
Der berühmteste Seelsorger der Vereinigten Staaten nickte.
»Und sind Sie der Ansicht – ich meine, ist Ihr Rat der Ansicht, dass das Geschehen der heutigen Nacht übernatürlichen Ursprungs war?«
»Nahezu einstimmig, Mr. President.«
»Dann lassen wir die Minderheitsmeinung Ihrer Gruppe außer Acht und konzentrieren uns auf das, woran Sie fast einstimmig glauben. Ist das – wir können es ebenso gut *Wunder* nennen, da wir es ja unter der Voraussetzung diskutieren, dass es übernatürlicher Herkunft war – göttlichen oder teuflischen Ursprungs? Einfacher: War es Gott oder der Teufel?«
»Was das betrifft, Mr. President, so haben wir zwei fast gleich große Meinungsgruppen. Annähernd die Hälfte von uns glaubt, dass es Satan irgendwie vollbrachte, die andere Hälfte hält es für ein Werk Gottes. Soll ich die Argumente jeder Gruppe kurz umreißen?«
»Bitte.«
»Einmal die Satan-Gruppe. Sie behauptet, dass der Befehl böse war. Der Meinung, dass Gott ausreichend mehr Macht besitze

als der Satan, um die Manifestation verhindert zu haben, hält die Satan-Gruppe ganz zulässig entgegen, Gott – in Seiner unendlichen Weisheit – könne es zugelassen haben, weil Er weiß, dass die Wirkung wahrscheinlich das Gegenteil von dem sein wird, was Satan beabsichtige.«

»Ich verstehe, Dr. Burke.«

»Und die andere Gruppe argumentiert: Durch die Verkehrtheit der menschlichen Natur wird der Endeffekt des Befehls eher gut denn stupide sein. Gegen die Meinung der Satan-Gruppe, dass Gott keinen bösen Befehl geben kann, nicht einmal für ein lobenswertes Ziel, lautet das Gegenargument, dass der Mensch Gott nicht genügend verstehen kann, um irgendeine Begrenzung aufzustellen – dessen, was Er tun kann oder nicht tun kann, was Er tun würde oder nicht tun würde.«

Der Präsident nickte. »Und empfiehlt eine der beiden Gruppen, dass man den Befehl befolgt?«

»Entschieden nicht. Für jene, die glauben, dass der Befehl vom Satan stammt, ergibt sich die Nichtbefolgung von selbst. Diejenigen aber, die glauben, dass der Befehl von Gott kommt, behaupten, dass jene, die an ihn glauben, genügend intelligent und gut sind, um das Gebot als königliche Ironie zu erkennen.«

»Und die Satan-Gruppe, Doktor – glauben die, dass der Teufel nicht schlau genug ist, um zu wissen, dass sein Befehl ein Bumerang sein kann?«

»Das Böse ist immer dumm, Mr. President.«

»Und Ihre persönliche Ansicht, Mr. Burke? Sie haben mir nicht gesagt, zu welcher Fraktion Sie gehören.«

Der Geistliche lächelte. »Ich bin einer von der sehr kleinen Gruppe, die überhaupt nicht an eine übernatürliche Herkunft des Phänomens glaubt, weder von Gott *noch* vom Teufel.«

»Was glauben Sie aber dann, wer X ist, Doktor?«

»Meine persönliche Vermutung geht dahin, dass X außerirdisch ist. Vielleicht so nahe wie Mars, vielleicht so weit von uns entfernt wie ein anderes Milchstraßensystem.«

Der Präsident seufzte und sagte: »Nein, Walter, ich kann einfach keine Zeit fürs Mittagessen erübrigen. Wenn du mir ein Sandwich herüberbringst, muss ich mich bei meinem nächsten oder bei meinen nächsten beiden Besuchen entschuldigen, dass ich beim Reden esse. Und Kaffee, literweise Kaffee.«

»Gewiss, Sir.«

»Noch einen Augenblick, Walter. Die Telegramme, die seit gestern Abend, acht Uhr dreißig, eingegangen sind – wie viele sind es denn jetzt schon?«

»Weit über vierzigtausend, Sir. Wir haben daran gearbeitet, sie zu ordnen, sind aber mit mehreren tausend im Rückstand.«

»Und?«

Der Sekretär des Präsidenten sagte: »Sie stammen aus jeder Bevölkerungsschicht – Geistliche, Lastwagenfahrer, Narren, Wirtschaftsführer, alle Welt. Jede mögliche Theorie wird darin angeboten – aber so ziemlich nur eine Schlussfolgerung. Gleichgültig, wer nach ihrer Meinung diese Radiodurchsage veranlasst hat oder warum, sie wollen der Aufforderung darin nicht nachkommen. Gestern, würde ich sagen, hatten sich neun Zehntel unserer Bevölkerung mit dem Krieg abgefunden; weit über die Hälfte meinten, wir sollten zuerst losschlagen. Heute – well, es gibt immer eine irrsinnige Randschicht; ungefähr eins von vierhundert Telegrammen enthält die Aufforderung zum Krieg. Die anderen – well, ich glaube, dass heute eine Kriegserklärung eine Revolution verursachen würde, Mr. President.«

»Danke, Walter.«

Der Sekretär wandte sich bei der Tür noch einmal um.

»Ein Bericht vom Armee-Rekrutierungs-Korps – fünfzehn Freiwillige ließen sich heute anwerben – im ganzen Land. Vorigen Monat hatten wir im Durchschnitt täglich bis Mittag ungefähr achttausend. Ich werde Ihr Sandwich heraufschicken, Sir.«

»Professor Winslow, ich hoffe, Sie werden mir vergeben, dass ich dieses Sandwich esse, während wir miteinander reden. Sie sind, wie man mir sagt, Professor für Semantik an der Universität New York und die größte Kapazität auf Ihrem Gebiet?«

Professor Winslow lächelte abwehrend. »Sie werden doch kaum erwarten, dass ich dazu Ja sage, Mr. President. Ich nehme an, Sie wollen ein paar Fragen über die – äh – Radiodurchsage von gestern Abend an mich richten?«

»Genau. Welches sind Ihre Schlüsse?«

»Das Wort *Kämpft* ist kaum analysierbar. Ob es wirklich gemeint war – oder gerade umgekehrt, ist eine Sache für die Psychologen – und sogar sie haben eben große Schwierigkeiten damit, solange und wenn sie nicht erfahren, wer denn diesen Befehl erteilte.«

Der Präsident nickte.

»Aber, Mr. President, der Rest der Durchsage, der Satz, den die andere Stimme sprach, der dem Befehl voranging: *Und nun eine Durchsage unserer Direktion* – das ist etwas, was uns einen Anhaltspunkt geben sollte, umso mehr, als wir es in vielen Sprachen mit Sorgfalt untersucht und die Nebenbedeutungen jedes Wortes voll herausgearbeitet haben.«

»Ihre Schlussfolgerung?«

»Nur dies: dass es sorgfältig abgefasst wurde, in der Absicht, die Identität des oder der Verbreiter zu verschleiern. Ziemlich erfolgreich. Wir können keine nennenswerten Schlüsse ziehen.«

»Dr. Abrams, ist irgendein damit verbundenes Phänomen an Ihrem oder an irgendeinem anderen Observatorium festgestellt worden?«

»Keines, Mr. President.« Der kleine Mann mit dem grauen Ziegenbart lächelte in sich hinein. »Die Sterne folgen alle ihren Bahnen und mit dem Universum ist auch alles in Ordnung, soweit wir es beobachten können. Ich fürchte, ich kann Ihnen nicht dienen – außer mit meiner persönlichen Meinung.«

»Und die wäre?«

»Dass – ungeachtet der Bedeutung, pro oder contra, des Befehls zu kämpfen – der einleitende Satz wörtliche Bedeutung hatte. Dass wir einen Direktor haben, einen Leiter oder Chef – jemanden, der die Verantwortung für uns trägt.«

»Wen? Gott?«

»Ich bin ein Agnostiker, Mr. President. Aber ich schließe die Möglichkeit nicht aus, dass der Mensch nicht das höchste Wesen im Weltall ist. Das ist nämlich sehr groß, wissen Sie. Vielleicht sind wir ein Experiment, das jemand durchführt – in einer anderen Dimension, irgendwo. Vielleicht lässt man uns, allgemein gesprochen, im Interesse des Experimentes unseren Weg gehen, aber wir gingen diesmal zu weit in Richtung Selbstzerstörung und damit Beendigung des Versuchs. Und er wollte nicht, dass es zu Ende ging. So erhielten wir . . .«, er lächelte freundlich, ». . . eine Durchsage unserer Direktion.«

Der Präsident beugte sich über die Schreibtischplatte vor und verschüttete dabei fast seinen Kaffee. »Wenn das aber nun stimmt, war dann die Durchsage *wirklich so gemeint?*«

»Ich glaube, dass das – in dem Sinne, in dem Sie *wirklich so gemeint* auffassen – irrelevant ist. Wenn wir einen Direktor haben, so muss er die Wirkung kennen, und diese Wirkung – sei es Krieg oder Frieden –, die wollte er eben erzielen.«

Der Präsident wischte sich die Stirne mit dem Taschentuch.

»Wie unterscheiden Sie diesen – Direktor – von dem Wesen, welches die meisten Menschen Gott nennen?«
Der kleine Mann zögerte. »Ich bin nicht sicher, ob ich eine solche Unterscheidung treffe. Ich habe Ihnen gesagt, dass ich ein Agnostiker bin, nicht ein Atheist. Ich glaube indessen nicht, dass er in einer Wolke thront und einen langen weißen Bart hat.«

»Mr. Baylor, ich möchte Ihnen besonders danken, dass Sie gekommen sind. Ich bin mir vollkommen darüber im Klaren, dass Sie als Haupt der Kommunistischen Partei in den Vereinigten Staaten gegen alles sind, wofür ich stehe. Dennoch möchte ich Sie fragen, was unsere Kommunisten von der Radiodurchsage von gestern Abend halten.«
»Das ist keine Sache des Dafürhaltens. Wir wissen, worum es sich handelt.«
»Aus Ihrem eigenen Wissen, Mr. Baylor, oder weil Moskau gesprochen hat?«
»Das ist belanglos. Wir sind uns vollkommen darüber im Klaren, dass die kapitalistischen Länder hinter dieser Radiodurchsage stecken. Und zwar einzig und allein zu dem Zweck, *uns* in einen Krieg hineinzulocken.«
»Und aus welchem Grund sollten wir das tun?«
»Weil ihr etwas Neues habt. Etwas auf dem Gebiete der Elektronik, womit ihr zu tun im Stande seid, was ihr heute Nacht getan habt, und das ist zweifellos eine Waffe von entscheidender Bedeutung. Mit Rücksicht auf die Meinung der übrigen Welt wagt ihr sie jedoch nicht selbst anzuwenden, wenn ihr – wie es eure Kriegshetzer verlangen und wie ihr es auch zu tun vorhattet – den Krieg beginnt. Ihr wollt, dass wir ihn anfangen, und dann, mit der Weltmeinung auf eurer Seite, würdet ihr im Stande sein eure neue Waffe

einzusetzen. Wir lassen uns jedoch nicht in einen Krieg hineinhetzen.«

»Ich danke Ihnen, Mr. Baylor. Darf ich aber noch eine private Frage an Sie richten, Mr. Baylor? Wollen Sie sie bitte in der ersten Person Einzahl beantworten, nicht in der Mehrzahl, also Ihre eigene, persönliche, private Meinung?«

»Bitte.«

»Glauben Sie persönlich *wirklich*, dass wir hinter dieser Radiodurchsage stecken?«

»Ich – ich weiß es nicht.«

»Die Nachmittagspost, Walter?«

»Weit über hunderttausend Briefe, Mr. President. Wir haben nur da oder dort ein paar Stichproben machen können. Scheint dasselbe zu sein wie die Telegramme. General Wickersham möchte Sie dringend sprechen, Sir. Er glaubt, Sie sollten eine Proklamation an die Armee erlassen. Die Armeemoral befinde sich in einem schrecklichen Zustand, behauptet er und er meint, ein Wort von Ihnen . . .«

Der Präsident lächelte grimmig. »*Was für ein* Wort, Walter? Das einzige einzelne Wort von Bedeutung, das mir einfällt, ist bereits gesagt worden – und hat der Armeemoral ganz und gar nicht gut getan. Sage General Wickersham, er möge warten; vielleicht wird es mir möglich sein, innerhalb von ein paar Tagen mit ihm zu sprechen. Wer ist der Nächste auf der Liste?«

»Professor Gresham von Harvard.«

»Sein Fachgebiet?«

»Philosophie und Metaphysik.«

Der Präsident seufzte. »Schick ihn herein.«

»Sie meinen also tatsächlich, Professor, dass Sie überhaupt

keine Ansicht darüber haben? Sie wollen nicht einmal Spekulationen darüber anstellen, ob X Gott, der Teufel, ein außerhalb der Milchstraße befindlicher Übermensch, ein irdischer Wissenschafter, Marsmensch . . .?«

»Was würde das nützen, Mr. President? Ich bin mir nur einer Sache sicher – und das ist, dass *wir niemals wissen werden, wer oder was X ist.* Sterblich oder unsterblich, irdisch oder außerhalb der Milchstraße, mikro- oder makrokosmisch, vier- oder zwölfdimensional, er ist hinreichend klüger als wir, um uns daran zu hindern, seine Identität aufzudecken. Offensichtlich ist es auch für seinen Plan erforderlich, dass wir das nicht wissen.«

»Weshalb?«

»Es ist klar, dass er von uns will, dass wir seinen Befehl nicht befolgen, nicht wahr? Wer hat auch jemals davon gehört, dass Menschen einem Befehl Folge leisten, wenn sie nicht wissen – oder glauben, sie wüssten –, von *wem* er stammt? Wenn irgendjemand jemals erfährt, von wem dieser Befehl stammt, dann kann er sich entscheiden, ob er ihn befolgen will oder nicht. *Solange er es nicht weiß, ist es ihm psychologisch fast unmöglich, ihm zu gehorchen.*«

Der Präsident nickte bedächtig. »Ich verstehe, was Sie meinen. Männer befolgen Gebote oder nicht – selbst solche, von denen sie glauben, dass sie von Gott stammen – im Einklang mit ihrem eigenen Willen. Wie aber *können* sie einem Gebot folgen und Männer bleiben, wenn sie nicht sicher wissen, woher das Gebot kam?«

Er lachte. »Und nicht einmal die Kommies wissen genau, ob wir Kapitalisten es gewesen sind oder nicht. Und solange sie das nicht genau wissen . . .«

»Sind wir's gewesen?«

Der Präsident sagte: »Ich fange an mir den Kopf darüber zu

zerbrechen. Und selbst obwohl ich weiß, dass wir's nicht waren, scheint es nicht unwahrscheinlicher als irgendetwas anderes.« Er lehnte sich in seinem Stuhl zurück und starrte auf die Decke. Nach einer Weile sagte er sanft: »Jedenfalls glaube ich nicht, dass es einen Krieg geben wird. Jede Seite wäre verrückt, würde sie ihn beginnen.«

Es gab keinen Krieg.

Frédéric Boutet

Der Geist

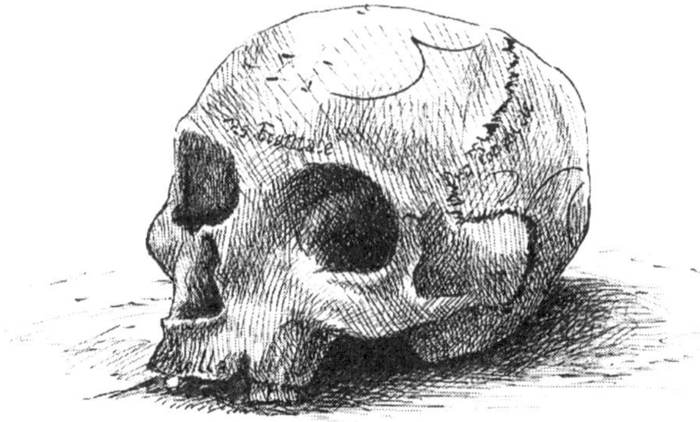

Es war zehn Uhr abends, als Anatole vor dem verrufenen Hause ankam, in dem es spuken sollte. Er war ein tapferer junger Mann und ganz darauf vorbereitet, den größten Gefahren zu begegnen und das außerordentlichste Abenteuer zu bestehen.

Dank der ihm gemachten Beschreibungen erkannte er das Haus ohne Mühe; es lag in einer kleinen verödeten Straße und war von einem Garten umgeben, dessen hohe Mauern es von den Nachbarhäusern isolierten. Vor der Türe war eine Tafel angebracht, auf der mit großen Buchstaben die Worte *Zu vermieten* geschrieben standen. Es schien jedoch, als ob keiner geneigt wäre von dieser Mitteilung Gebrauch zu machen.

»Hier ist es«, sagte Anatole, der ein wenig aufgeregt zu sein schien und alles mit scharfem Blick prüfte. »Hier ist es! Ich werde mir nichts vorschwindeln lassen.«

Er hatte einen Schlüssel zu der über der Freitreppe befindlichen Türe. Er öffnete und betrat den großen Hausflur, auf dem

er sich beim Lichte eines Wachsstreichhölzchens behutsam zu einer Steintreppe vorwärts tastete.
»Es soll in dem großen, rechts gelegenen Raume der ersten Etage sein«, murmelte er, während er behutsam die Treppen hinaufschritt. »Dort ist, wie es scheint, der Ort ihres Stelldicheins. Gehen wir also dorthin. Sie irren gewaltig, wenn Sie denken uns mit ihren Taschenspieler- und Gauklerstücken Angst machen zu können.«
Er hatte die erste Etage erreicht und bemühte sich beim letzten verglimmenden Scheine seines Wachslichtchens die kupferne Klinke einer rechts befindlichen Türe niederzudrücken.
»Herein«, rief ihm da plötzlich aus dem Innern des Zimmers eine freundliche Stimme entgegen.
»Halt, da ist jemand«, murmelte Anatole ganz erstaunt und öffnete die Tür. Das große, höchst behaglich eingerichtete Zimmer wurde durch den hellen Schein eines in einem großen Kamin brennenden Feuers sowie durch das Licht zweier auf dem Tisch stehender Armleuchter freundlich erhellt. Auf dem mitten im Zimmer stehenden Tische waren Likörflaschen und Gläser aufgestellt, während ein alter, sehr gut gekleideter Herr mit kahlem Kopfe bequem in einem grünen Sessel ruhte und sich die Füße am Feuer wärmte. Er hielt ein auseinander gefaltetes Zeitungsblatt in den Händen und blickte über seine Brille wegsehend, Anatole freundlich entgegen. Neben ihm auf einem Stuhle stand ein hoher Hut, in dem ein Seidentuch und Handschuhe steckten; daneben lag ein Stock mit silbernem Knopfe. Sein Überzieher hing über der Lehne des Stuhles. Der alte Herr rauchte eine Zigarre und blickte den etwas verlegen eintretenden jungen Mann lächelnd an.
»So kommen Sie doch näher, mein lieber Herr Donore«, sagte er zu Anatole.

Halt, er kennt mich, wer mag das wohl sein?, dachte dieser, ein wenig verwirrt näher tretend.

»Setzen Sie sich doch, bitte«, sagte der alte Herr.

»Danke«, und Anatole nahm auf dem anderen vor dem Tische stehenden Sessel Platz, der seiner zu harren schien.

»Entschuldigen Sie, wenn ich Sie störe«, fuhr er fort, »ich wusste nicht . . . In der Tat, man erzählt sich, und Sie haben doch auch ganz gewiss davon gehört, dass es in diesem Hause spukt, und da es meinem Freunde Pont gehört – Sie kennen Herrn Pont?«

»Sehr gut«, sagte der alte Herr, »sehr gut, aber nehmen Sie doch ein Gläschen Cognac?«

»Dann«, sagte Anatole, »wundert es mich nur, dass ich Sie niemals dort getroffen habe. Nein, danke, ich nehme keinen Zucker in den Cognac. – Und wie kommen Sie hierhin?«

»Eine Zigarre?«, bot der alte Herr freundlich an und schob Anatole das Kistchen zu.

»Sehr gern. Nicht wahr, ich sagte Ihnen schon, dass ich hierher gekommen bin, weil man mir erzählt hat, es spuke in diesem Hause? . . . Pont hat es mir übrigens nicht mitgeteilt, dass wir die Nacht zu zweien verbringen würden . . . Ich bin übrigens sehr erfreut darüber«, fügte er hinzu, sein Glas leerend und sogleich wieder füllend, denn der Cognac war vorzüglich und Anatole war geistigen Getränken durchaus nicht abhold. »Haben Sie mich vielleicht hier erwartet?«

»Ja«, sagte der andere.

»Nun, ich finde, dass Pont mich davon hätte benachrichtigen können«, meinte Anatole, eine Zigarre ansteckend, »wirklich, das finde ich.«

»Aber er hat es doch getan«, sagte der alte Herr ruhig.

»So? Nun, jedenfalls habe ich keine Botschaft von ihm erhalten – und das ist eigentlich etwas peinlich für mich,

denn ich komme mir hier beinahe wie ein Eindringling vor . . .«
»Aber keineswegs, ganz gewiss nicht.«
Und der alte Herr lächelte noch liebenswürdiger als vorher.
»Doch, ganz gewiss«, erklärte Anatole würdevoll, »es ist peinlich – wenn man einander nicht kennt – –« Er machte eine Pause in der Hoffnung, dass der andere sich nun vorstellen würde. Dies geschah jedoch nicht und Anatole leerte, um seine Verlegenheit zu verstecken, sein Glas und füllte es wieder.
»Ausgezeichnet«, sagte er, »ganz ausgezeichnet – aber da wir uns beide zum Zwecke einer wissenschaftlichen Untersuchung hier zusammengefunden haben, erlaube ich mir Sie zu fragen, was Sie denn über die Gespenstergeschichten denken, die man über dieses Haus erzählt? Man hat mir besonders von dem spukhaften Erscheinen eines alten Dummkopfes, eines früheren Mieters, zu berichten gewusst. Ganz gewiss ist, dass dies Haus sehr im Verrufe steht und sich daher nicht vermieten lässt. Ebenso steht fest, dass alle, die versucht haben eine Nacht darin zu verbringen, wie das jetzt unser Vorhaben ist, es nicht zum zweiten Male gewagt haben. Aber was ist der Grund all dieses Geredes? Weshalb spukt es in diesem Hause und was für ein Geist geht darin um?«
»Ich«, sagte ruhig der alte Herr, Anatole über seine Brillengläser weg ansehend.
»Sie«, rief Anatole bestürzt, »Sie scherzen wohl?«
»Nein«, sagte der alte Herr, »das ist kein Scherz. Es ist Wahrheit. Ich bin es, den Sie eben erst den Geist eines alten Dummkopfes und früheren Mieters genannt haben.«
»Teufel . . . Teufel auch«, murmelte Anatole, in sein Glas sehend.
»Nein«, sagte der alte Herr.
»Wieso, nein?«, fragte Anatole.

»Nein, ich bin nicht der Teufel; ich bin ein Gespenst, wenn Sie so wollen, ein Phantom, ein Schatten, ein Geist – alles, wie es Ihnen gefällt – aber ich bin nicht der Teufel.«

»Das . . . das gefällt mir nicht«, gestand Anatole beunruhigt. Außerdem verstehe ich nicht – – –«

Er nahm abermals seine Zuflucht zu einem Gläschen Cognac.

»Sie werden bald genug verstehen«, sagte das Gespenst herablassend. »Ich habe vor etwa fünfzehn Jahren, als ich noch sehr lebendig war, dies kleine Haus gemietet und elf Jahre darin gewohnt. Vor vier Jahren bin ich gestorben. Da bin ich natürlich in eine andere Welt eingetreten, in der ich jedoch aus persönlichen Gründen nicht dauernd bleiben konnte. Ich bin deshalb hierhin zurückgekehrt; um aber hier in Ruhe bleiben zu können, bin ich gezwungen gewesen, den Leuten, die es sich einfallen ließen, hier wohnen zu wollen, Angst einzujagen.«

»Ich . . . verstehe«, sagte Anatole.

»Das wundert mich nicht«, sagte der Geist, »da Sie wirklich sehr intelligent sind, und das ist auch der Grund, weshalb ich geglaubt habe, Sie freundschaftlich und ohne Umstände empfangen zu können und dass ich es mir Ihnen gegenüber sparen könnte, mit Ketten zu klirren und Feuerzauber wirken zu lassen, mit dem man alte Weiber in Schrecken versetzt. Sie trinken aber gar nicht.«

»Doch, doch«, sagte Anatole, sein Glas mit einer Mischung von Kirsch und Chartreuse füllend. »Aber verzeihen Sie die Frage: Sie sagten, Sie hätten in der anderen Welt nicht bleiben können – aber weshalb konnten Sie dies nicht?«

»Ich glaube schon bemerkt zu haben, dass dies eine persönliche Angelegenheit gewesen«, bemerkte der Geist zurückhaltend. »Dennoch will ich Ihnen als Ehrenmann unter dem Siegel der Verschwiegenheit mitteilen, was es damit für eine Bewandtnis hat. Ich starb also, nicht wahr, und man gab mir da natürlich eine Eintrittskarte für das Paradies, denn ich bin mein ganzes Leben lang ein gerechter und tugendhafter Mann von reinen Sitten gewesen, der sich treulich der Witwen und Waisen angenommen hat. So kam ich also in das Paradies ... Und ...«

»Und?«, fragte Anatole, sein Gegenüber mit Augen anstarrend, die infolge des reichlich genossenen Alkohols sich mit Tränen zu füllen begannen.

»Und«, sagte der liebenswürdige Geist lächelnd, »ich fand sehr bald, dass ich es im Paradies einfach nicht aushalten konnte. Es wurde da immerfort musiziert, verstehen Sie wohl, es gab Musik vom Morgen bis Abend und vom Abend bis Morgen, Musik bei Tag und bei Nacht und allezeit, ohne Gnade und Barmherzigkeit. Dabei immer nur klassische Musik! Wenn man wenigstens mal eine Oper gehört hätte, ach, die schlechteste Oper mit den minderwertigsten Sängern, die meinetwegen auch noch falsch gesungen hätten! Es wäre doch mal eine Abwechslung gewesen. Dazu dann erst dies Publikum! Es gab nur streng tugendhafte Leute da, deren Ehrbarkeit so intakt war, dass man davor hätte fliehen mögen – gleichviel wohin. Ich habe mich da meines eigenen tugendhaften Lebenswandels schämen gelernt. Ich habe es ertragen, so gut ich konnte, vier Monate und acht Tage lang, da ging es nicht mehr und ich habe Fersengeld gegeben. Als St. Petrus mir die Himmelspforte aufgeschlossen, da habe ich ihm wohl angesehen, wie gern er meinem Beispiele gefolgt wäre, und als ich herausging, sagte er in traurigem, neiderfülltem Tone:

Sie haben genug davon, was ...? Sie machen sich davon. Ich wollte nur, dass ich das auch tun könnte. Diese verdammte heilige Musik! Volle achtzehnhundert Jahre habe ich das Gedudel nun schon anhören müssen.

Na, und ich bin dann zur Hölle herabgestiegen.«
Anatole, der sich gerade einen in Eis gekühlten Kümmel zu Gemüte geführt hatte, spitzte die Ohren. »Nun, und ist es in der Hölle amüsant?«
»Das will ich meinen«, sagte das Gespenst bitter, »sogar sehr amüsant. Aber – natürlich – es ist da auch nicht ein Platz mehr frei. Alles überfüllt. Ich hatte eine sehr gute Empfehlung und habe mich bemüht eine Stelle als Unterteufel zu bekommen, aber der Chef des Personals hat mir ganz offen gesagt, dass ich nicht darauf rechnen könne. Es haben sich 11.780.212 Kandidaten vor mir dazu gemeldet, ohne von denen zu sprechen, die die ersten berechtigtsten Ansprüche auf Anstellung haben. Es warten noch drei Päpste und siebzehn Könige, wovon zwei Neger sind, darauf. Damit ist alles gesagt.«
»Da hast du Recht«, sagte beifällig Anatole, der immer eifriger dem Kümmel zusprach und anfing zärtlich zu werden.
»Ja«, fuhr der arme Geist fort, »da ich also durch die Musik aus dem Paradiese vertrieben worden und in der Hölle keinen Platz finden konnte – – –«
»Aber das Fegefeuer?«, warf Anatole ein.
»Das ist seit langer Zeit geschlossen«, sagte der andere. »Es haben sich da ganz unmögliche Dinge zugetragen. – Sehen Sie, mir blieb wirklich nichts anderes übrig, als auf die Erde zurückzukehren, und da bin ich eben in meine alte Behausung eingekehrt, die ich nun schon gegen so viele Idioten, die durchaus darin wohnen wollten, tapfer verteidigt habe.
Ich bin gezwungen gewesen die alleralbernsten Farcen aufzuführen, nur um mir ein wenig Ruhe zu verschaffen. Ich bin einer alten Dame, die hier eingezogen ist, als Skelett mit einem von schwarzen Schleiern umwallten Totenschädel erschienen und habe sie so in Furcht gejagt, dass sie selbst gestorben ist. Einen praktischen Arzt, der sich als Freigeist

aufspielte, habe ich durch Kettengerassel und durch feurige Schriftzeichen, die ich auf der Wand erscheinen ließ, zu verjagen gewusst. Man hat ihn schwer erkrankt von hier fortgebracht. Es ist wahr, dass das, was ich auf die Wand geschrieben, dazu angetan war, ihn mit Schrecken zu erfüllen. Dann ist ein phlegmatischer Engländer hier eingezogen, der der Sache auf den Grund gehen wollte und mich überallhin, sogar bis auf den Speicher verfolgte. Ich habe hartnäckig seine Kerze ausgeblasen und alle Türen vor ihm lautlos weit aufgerissen. Da verließ ihn sein Phlegma bald und er machte sich aus dem Staube. Darauf zog ein alter Oberst mit seiner musikalischen Tochter hier ein. Ich flüsterte dem jungen Mädchen, sobald es sich an das Klavier setzte, die tollsten Dinge in das Ohr und riss den Vater, wenn er sich zu Bett legte, an den Füßen heraus. Sie haben sich ebenfalls sehr bald fortgemacht. – Sie werden einwerfen, dass das banale abgedroschene Farcen seien, aber sie strengen weiter nicht an und ziehen immer noch. Auf diese Weise ist es mir denn gelungen, mir wirklich nach und nach ein wenig Ruhe zu verschaffen, und wenn ich Ihnen dies alles heute Abend erzähle, so geschieht es, weil ich Sie für sehr intelligent halte – obgleich Sie ja jetzt ein wenig angetrunken sind.«

»Ich habe nichts getrunken«, sagte Anatole beleidigt.

»Intelligent, obwohl augenblicklich etwas betrunken«, fuhr das Gespenst fort, »mein Zweck dabei ist, Sie zu veranlassen Herrn Pont davon zu überzeugen, dass sein Haus wirklich unbewohnbar ist, wegen der Geister, die darin umgehen.«

»Es ist nicht wahr«, sagte Anatole vertraulich werdend, »du bist kein Geist.«

»Wieso?«, fragte das Gespenst.

»Nein«, erklärte Anatole, der so betrunken war, dass er kaum noch reden konnte, »nein . . . Gespenster . . . die sind nicht wie du ... Die machen Angst ... du aber ... du machst mir keine Angst.«

»Ich mache dir keine Angst«, sagte das Gespenst ärgerlich, »du dummer Bengel –«

»Nein«, stotterte Anatole, »nicht die geringste Angst ... Aber ... du darfst mir keine Grobheiten sagen ... nein ...das ... das tut mir weh. Du bist ein wenig betrunken, sonst aber wirklich ganz nett.«

»Welch ein Dummkopf«, murmelte das Gespenst. »Es ist ein ebensolcher Idiot wie die anderen auch. Es bleibt mir nichts anderes übrig, als ihm die gewohnten Hanswurstereien vorzumachen.«

Und plötzlich verlöschten die Kerzen der Armleuchter und das Feuer im Kamin. Jedes, auch das kleinste Geräusch verstummte und Totenstille herrschte ringsumher. Vor Anatole aber erhob sich drohend die Gestalt des alten Herrn, der riesenhafte Verhältnisse angenommen hatte und mit dem Kopf bis zu der Decke des Zimmers ragte; dieser Kopf aber hatte kein menschliches Aussehen mehr, es war das eines Ungetüms mit weit vorstehenden furchtbaren Zähnen und mit feurigen Augen, die wie Irrlichter durch den unheimlichen, das Gemach erfüllenden Nebel leuchteten.

Anatole, der plötzlich nüchtern geworden, stand einen Augenblick stumm, mit gesträubtem Haar und von Entsetzen überwältigt da.

Der Geist aber streckte seine leichenfarbenen, mit langen Fühlfäden versehenen Hände drohend nach ihm aus.

Anatole, der sich von einem namenlosen Grauen erfüllt fühlte, schrie laut auf vor Furcht und versuchte so schnell wie möglich den Ausgang zu gewinnen.

Er prallte gegen den Kamin, verletzte dann seine Schulter an der Ecke des Büfetts und sprang, da er die Türe nicht finden konnte, endlich durch das Fenster. Auf diese Weise gelang es ihm ja ziemlich schnell die Straße zu erreichen, wo er jedoch ohnmächtig liegen blieb. Er kam mit einem Schenkelbruch und verschiedenen ernsten Kontusionen davon.

»Wenn ich bedenke«, murmelte der Geist des alten Herrn, der wieder seine ursprüngliche Gestalt angenommen hatte, »wenn ich bedenke, dass man doch immer wieder auf diese abgedroschenen alten Farcen zurückgreifen muss! Dabei wird behauptet, die Menschen seien skeptisch geworden!«

Wer ist das Monster – du oder ich?
Niki de Saint' Phalle

Nachgedanken

Radiowellen bewegen sich außerhalb unserer Dimension von Zeit und Raum, pflanzen ihre Botschaft tief ins Bewusstsein der Menschen und versetzen eine ganze Weltmacht in Panik; ein Computer verändert die Wirklichkeit auf Wunsch und per Knopfdruck; ein vom Erkenntnisdrang der Naturwissenschaft Besessener erschafft einen künstlichen Menschen. Zwischen den Texten von Stephen King, Fredric Brown und Mary W. Shelley – den jüngsten und den ältesten der Texte in dieser Sammlung – liegt ein Zeitraum von knapp 200 Jahren. Und doch sind die Grenzen zwischen Vergangenheit und Gegenwart fließend. Und mehr noch: Auch Fiktion und Wirklichkeit liegen beunruhigend nah beieinander. Einige von Viktor Frankensteins Gedanken in Mary W. Shelleys 1818 entstandenem Roman lesen sich wie die Vorwegnahme modernster Entwicklung. »Die Naturforscher von heute (. . .) spüren der Natur bis in ihre verborgensten Tiefen nach und legen uns deren innerste Vorgänge dar. Sie schwingen sich empor zu den Höhen des Himmels und sie haben das Geheimnis unseres Blutkreislaufs entschleiert. Sie haben die Beschaffenheit unserer Atemluft entdeckt und sich neue, nahezu unbegrenzte Kräfte dienstbar gemacht. Sie gebieten den Donnerschlägen des Himmels, vermögen es, die Erde erbeben zu lassen, und spotten der Welt des Unsichtbaren mit deren eigenen Phantomen!« 1998 ist dies alles Realität und mit der gleichen, unbehaglichen Zweideutigkeit behaftet. Die Menschen des ausgehenden 20. Jahrhunderts gehen – auch mittels Radiowellen! – mit Energien um, die so gewaltig sind, dass sie das Wettergeschehen verändern, künstliche Erdbeben auslösen oder das Bewusstsein der Menschen beeinflussen können. Die Entwicklung künstlicher Intelligenz wird weiter vorangetrieben. Intuition sinkt in ihrer Bedeutung immer mehr ab. Auch die künstliche Erschaffung eines Menschen ist nicht länger tabu. 1999 soll das erste geklonte Baby zur Welt kommen.

Frankenstein hatte nichts Böses im Sinn, als er seine Kreatur erschuf, ganz im Gegenteil; aber er hatte eines *nicht*, er hatte keine *Angst* – und zwar in zweifacher Hinsicht. Er konnte sich nächtens heimlich auf Friedhöfen und in Schlachthäusern herumtreiben, um sich dort das Rohmaterial für sein Geschöpf zusammenzusuchen, ohne dabei den geringsten Schauder zu empfinden. Das ist das eine. Das andere: Zwar wollte er kein Monster erschaffen, doch die Sache glitt ihm aus der Hand und wurde ihm und vielen anderen Menschen zum Verhängnis. Sein eigentlicher Fehler war Überheblichkeit und so vergriff er sich in der Dimension.

»Na und!«, mag nun mancher erwidern. »Das ist doch nichts als literarischer Gruselkam. Das Unheimliche in die Bücher. Aber Licht in die Finsternis! Das ist es, was im wirklichen Leben zählt.«

Immer, überall und grenzenlos? Das ist die Frage. Nichts könnte jedenfalls grauenerregender sein als die Vorstellung einer Welt, in der es die Menschen vor nichts mehr graut.

Sonja Hartl

Quellenverzeichnis

Joan Aiken, *Der alte Dichter* aus: »Ein Schaudern auf der Haut. Neun mordsverrückte Geschichten«. © 1989 Verlag Friedrich Oetinger, Hamburg.

E. F. Benson, *In der U-Bahn* aus: »Roald Dahl's Buch der Schauergeschichten«. Deutsch: Nils-Henning von Hugo. © by Rowohlt Verlag GmbH, Reinbek bei Hamburg 1985 (gekürzt).

Frédéric Boutet, *Der Geist* aus: ders., »Dame in Grün – Unheimliche Geschichten«. Übersetzt von Heinz und Maria Ewers. © by Langen-Müller Verlag in der F. A. Herbig Verlagsbuchhandlung GmbH, München 1971.

Fredric Brown, *Eine Durchsage unserer Direktion* aus: ders., »Flitterwochen in der Hölle«. Aus dem Amerikanischen von B. A. Egger. © 1979 by Diogenes Verlag AG, Zürich.

Dino Buzzati, *Nächtlicher Alpdruck* aus: »Die Versuchung des Domenico«. © Herder Verlag, Freiburg. Originaltitel: *Dolore Notturno* aus: Dino Buzzati, »Sessanta Racconti«. © Arnoldo Mondadori Editore S.p.A., Milano.

Charles Dickens, *Die Warnung* aus: Martin Gregor-Dellin (Hg.), »Das Wachsfigurenkabinett. Phantastische Geschichten aus aller Welt«. Übersetzung: Leonhardt Lolty.

Knut Hamsun, *Das Gespenst* aus: ders., »Erzählungen«. © by Langen-Müller Verlag in der F. A. Herbig Verlagsbuchhandlung GmbH, München 1968.

Mary Hottinger, *Der Ring* aus: dies., »Gespenster«. Aus dem Englischen von Peter Naujack. © by Diogenes Verlag AG, Zürich 1956.

Stephen King, *Der Textcomputer der Götter* aus: ders., »Der Fornit. Unheimliche Geschichten«. © by Wilhelm Heyne Verlag GmbH & Co. KG, München 1986.

Manfred Klein, *Der fahle Freund* aus: ders., (Hg.), »Gespenstergeschichten aus dem Baltikum«. © by Fischer Taschenbuch Verlag GmbH, Frankfurt am Main 1980.

Joseph Sheridan Le Fanu, *Die Vision des Tom Chuff* aus: Franz Rottensteiner (Hg.), »Viktorianische Gespenstergeschichten«. © der deutschen Übersetzung by Suhrkamp Verlag, Frankfurt am Main 1987.

H. P. Lovecraft, *Die Musik des Erich Zann* aus: ders., »Ctulhu«. Übersetzung: H. C. Artmann. © by Insel Verlag, Frankfurt.

Sir Arthur Quiller-Couch, *Der siebente Mann* aus: Käthe Recheis (Hg.), »Schlag zwölf beginnt die Geisterstunde«. © by Thienemann Verlag, Stuttgart–Wien–Bern 1979.

Wladislaw Stanislaw Reymont, *Eine sonderbare Geschichte* aus: Marek Wydmuch und Franz Rottensteiner (Hg.), »Gespenstergeschichten aus Polen«. © by Fischer Taschenbuch Verlag GmbH, Frankfurt am Main 1978.

Mary W. Shelley, *Frankenstein,* Aus dem Englischen von Friedrich Polakovics. © by Bibliotheca Dracula im Carl Hanser Verlag, München, Wien.

Bram Stoker, *Draculas Gast* aus: Manfred Kluge (Hg.), »Nosferatu und andere Vampirgeschichten«. Aus dem Amerikanischen von Wulf Bergner. © der deutschen Übersetzung by Wilhelm Heyne Verlag, München 1979.

Grusel & Co
DER CLUB

»WER MUT HAT, IST WILLKOMMEN«

Möchtest du auch Mitglied bei Grusel & Co – DER CLUB werden? Du erhältst einen Mitgliedsausweis sowie eine Grusel & Co-Anstecknadel und außerdem vierteljährlich ein kostenloses Fan-Magazin mit den wichtigsten Informationen über unsere Gruselautoren und -bücher. Darin gibt es Preisrätsel und Mitmach-Aktionen. Und natürlich immer das Neuste aus der Welt der Vampire, Hexen und Monster.
Fülle einfach das Anmeldeformular aus und schicke es an folgende Adresse:

Arena Verlag
Stichwort: »Grusel & Co – DER CLUB«
Postfach 51 69
97001 Würzburg

Vielleicht hast du auch Lust uns zu schreiben, welche Bücher von Grusel & Co du schon gelesen hast und wie sie dir gefallen haben?! Bei welchen Geschichten kriegst du eine Gänsehaut? Worüber sollen unsere Gruselautoren als Nächstes schreiben?
Wir freuen uns sehr über deine Post!

Na? Hast du Mut??
. . . dann HERZLICH WILLKOMMEN!!

JA, ICH HABE MUT!!

Ich möchte Mitglied bei Grusel & Co – DER CLUB werden. Bitte schickt mir meinen Mitgliedsausweis, die Grusel & Co-Anstecknadel und das *kostenlose* Fan-Magazin an die folgende Adresse:

Vor- und Nachname: ______________________

Straße und Hausnummer: ______________________

Postleitzahl und Ort: ______________________

Mein Geburtstag und -jahr: ______________________

Durch die Mitgliedschaft bei Grusel & Co – DER CLUB gehe ich *keinerlei* Verpflichtung ein. Ich kann jederzeit kündigen. Eine Mitteilung auf einer frankierten Postkarte genügt.

Datum: ______________________

Unterschrift des Mitglieds: ______________________

Unterschrift eines Elternteils: ______________________